公元787年,唐封疆大吏马总集诸子精华,编著成《意林》一书6卷,流传至今
意林:始于公元787年,距今1200余年

意林®轻文库

青春最美,梦想出发
中国式好看轻小说优鲜品牌

绯虹 著

糟糕，是心动的感觉 ①

吉林摄影出版社
· 长春 ·

图书在版编目（CIP）数据

糟糕，是心动的感觉.①/绯虹著.--长春：吉林摄影出版社，2018.12
（意林·轻文库.萌宠系守护系列）
ISBN 978-7-5498-3891-2

Ⅰ.①糟… Ⅱ.①绯… Ⅲ.①长篇小说—中国—当代 Ⅳ.①I247.5

中国版本图书馆CIP数据核字(2018)第266158号

糟糕，是心动的感觉①
ZAOGAO，SHI XINDONG DE GANJUE①

著　　者	绯　　虹
出 版 人	孙洪军
总 策 划	安　雅　张　星
责任编辑	王维夏
图书统筹	蓝曦悦
特约编辑	丁　旭
绘　　图	小黑牙
书籍装帧	胡静梅
图书设计	王周益
开　　本	880mm×1230mm　1/32
字　　数	300千字
印　　张	8
版　　次	2018年12月第1版
印　　次	2018年12月第1次印刷

出　　版	吉林摄影出版社
发　　行	吉林摄影出版社
地　　址	长春市泰来街1825号 邮编：130062
电　　话	总编办：431-86012616 发行科：431-86012602
网　　址	www.jlsycbs.net
经　　销	全国各地新华书店
印　　刷	北京盛彩捷印刷有限公司
书　　号	ISBN 978-7-5498-3891-2　　　　定价：29.90元

版权所有　侵权必究
如发现印装质量问题，请与印务部联系退换，电话：010-51908584

目录 Contents

001	第一章	一台笔记本电脑引发的"血案"
019	第二章	原来他是我的老师？
041	第三章	怎么放个鸽子就进了医院
063	第四章	上过贴吧八卦板块的人
081	第五章	为了偶像扭断脚
101	第六章	不是所有相遇都那么美好
125	第七章	幸福的残疾生活
145	第八章	小乔，好久不见
167	第九章	天下没有不散的筵席
179	第十章	人红是非多
199	第十一章	两个爸爸
223	第十二章	你一定要好好的
247	尾声	

第一章
一台笔记本电脑引发的『血案』

1

8月末,气温高得不像话。

正值各大高校开学之际,高铁站也是人满为患,一脸青春的学生们拎着行李箱穿梭在人群之中,偶尔笑闹之间还会不小心撞到身边的人,看着同样年轻的脸庞,大家也都是一笑而过,在这炎热的季节里流淌过一股清流。

乔乔站在人来人往的高铁站接站口,一边踮着脚尖努力向里面望着,一边心不在焉地回着手中的电话:"嗯嗯,我听清楚了,中山街46号是吧,等我有时间过去看一下……我?我在接人呢,现在有点儿忙……"

对方似乎没听懂乔乔话里的拒绝,还在啰唆着。

踮到脚尖发酸还没看到自己想见的人,乔乔终于十分不地道地开始迁怒于电话里的人:"我都说了有时间会去看的,你急什么嘛!就怪你一直说、一直说,我都没找到人!"

说完,也不等对方回话,乔乔就直接挂断了电话,随后伸出两条细长的胳膊拨着眼前的人流,一边往前挤一边开口:"不好意思啊,让一让……"

只可惜,出站口的人多得不像话,乔乔努力了半天也没往前走几步。

眼看着时间一分一秒过去,火车已经快要进站,一想到闺蜜王菲那个大路痴,若是没看到自己,肯定又不知道走到哪儿去了,乔乔登时就急了。

眼睛转了转,乔乔站在原地闭着眼睛深吸一口气,然后气沉丹田,猛地睁开眼睛一声暴喝:"小偷!"

两个字喊出口,前面那群刚刚还在迅速向前挤的人立刻四散开来,而后纷纷低头去摸自己的钱包还在不在,乔乔则趁着大家愣神儿的时候几步挤到出站口,而后假装刚刚喊"小偷"的人不是自己一样,捋了捋被挤乱的长发,礼貌地朝身后一脸震惊地看着她的路人露齿一笑。

时间算得还比较准,等她站到第一排的时候,已经有乘客陆续地从出站口走了出来。乔乔将双肩包背在身前,踮着脚、伸长了脖子去找王菲。

等了十多分钟,身边接站的人都走了一大半,乔乔却还没看到王菲的影子。微微皱了皱眉,想着那丫头是不是在车上睡过头了忘记下车,乔乔便摸出手机准备给王菲打个电话,而就在此时,一只微黑的手突然抓住了她的手腕。

乔乔愣了下,心中泛起一阵恶寒,转身顺着那只手看过去——是个男人,三十多岁,个子不高,还微微有点儿驼背,路人长相,但是一张方脸上那双极其凶狠的倒三角眼,非常引人注目。

不像好人。

乔乔眯着眼睛看了他几秒,确定自己并不认识他,便警惕起来,大声问道:"你干什么?"边说边想甩开男人的手。

谁知,那男人非但没被甩开,反而更加用力地将乔乔向他的怀里扯去:"总算找到你了!还不快跟我回家!"

乔乔被扯得一个趔趄,手一松,手机"啪"的一声掉在地上。

当时她的心就"咯噔"了一下——这要是把手机摔坏了,真出点儿什么事她拿什么求救?况且……

这可是她买了还不到一个月的新手机啊!于是,乔乔也不知道自己哪儿来的一股力气,反手就推开那男人,弯腰迅速捡起地上的手机,转身就准备跑。

男人微微一愣,似乎没想到乔乔居然有这么大的力气,但很快就

回过神儿来,对着乔乔的背影大声吼道:"你偷了我妈看病的钱离家出走就算了,居然还给自己买了新手机!你还有良心吗?快跟我回家!"说完,趁着人多乔乔无处可逃,几步追过去又扯住乔乔。

看着握在自己手腕上那黑乎乎的手,乔乔一阵恶心,用力地拧着自己的手腕想挣脱开来,却没想到那男人看着瘦巴巴的居然力气还挺大,她都觉得手腕开始火辣辣地疼了,那男人的手仍没松动分毫。

"你认错人了!放开我!"乔乔一边挣扎一边对围观群众开口求救,"我不认识他!帮帮我!"

"这招你还没玩腻吗?"男人像是生气了一般,"上次找到你,你就说你不认识我,结果我被抓进派出所待了十天!你还想这样做吗?拿了我妈的救命钱,我可以不怪你!可是你就这么走了,你有没有想过我们的孩子怎么办?他还那么小,天天哭着喊妈妈!你能不能有一点儿身为母亲的责任感!"

乔乔听得一愣——要不是她身为当事人没办法脱身,此时此刻她都想给这男人的精湛演技鼓鼓掌,要不是包里还放着她的学生证,她险些都以为自己就是那个抛夫弃子的有夫之妇了!

围观群众显然被男子的演技蒙蔽了,看着乔乔的目光中都带着一丝谴责……

乔乔有些慌了,这男人明显是个惯犯,演技娴熟,动作毫不拖泥带水,看到舆论的天平开始向他倾斜之后,立刻拉着乔乔向车站外走:"你必须跟我回家,我妈还病着呢……"

就这样,男人不顾乔乔的挣扎,凭着蛮力硬是将她拉出几米远。

身边的人完全没有阻拦的意思,反而一直对着乔乔指指点点。倒是有几个想要走过来问问情况的学生,但是在身边人不断说着"别人的家务事咱们别管"的话语里慢慢停下了脚步。

乔乔心下一惊，惊慌失措了一瞬间之后很快就冷静下来——这个时候，还是靠自己最靠谱。

于是，拉着人闷头疾走的男人，忽然听到一个颤抖着压抑着哭腔的声音："你还好意思在我面前提孩子？你怎么不告诉大家孩子是谁的？"

男人脚步一顿，疑惑地回过头。

乔乔立刻抓住这一瞬间，用没有被抓住的手狠狠掐了一下自己的大腿，瞬间泪如雨下："就因为我不能生孩子，你就把情妇的孩子带回家让我养！你知道我每天看到那孩子是什么心情吗？你怎么能这么残忍。"乔乔一边说，一边哭，眼泪像泄洪一样奔涌而出。

男人被乔乔说得一愣，迟疑了一下，眉心一皱，像是有些吃不准乔乔玩什么套路一样斟酌地回答："那是我当年做错了事，孩子留给你是想给你个念想，但是我跟她已经分开了……"

乔乔趁机用力抽回自己的胳膊，赶紧后退一步和他拉开距离，在男人又伸手抓她之前立刻开口："就因为我让你们分手了，你就能打我吗？"

一句话激起千层浪，围观群众谴责的目光立刻移到男人身上。

男人的表情有些尴尬，视线瑟缩地看了一眼周围的人，忽然软了语气，向乔乔凑了过来："我……我错了，我们先回家好吗……"说完，又迫不及待地扯着乔乔往外走。

乔乔瞬间像崩溃了一样推开男人，又哭又喊："结婚前你说会一辈子对我好！结果我不能生孩子你就开始找情妇！还让我替你们养孩子！你们分开了你还打我！"

话音刚落，周围的人的眼神都变了，有几个男学生已经慢慢围上来。男人感到情况有些不妙，准备用强硬的手段带走乔乔。乔乔愣了

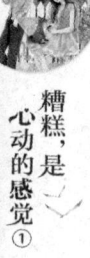

一下，突然发狠将自己的双肩包摘下来摔在地上，眼角余光看到一个人拎着一台笔记本电脑从身边经过，她二话不说立刻扑过去从那人手中抢过那台笔记本电脑，狠狠地从中间一掰两半，又摔在地上。

2

徐云深算是知道什么叫作"飞来横祸"了。

原本是被宋主任派出去参加医学考察的，结果考察还没结束就又被高院长叫回来，说要他参加个报告会，结果在高铁站出站口偶遇了一对似乎正在家丑外扬的小夫妻，而那疯了一样的小妻子迈着矫健的步伐蹿到他面前，然后……粗暴地毁了他的电脑。

他满是报告会资料的电脑！

那小妻子摔完他的电脑，根本没给他什么虎躯一震、怒发冲冠、全身发抖的机会，抬头就对丈夫说："你就知道钱和女人，你根本就不爱我！"

那丈夫脸色铁青，咬着牙开口："我最爱的……就是你！"

小妻子听后哭哭啼啼地看了丈夫一眼，问："真的吗？"

"真……的。"

不知道是不是他的错觉，徐云深总觉得那两个字似乎是那丈夫咬着后槽牙挤出来的，里面有着生啖其肉的凶狠。

这可不像一个丈夫对待妻子应有的语气。徐云深微微眯了下眼睛，不动声色地向小妻子的方向挪动了一下脚步。

小妻子点点头，似乎放下心来，转过头对着徐云深抱歉地开口："不好意思，先生，刚刚是我太激动了，请问您的电脑多少钱？"

徐云深默默地打量着小妻子，缓缓地开口："顶配的Apple MacBook Pro（苹果笔记本电脑），一万七。"她看着还很年轻，并不像是可以做人妻子的年纪。

小妻子极其做作地擦了擦眼泪，转过头对着丈夫开口道："老公，赔钱吧。"

那丈夫瞬间就愣住了，像是还没醒过来一样，满脸惊讶的表情，似乎没理解这剧情的发展。小妻子等了一会儿，见对面的男人没有反应，无奈叹息一声，转过头对着徐云深说："对不起，先生，我们可能不能赔您的电脑了，麻烦您报警吧，我们愿意接受任何惩罚。"乔乔的话音刚落，那个刚才还义正词严的丈夫突然转过身，头也不回地跑了，眨眼间就消失在众人的视线里。

一直看着这场闹剧的围观群众似乎还没理解这突如其来的转折，纷纷看向还待在原地的乔乔。

只见乔乔终于松了口气，白着小脸捡起背包掸了掸土，又从包里翻出纸巾擦了擦脸，顶着肿得像核桃一样的眼睛从包里拿出一个学生证，哑着嗓子说："我是H大的大二学生，今天来车站接我的同学，没想到碰上了人贩子。我怕被他抓走才演了一出戏，惊扰到大家了，抱歉……"说完，乔乔深深鞠了一躬。

路人A："哎呀！我就说那样的人怎么会有这么年轻、漂亮的老婆啊！"

路人B："真是知人知面不知心，要不是小姑娘反应快，我们还真被唬住了！"

路人C："是啊！小姑娘你怎么就这么便宜地让他跑了呀！这种人就应该报警抓他！"

听到乔乔这样的解释，徐云深微微挑起眉——意料之外，又是情理之中。徐云深怀着三分赞赏的眼光再次审视了乔乔一番。

这女孩很高，看着应该有170厘米左右，很瘦，不算很白，有很

健康的小麦色肌肤，虽然眼睛都哭肿了，但是依然能看出有一双灵动的大眼睛、小巧的鼻尖、饱满的嘴唇，一头长发乌黑飘逸。

虽然达不到大美女的水准，但是气质很好，属于放在人群中间一眼就能看到的类型。刚刚那么混乱的时刻她还能保持冷静自救，也算难得。

乔乔此时又擦了下眼睛，勉强露出一个笑容："我把我的手机放到他的衣兜里了，我手机有定位功能，他跑不了。"

打发了围观群众，乔乔缓缓地向徐云深走来，抱歉地开口："先生，真不好意思，刚才一时情急摔了您的电脑，嗯……这个是我的手机号，这两天您可以联系我，我会赔您电脑的。"

乔乔一边说，一边拉过徐云深的手，将自己的手机号写在他的掌心里，又郑重其事地开口："我真的会赔的，你一定要联系我！"

握在自己手上的手指冰凉，徐云深感到她似乎还在微微颤抖。

毕竟还是个小姑娘，无论装得多么镇定，还是吓坏了。

这一认知消除了徐云深因为失去笔记本电脑和报告会资料而积攒的怨念，只能发出一声叹息，将那手机号握在手里，深深地看了女孩一眼之后，开口："行，我一定会找你的。"

女孩点点头，下意识地拍了拍双肩包上的灰，又抽了抽鼻子，似乎是为了挡住自己哭红的眼睛，她拿出个鸭舌帽戴在头上，压低帽檐，随后才转身离开。

徐云深有些悲痛地捡起被掰成两半的笔记本电脑，深深地叹了一口气。衣兜里的手机突然响了起来，徐云深摸出手机，有些郁闷地说了声："喂？"

"怎么还没出来？我等你好一会儿了！"

"出了点儿事……我马上就出站了。"徐云深捏了捏眉心，"对了,把你的笔记本电脑给我拿上,我明天要用一下。"

"行。"

"哦,对了,还有个事,"徐云深低头看了一眼自己掌心的手机号,开口,"你帮我查个手机的定位……我要把拿着手机的人抓起来。"

"大哥,抓人靠的是证据好吗?你说抓就能抓啊!我是律师,不是警察。"

"咱们不是兄弟吗?而且王大律师人脉广,肯定能帮上忙的。那个人是人贩子,高铁站里应该有监控录像,你可以直接联系警察。"徐云深抬头活动了一下脖子,"重要的是,他间接毁了我的报告会PPT(演示文稿),我整整做了一个月。"挂了电话,徐云深最后看了一眼手上阵亡的笔记本电脑,真是"出师未捷身先死,长使英雄泪满襟"啊!

3

从小到大,徐云深一直是家长口中的"别人家的孩子"。他从来不是努力学习的类型,只要上课认真听讲,课后做好老师留的作业,就能让自己在学生时代一直稳坐年级前三名,高二结束后直接参加高考,竟然以全省第三名的成绩考进国内知名学府。为了能在自己喜欢的心理学专业深造,他后来又选择出国念书。

四年修够本硕连读七年的学分,回国后直接被本市最出名的医院高薪聘请去当心理医生,哪怕他要去读博,医院也给他办理了停职留薪全力支持……

所以对于"没有PPT就不能开报告会"这种借口,他是不屑于给出的。于是当天晚上,他连夜写了一份报告的大纲,又从网上找了一些图片拷贝到U盘里,第二天直接带到报告会现场使用。

糟糕，是心动的感觉 ①

起初他想得挺简单的：开场抛出几个高深点儿的理论知识，然后讲几个案例，最好花哨一点儿、听起来骇人听闻一点儿，之后就可以让大家提问了，多和现场观众互动，撑够两个小时还是不成问题的。结果，他高估了观众对于心理学的热情程度，又低估了领导眼睛的毒辣程度：根本没人跟他互动，也没人提问。于是，报告会一个小时就结束了，然后他就被他们医院的高院长叫进了办公室。

"云深哪，今天的报告会很精彩，把你讲的内容整理一下，以报告的形式交给我……嗯，看你准备得这么'充分'，一晚上的时间，够了吧。"

够了吧。最后是陈述句，不是疑问句。

为了保住自己心理医生的饭碗，徐云深只能表面微笑以对，内心叫苦不迭地回了家。

那个小丫头，摔谁的电脑不好，非要摔他的，他的电脑看着欠摔吗？她考虑过一台装满重要资料的电脑的心情吗？

心情低落的徐云深站在洗手间的镜子面前，认命地洗了洗手，抬手准备用冷水洗一下脸时，忽然就看到写在掌心里的那一串数字，已经几乎消失不见……

稍微犹豫了一下，徐云深拿出手机又拨通了好友的电话。

"喂？王梓，是我。"

"哦，我正想给你打电话呢，"电话那边的王梓声音明朗，"昨天你让我查的那个手机定位，我托人查到了，是个女大学生。我找到她的时候她正在高铁站呢，说自己是今天刚到本市，昨天还不在这城市呢，不可能碰别人的电脑……而且我们查了高铁站的监控录像，你说的那个人贩子，昨晚就落网了。至于那个女孩，离她最近的监控拍到的一直是她的背影，她离开后一直戴着帽子，也没有正脸，所以不能确定她就是摔你电脑的女孩,警察不能抓。"

"人贩子抓了就行,我不是让你们抓女孩……但是,你说她不承认摔了我的电脑?"

"嗯。"

徐云深顿时觉得人与人之间的信任出现了危机,而且,虽然只有短暂的几分钟,但以他天生敏锐的洞察力看来,女孩的态度非常真诚,难道他看走眼了?

"那女孩是不是个子挺高,长得还不错?"徐云深希望是警察们搞错了,而不是自己眼拙。

王梓想了想:"我没在现场啊,要不我再去问问我在公安局的朋友……不过听他们说,这女孩貌似挺凶的,听说是来找手机主人的立刻一跳三尺高,说什么不要以为她年纪小就不会用法律武器来维护自己的合法权益,哈哈哈哈……"

听到这话,徐云深脑子里突然闪过那女孩一边摔包,一边抢过他的笔记本电脑徒手掰断时的情景……

呵呵……徐云深修长的手指慢条斯理地敲了敲电脑桌,轻声道:"把那手机号给我。"

拿到那串手机号,徐云深毫不犹豫地拨了过去——如果说一开始他还有点儿犹豫,要不要让险些被拐卖的女大学生赔他电脑,那现在他真是斩钉截铁、毫不留情了。

赔!必须赔,这小骗子!

好在对方很快就接起了电话:"喂?哪位?"对方似乎是在闹市区,声音很嘈杂,而且听筒里一直有电流声,刺啦作响。

徐云深清了清嗓子:"你好,我是在高铁站被你掰断电脑的那个人。"

对方似乎没听清,跟别人说了句"我去接个电话",然后大声开口:"麻烦你说话大声点儿!我听不清你说什么!"

"我说我是高铁站……"

"大声点儿!"

"我是……"

"是什么?我听不太清楚!"

最后,徐云深只得在静谧的书房里扯着嗓子对着手机吼道:"我说!你掰断了我的笔记本电脑!听清了吗?"

电话里突然传来"吱吱"的电流声,随后,对方挂了电话。

速度之快,让徐云深都没反应过来耳朵里的"嘟嘟"声到底是忙音还是他吼缺氧了的幻觉。

垂眸看着手机屏幕上的"对方已挂断"字样,徐云深又拨过去一次,结果被瞬间挂断,他终于明白——

她不是个小骗子,而是个大骗子!

而电话另一边,站在人来人往的夜市里的乔乔按着耳朵里的蓝牙耳机不停地说着:"我知道你是谁!什么时候见面!喂?喂?说话啊!喂!"

一旁拿着一串烤鱿鱼的王菲一边吃一边插话:"别喊了,蓝牙耳机的信号不好,你换手机接着说。"

乔乔"哦"了一声,随后伸手摸向自己平时装着手机的右裤袋……然后左裤袋……然后后屁股袋……然后是上上下下所有的衣袋。

王菲看着乔乔摸遍了全身上下,又咬掉一根鱿鱼须,问道:"找到了吗?"

乔乔在原地顿了一下,随后叹了口气:"这手机果然命运多舛,先是摔了一下,现在又不知道落到何人手里……"十分钦佩地拿下耳朵里的蓝牙耳机，乔乔继续说道，"我要给这个品牌的蓝牙耳机好评，我接个电话从夜市中间走到夜市外环，都没发现手机丢了。"

不死心地用王菲的电话拨通自己的电话，结果又被挂断，再打就关机了。

"唉，我跟你讲，旧的不去新的不来，你手机屏幕都摔裂了，直接换个新的多好。"王菲一边说一边把鱿鱼须递到乔乔面前，"你再不吃我都吃光了。"

周围都是小吃的香气，身边也都是闲适地散步的人，原本乔乔还很享受这样的环境，然而意识到手机丢了之后，她的心情骤然差了起来。

躲掉那根蘸着酱的鱿鱼须，乔乔开口说道："这是两码事。你不是今天的高铁吗？我记错日子了，昨天就去高铁站接你了，结果遇到点儿事摔了人家电脑。刚才这个电话就是那个人给我打的，我得赔人家电脑啊！"

王菲愣住了，忙把鱿鱼咽下去，瞪圆了眼睛愕然道："你真摔了别人的电脑？"

"是啊……"乔乔皱着眉有些狐疑地看向好友，"你这是什么表情？"

王菲突然笑得有些尴尬："今天在高铁站里，你去厕所的时候，有警察通过你手机的定位找上来了，说什么人贩子，还说你摔坏了别人的高价电脑，我把他们臭骂一顿，然后赶走了……"

"你这个不着调的队友……"乔乔无语地说。

王菲听完鼻子一哼："人交朋友都得互补的！你一个学霸，自然得交我这么个不着调的朋友！"

乔乔想着这次手机大概是找不回来了，赶紧买了个只能打电话、

发短信，待机时间超长的老人机应急，生怕徐云深又给她打电话。但她不知道的是，在被挂断那通电话之后，徐云深就把她这个贴着"大骗子"标签的手机号丢进了垃圾桶里。

起初乔乔还有点儿着急，无时无刻不把手机握在手里，结果半个月了对方也没消息。她一度还在想，这人怎么就不再坚持一下，再给她打个电话？不过凭记忆思考了下那男人的样子，高高瘦瘦、衣冠楚楚，非常斯文地戴着一副金丝边眼镜，虽然不怎么喜欢笑但是很有礼貌，能看出来家教很好。脸部轮廓线条明朗，鼻梁高挺，手指修长，是当下女孩子喜欢的类型。当时的衣着看着也是简约而不简单，更是拿着一台价值一万七千块的电脑。

嗯……他看着也不像缺一台电脑的样子。

乔乔回忆完突然意识到，她连当时的人贩子长什么样子都不记得了，却清清楚楚地记得那个年轻人的长相……

努力摇掉脑袋里的粉红色泡泡，乔乔很快就淡定了——该做的她都做了，剩下的事嘛……就不怪她啦！

4

作为大学生来说，夏天在没有空调的教室上课是很催眠的。

人数不多的教室里，后排的学生们都单手支着脑袋昏昏欲睡，前排的学生都努力让自己瞪大双眼听清老师在说什么，然而这样的坚持往往并不长久……

乔乔坐在靠窗的位置，认真地记着笔记，眼神晶亮，偶尔想到什么问题还会举手向老师提问。在与老师愉快的交谈中上完今天的最后一堂选修课，乔乔便看到王菲十分准时地站在教室门口对她招呼道："小乔！快走啊！一会儿兼职又迟到了！"

乔乔一边把书塞进书包里，一边开口："明明是你打工，干吗每次都要我陪着？"

王菲在原地急得不行："反正你回家跟我去打工也是顺路，我一个人走很没意思嘛！快快！我真要来不及了！"

"好好好，马上就走。"笔记本电脑来不及放到包包里，乔乔只能夹着电脑跟着王菲跑出教室。

王菲一边跑一边抱怨："咖啡厅的薪水虽然高，但是工作结束得太晚了，好几次我晚上下班回来，宿舍门都差点儿关了。"

乔乔倒是不以为意："跑快点儿呗。"

王菲立刻斜了她一眼："站着说话不腰疼！你倒是不用打工还自己在校外住！"

"早就让你跟我一起住。"乔乔立刻回答。

"那不行，"王菲想都没想就拒绝，"我又不能付你房租。"

"我又不要你房租！"

"那更不行了，你好不容易自己赚钱买个小房子，我抢什么！"王菲深吸了一口气，憋足了一股劲飞快地跑起来，"你说得对，快点儿跑就行了！"

乔乔"喊"了一声，立刻加快脚步跟了上去。

就在此时，乔乔放在运动服兜里的老人机突然响了起来。

乔乔跑得呼哧带喘地接起电话："哪位？"

"乔乔吧，是我，鑫鑫中介的张哥。"电话那边传来一个听着有些油腻的声音。

乔乔嘴角抽搐了一下，但还是用很开心的声音开口："是张哥啊，有事吗？"

"有啊！"张哥应着，"你那个房子啊，我帮你找到合适的租户了。"

"是吗?那真谢谢张哥了!"乔乔赶紧恭维,"我就知道张哥肯定把小妹的事放心上的。"

"都是小事,"张哥的声音里满是笑意,但是口气忽然微微一顿,很含蓄地开了口,"但是你也知道,你那个房子确实有点儿小问题,虽然你张哥我肯定帮你遮掩着,但是周围的人都知道呀!哥也没有办法,所以,价格方面,嗯,就……"

张哥吞吞吐吐地说了半天,语气中带着满满的深意。

乔乔心中无声地哼了一声,但语气依旧甜甜的:"张哥我都懂,我也知道你为了我的房子费了不少心,这样,一个月两千块就行,剩下的张哥你就替我做主吧。"

张哥连声答应,又象征性地关心了她几句就挂了电话。

看着已经挂断的手机,乔乔气不过地骂了句"奸商"。

张哥挂掉电话后,立刻整理了一下身上廉价的西装,又抹了下满是发蜡的头发,满脸堆笑地推开一扇房门。

里面坐着两个正在聊天的男人,看到他进来后,立刻很有默契地结束了话题。两个人都很年轻,其中一个戴眼镜的男人身边还坐着一个五六岁的小男孩,圆润可爱的娃娃脸上镶嵌着一双黑曜石般的乌黑瞳仁,扑闪扑闪的长睫毛就像个洋娃娃。小男孩此时正专注地低头玩魔方,有人进来,他也没抬头看一眼。

张哥又看了眼另一位冲着他笑得灿烂的男人,不爽地暗叹:都这么帅,好烦人啊……努力忽略被打击得爬不起来的自信心,张哥扬起笑脸:"哪位是王先生?"

笑眯眯的男人立刻接话:"我是。"

张哥赶紧坐到王先生身边,开始了他早就准备好的说辞:"王先生您真是太幸运啦,就在您来之前,我们这儿刚来了个房源,各方面都非常出色！高档小区，物业管理非常专业，中间偏上的楼层，正房采光好，精装公寓，最关键的是，离实验小学非常近，步行十分钟就到了。怎么样，王先生？是不是非常理想？简直像为您量身定做的一样！"

王梓静静地听着，随后看了一眼身旁的男人——只见他连头都没抬，专心致志又十分耐心地陪着小男孩玩魔方。

轻咳一声，王梓转过头看向张哥："行，就这套房子吧。"

"那……您先看一下这租房合同。"张哥把合同放到茶几上，偷偷打量一下两个人的穿着便试探性地开口，"不过，这个房租……"

王梓笑容中带着鼓励，没拿合同，示意他继续说，反而旁边始终不说话的年轻男人拿起了租房合同翻看了起来。

张哥的绿豆眼转了转，立刻开始面不改色地忽悠起来："王先生，是这样的，一看就知道您是个注重生活品质的人。这个房子吧，您这么识货肯定能看出来，地理位置极好。所以那房东说了，如果租不上价格，就不租了，反正是不愁客源的。当然！我和王先生一见如故，肯定会为您争取的！"

王梓继续微笑："嗯，所以呢？"

看着王梓似乎没有很反感，张哥终于放松了心情："六千，一个月。"张哥报完价之后突然觉得自己太黑了，忙又接了一句："价格是可以商量的，我觉得我出面跟房东商量下，五千应该差不多。"

王梓听后，既没反驳，也没讨价还价，只是笑眯眯地看着他。

张哥被这只笑面虎笑出一身鸡皮疙瘩，想都没想立刻开始推卸自己的责任："我也觉得那房东要价太过分了，一个单身公寓，面积又没多大，怎么能租这么高的价格呢？我也很不理解……"

租房合同突然被丢回张哥面前的桌上，那个一直很高冷的帅爸爸

对着张哥开口:"合同上这个身份证复印件,是房东的?"

"对,"张哥点点头,"别看她才19岁,但是不太好对付……"

复印的身份证虽然有些失真,但那张脸仍旧让徐云深记忆犹新,他一声轻哼:"确实不好对付……"

王梓瞄了一眼上面的身份证,发现并不认识,便顺口问了一句:"谁啊?"

徐云深呵呵笑了下:"大骗子。"

张哥当天就带着徐云深和王梓去看了房子,虽然徐云深心里对那房东有点儿不满,但房子确实不错,户型很合理,而且装修风格很温馨,家具也齐全,拎包入住完全没问题。

徐云深看了一圈,蹲下身温柔地开口问道:"喜欢吗?"

小男孩小鹿一般黑亮亮的大眼睛左右看了看,缓缓地点了点头。

"我们家徐希说喜欢,那就这个了。"徐云深直起半身。

张哥一听,立刻笑呵呵地把合同递过来:"那徐先生,现在签合同?"

"嗯。"徐云深点点头,接过合同,随后假装不经意地开口,"这房东住哪儿啊?"

张哥的眼睛还盯在徐云深准备签字的手上,张口便道:"就在隔壁。"

第二章
原来他是我的老师？

1

夕阳西下,阳光斜斜地穿过玻璃照进房间里,连飞舞的灰尘都清晰可见。

王菲趴在吧台上,下巴垫在手背上,一脸傻笑地看着不远处坐在窗边看书的少年。

乔乔坐在一旁一边抱着笔记本电脑写论文,一边用余光看着王菲那一脸花痴相,最后忍不住打了个响指,唤道:"服务生!"

王菲先是条件反射地应了一声,而后回过神来看到是乔乔,有些没好气地蹭过来:"干吗?续杯吗?"

"提醒你口水都要掉下来了!"乔乔哼了哼,而后看了看窗边的少年,对着王菲低语,"你饿不饿?想不想吃点儿什么?可以记我账上。"

王菲顺着乔乔的视线看过去,又露出一脸痴迷的微笑:"看他我都看饱了。"

"你是不是傻呀?"乔乔轻轻地拍了一下王菲的头,"你真以为我问你饿不饿呢?人家小伙子在那儿坐好几个小时了只喝了一壶红茶,你就不能送人家点儿甜点吗?"

"哦哦。"王菲如梦初醒般站起身,刚想转身就走,又有点儿不好意思地回过头小声说,"真的记你账?"

乔乔觉得好笑,忍不住用手去戳王菲的胳肢窝:"从你的薪水里扣!"

王菲一边笑一边躲:"别闹!别闹!土豪不能在乎这三十块钱!"

很快,王菲便从后厨里端出一块小巧精致的黑森林蛋糕,紧张地向那少年走去。

乔乔暗自嘲笑了她一下,便低头继续写论文。

安静的下午,一个临窗读书的少年,两个各有心思的少女,为小小的咖啡厅里增添了不少俏丽的色彩。

突然,乔乔只觉眼角一眯,恰巧看到一只黑手正探向一个精致的小提包,随后从里面摸出一个小小的钱夹。

而那双手的主人,是一个看着不过十六七岁的小男孩。

脑子里瞬间转过无数个念头,然而,容不得多想,乔乔突然扬起一张十分兴奋的笑脸,对着那黑手的主人开口:"王晓明!"

音调之高,声音之大,喊完之后乔乔自己都吓了一跳,但仍是一脸惊喜地快步向发呆的小偷走去,嘴里"噼里啪啦"地说个没完:"我就说看你这双手这么眼熟呢!这不是王晓明吗?"

而后也不管那小毛贼一脸蒙,径自哥儿俩好地揽住那毛贼的肩膀:"我上大学后咱们俩再也没见过,没想到这么巧。看你现在瘦的,过得不好吧?走走走,我请你吃饭去!"一边说,一边将毛贼向大门外带去。

王菲一脸茫然——没听说乔乔有个叫"王晓明"的朋友啊……

那个毛贼先是有些警惕,但还是被乔乔出神入化的演技所迷惑,恍惚间觉得自己似乎真是王晓明,乖乖地跟着她向门外走去。

推着毛贼出了门小小地拐了个弯,两个人走进了个窄窄的胡同,乔乔深吸一口气,鼓起勇气,伸出右胳膊从背后迅速勒住毛贼的脖子猛地向后一拉,左手勾住右手的手腕,用一个标准的锁喉动作将毛贼按在墙上。

幸好那毛贼还是个年纪不大的少年,刚挣扎一下立刻被乔乔用膝盖顶在他的腰间,吓得他一动不敢动。

一边用吃奶的力气勒着毛贼,乔乔一边用凶神恶煞的语气开口:"在我还肯跟你沟通之前,趁早把你偷的东西交出来!否则我可不会

这么温柔了！"

毛贼被勒得不停咳嗽，哆嗦着喊道："放……放手……"

乔乔手下不敢有一点儿放松，依旧死死地抵着那小毛贼："交出来！"

毛贼抖着手从怀里摸出一个黑色的钱包向后一丢，随后继续喊："放手啊！咳咳咳……"

乔乔勒得胳膊生疼，估计自己也坚持不了多久，便强作不屑地冷哼一声将那毛贼丢到一边，很有气势地活动了下手指，开口："念你在我们咖啡厅是初犯，我就原谅你一次，下次让我再看到你，我直接卸掉你的胳膊！"

毛贼连连点头，而后有些畏惧地缩了一下脖子，连滚带爬地跑了。

一直等到那毛贼跑没影了，乔乔立刻龇牙咧嘴地开始揉着自己酸痛的肩膀，活动下手腕之后才从地上捡起那个钱包，吹吹上面的灰，捂着肩膀回了咖啡厅。

将钱包还给失主后，花了点儿时间谢绝失主想要"赠金"的美意，刚回到座位想继续把论文写完，乔乔就接到张哥的电话，在电话里声称租户想要见她一面，王菲还没到下班的时间，她只好和王菲打了个招呼先行离开。

乔乔居住的小区地段非常好，虽然不是市中心，称不上寸土寸金，但是相比于城市里后建的几个小区来说，绝对算是潜力股，增值空间非常大。还没考到这所大学时，乔乔父母就说过很喜欢这座城市，这次乔乔考了过来，父母便出钱买了房子……之后发生了一些事情，乔乔便把隔壁的房子也买了。

乔乔上了电梯选好了楼层，很快就上到了16楼。在门前整理了一下自己的衣服，然后礼貌地敲了敲房门。

门后隐隐约约传来很细微的脚步声，然后就没了声音，乔乔估计对方可能在透过门上的"猫眼"看她呢，就赶紧露出一脸灿烂的笑容打着招呼："您好，我是您的房东。"

寂静无声。

稍微疑惑了下，乔乔还是展开笑脸重复了一遍："您好！我是您的房东！"

紧接着，房间里立刻传来桌椅挪动的声音！

乔乔皱了皱眉，实在想不到为什么开个门会拖动椅子，略微犹豫了一下，她向一侧藏了下身子，悄悄地探头贴在门上，听着里面的动静……

隐隐地，一个低沉的男声传了过来，但是有些模糊。

微微皱了下眉，乔乔又把耳朵凑了过去。

"动作快点儿！有人过来了！"

嗯？什么情况？

"有人又怎么着？欠账还钱天经地义！这小子有胆子借高利贷不还，就应该料到会有这一天！"

高……高利贷？乔乔深吸一口气，赶紧后退了一步。

门内人的声音已经大到不用她贴在门上都能听见了。

"说这些又有什么用，他现在也拿不出钱来！"

说到这儿，门内再次没了声音。

不过很快，又传来皮鞋在地板上反复走动的摩擦声。

还没等乔乔有反应，门内突然传来"砰"的一声，吓了乔乔一跳。

不过更吓人的在后面，门内清清楚楚地传来一个男人的声音："你怎么把他给杀了？"

乔乔脑子里瞬间空白，身体抖得像个筛子一样。

第二章 原来他是我的老师？

杀……杀人了！

虽然理智告诉她此时此刻她应该立刻去报警，但是不知道怎么回事，她的腿软得像两根面条一样，一步都迈不出去！

门内的恐怖对话还在继续。

"不杀他难泄我心头之恨！"

"你怎么……等等！有人在外面。"

门外的乔乔瞬间一惊，整个人像是通了电一样一个激灵，几步蹿进楼梯间，一路向下飞奔。

不知道是不是过于紧张的原因，刚跑出一个楼层，她似乎听见楼梯间的门打开了，仿佛那人已经知道她走了楼梯，追出来一样。一瞬间乔乔觉得自己的汗毛都竖了起来，整个人压抑着即将脱口而出的尖叫，憋着一口气闪电般蹿下了楼。

出了楼门转了个弯，乔乔立刻蹲在角落里，惊魂未定地抓着自己的头发平息自己的呼吸，而后抖着手去摸衣兜里的手机。

虽然不知道门里面到底是个什么情况，但听着对话似乎不太妙，不知道对方追到哪儿了，有没有发现她藏在这里……或许应该找个人多的地方？不行，万一牵连到无辜的人就不好了……

一瞬间乔乔脑子里闪过无数个念头，最后还是手机落地的声音将她惊醒，她哆嗦着捡起手机，迅速地拨出110……

2

已经过了下班的时间，医院里除了值班医生以外都走得差不多了，只有徐云深还被留在院长办公室里。

高院长的桌子上放着一张聘书。

徐云深有点儿蒙。

高院长笑得一脸和蔼："云深啊，多少人削尖了脑袋想到高校实习呢，我这直接就把机会给你了，你可得珍惜啊！"

"呃……"徐云深犹豫了一下，"可是我还有两个患者……"

"这你不用担心。"高院长顺手丢过来两份简历，"正好我刚从隔壁市挖来两个实习生，让他们来接你的工作，总得给年轻人点儿机会嘛。"

徐云深有些无语——高院长也是经历过风风雨雨的，应该不会因为他办砸了一次报告就要将他扫地出门吧。

高院长看了徐云深几眼，突然收了笑容，有些严肃地说："你不会是以为你去当教授了，医院这工作就真的不用管了吧？"

"不是这样吗？"徐云深反问了一句。

"是什么是！都到这地步了你还没看出来我为什么让你去教书？"高院长突然翻脸，"你跟我说说你上次的报告会究竟是怎么回事？我这张老脸都快被你丢尽了！原本我是想推荐你为科室主任的，结果你那报告会根本毫无亮点可言，让不少人诟病。唉，我只能让你多熬点儿资历。你少跟我磨叽，下周你就去报到，听到没有？医院里要是有工作，你那边空闲时还得回来！"

徐云深一时无语。

高院长见徐云深没反应又重复道："没听清？"

徐云深只得回："听清了……"

心不甘情不愿地拿过聘书，徐云深灰溜溜地离开了院长室。

在办公室收拾完东西，又把工作资料简单整理一下，徐云深开车回到新入住的小区。车子刚一进大门，就发现小区里很多人围在他家的单元楼下，周围还站着好几个警察。他心里一紧，想到徐希此时正一个人在家，赶紧拨开人群，想要上楼，没想到却被警察拦了下来。

两个警察看了徐云深一眼,问道:"先生住几楼?"

"16楼2号。"

两名警察立刻皱了皱眉,其中一名警察开口:"先生很抱歉,不能让您上去,您家进了恐怖分子,现在已经被警察包围了。"

徐云深愣了一下,继而一脸的不可置信:"恐怖分子!在我家?"

警察的及时赶到才让惊魂未定的乔乔渐渐平静下来,拖着软得不行的双腿同警察上楼后,一直站在层层叠叠的警察身后不敢向前。

一名警察正在门外喊话,门前围了四五个全副武装的警察,就等着开门的一瞬间大家冲进去。可是无论门外的警察如何威逼利诱,门内一点儿声音都没有。

等了一阵警察已经开始没有耐心,大声对着门喊了一声:"如果你们再不肯配合工作,我们将强行进入了!再给你们十秒钟的考虑时间!十、九、八……"

随着警察一声又一声不间断地倒数,乔乔紧张的心都蹦到了嗓子眼,双手交握在胸口,后背紧紧地靠在电梯门上,一动不敢动。

"五!四!"倒数的警察已经做出强行突进的手势,"三!"

就在此时,房内突然爆发出一个孩子的哭喊声,而后乔乔身后的电梯门应声而开,乔乔一个没站稳,整个人都向后跌了过去。

警察听到孩子的哭声之后立刻停下动作,低声说了句:"有人质,不能强行进去。"

乔乔此时还在踉跄着想要拉住身边的警察稳住身体,身后突然伸出一只修长的手臂环了一下她的肩,扶着她站稳了身体。她刚要回头道谢,身后的人已经一个箭步蹿过她的身边,直接向被警察包围住的防盗门走去。

乔乔眯了眯眼睛——这个人怎么有点儿眼熟啊……

一名警察拦在徐云深面前："房间里面有危险人物，你不能进去。"

徐云深的急躁已经溢于言表："什么危险人物，里面是我儿子！"

一句话，让在场所有的警察包括乔乔在内都愣住了。刚刚还在倒数的警察走上来安慰道："不用担心，我们一定会将您儿子安全解救出来的，请冷静。"

徐云深说不出此时此刻的心情，真是又生气又想笑："我担心什么？我现在唯一担心的就是你们要真把我家门拆了，我晚上没办法睡觉。"

"您放心，有人质在里面我们不会轻举妄动。"

这句话生生把徐云深气笑了："我告诉你们，现在最简单的办法就是让我过去把门打开，没听见我儿子都被你们吓哭了吗？"

警察们面面相觑，没有接话，转而看向站在人群最后的乔乔。

徐云深的耳朵里只有徐希的哭声，根本没时间理会警察此时此刻的反应，直接走上前轻轻地敲了敲门："徐希，开门，是爸爸。"

话音刚落，门内立刻响起脚步声。

警察们如临大敌，立刻举起枪支对准门口，并高声对徐云深喊道："先生，请您退后！"

徐云深一皱眉，侧身挡住门缝，生怕会吓到里面的人。

乔乔已经捂住了耳朵。

就在千钧一发之际，门，开了。

"呜呜呜……爸爸……呜呜呜……"

一个五六岁的小男孩扑进徐云深的怀里大哭，手边还握着一个遥控器。

也不管警察呼啦啦地走进了自己的家，徐云深将徐希抱进怀里，

第二章 原来他是我的老师？

轻声安慰着。

徐希泣不成声，扔下遥控器，用小小的手一直勾着徐云深的脖子，断断续续地叫着"爸爸"，甚至哭到开始抽噎。

警察走了一圈发现并没有什么可疑的人，纷纷走了出来询问道："人呢？"

乔乔看着大家都进去了，这才壮着胆子也走了进去，一边走一边四下环顾，生怕突然出来个什么人。

警察确定没有什么可疑的人，便皱着眉向乔乔走过来："小姐，你说的危险人物呢？"

乔乔也很好奇："呃……跳窗走了？"

警察回答道："这是16楼。"

乔乔有些尴尬地挠了挠头："我也不知道啊，我明明听到有人恶狠狠地说要'处理'掉我。"

警察看着还在哭泣的孩子，又看了一眼乔乔，觉得她不像是能撒谎的样子，便窃窃私语起来："这是什么情况……"

一直安抚徐希的徐云深终于有时间看了一眼说话的女人，才发现居然是砸了他的电脑，挂了他的电话，还高价租给他房子的"大骗子"啊！

徐希还在抽泣，徐云深伸手轻轻地拍着他的后背帮他顺气，冷笑一声："危险人物还在房间里啊！你们看不见？"

一句话下来，整个房间再次进入一个紧张的氛围里，乔乔更是没出息地再一次躲在警察身后。

只见徐云深从地上捡起刚刚被徐希扔掉的遥控器，对着已经暂停的电视按了一下播放键。

屏幕里两名黑衣男子坐在一个阴暗的小房间里继续着对话。

黑衣人A："没留下什么证据吧。"

黑衣人B擦着手指上的血，抬头看了一眼黑衣人A："我办事，你放心。"

徐云深按下暂停按钮，对着满屋子的人开口："懂了？"

赔着笑脸送走对她谆谆教诲的警察叔叔们，乔乔立刻愤愤地上了楼，准备找徐云深算账。

徐希在徐云深的安抚下情绪终于稳定下来，但是看到乔乔出现在家门口还是立刻红了眼眶，往徐云深的怀里缩，不敢看她。

乔乔的那点儿火气在看到被吓坏了的徐希时，立刻软化下去，强迫自己对着徐希扬起一个热情洋溢的笑容。

这么小的孩子，希望别吓到他。

然而对于她的笑脸，徐希却不领情，扭过头整个人都缩进了徐云深怀里。

乔乔尽量用平和的语气跟徐云深开了口："谈谈？"

徐云深连头都没抬地道："跟能被电视机吓到报警的人有什么可谈的？"

一句话就把乔乔噎住了。

抿了抿干燥的嘴唇，乔乔解释："我接到中介的电话，他说你们要见房东，我才赶回来的。要不是你不在家，怎么会发生这种事？而且，就算是电视……我从没经历过这种事情，当然会害怕！"

听到这儿，徐云深总算回过头，弯着嘴唇笑了下："没经历过绑架的人都能把人贩子吓跑，竟然会被区区电视吓到？"

乔乔愣了一下，脑子里迅速回想他这话的意思。

两秒钟后她才反应过来："是你！"

第二章 原来他是我的老师？

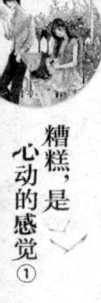

徐云深的笑容更明亮了:"跟老公离婚了吗?"

乔乔的表情有些尴尬:"我后来找过你的……"

徐云深抬手示意她不用说了:"过去的事我不想再提了。今天也不早了,你先请回吧。"说完,就将乔乔"送"出了家门。

乔乔看着被关上的房门很是无奈,这真是人生何处不相逢啊……

3

几天后,之前从学校宿舍搬走的乔乔又垂头丧气地回到了宿舍,王菲虽然很开心,但是看着乔乔垂头丧气的样子,她不免有些担心:"怎么了?出什么事了?"

"唉,别提了……"乔乔双手抱头郁闷地坐到椅子上,详细地向王菲解释过去的一段时间她经历了什么。

听完乔乔的话,王菲有些尴尬地确认道:"所以,你是因为吓坏了新房客的儿子,才搬回学校的?哪有租户赶走房东的道理?"

"我也是没办法,我已经想尽各种办法讨好他了,可还是没有用,他爸爸说他被吓得都不敢出门了,我只能先离开了。"

王菲安慰地拍了拍乔乔的肩膀:"别想啦!反正你们是邻居,以后时间长着呢,小孩子很好哄的,不会记仇太久,何况你也不是故意的。"

乔乔点头:"希望吧。"

"不过你回来了以后就能陪我一起打工,然后一起回学校了!"王菲转而变回一脸兴奋,"自从你搬出去住,我在学校觉得好无聊。"

乔乔站起身准备去铺床:"没办法啊,学校的熄灯时间和网络真是让人崩溃。"抖了一下床单,她突然回过头来:"对了,你那个咖啡厅小帅哥怎么样了?"

王菲的脸登时就红了起来:"人家有名字的好吧!不要总这么叫!"

乔乔一听,立刻打趣道:"哟!连名字都知道了,哪儿的啊?"

一说到心上人,王菲立刻双手捧颊微笑道:"他叫江河,说来也巧,也是咱们学校的!他已经大三了,是学心理学的,好像已经找好医院实习了。"

"学心理?"乔乔眼睛转了转,"我新住户的儿子现在根本不理我,你能不能帮我拜托他从心理学的角度想想办法?"

"啊?应该可以吧,不过我跟他还不是很熟,请他帮忙这个事我还有点儿开不了口,不过……"王菲想了想,"我有个高中的学姐是咱们学校心理系的,她应该可以帮你的忙。"

虽然王菲口口声声说她跟江河并不熟,她并不好意思找他帮忙,但是在帮乔乔跟学姐搭上线之后,她还是控制不住内心的小悸动,以此为契机找上了江河。

江河的生活非常规律,几乎每个周日王菲都能在咖啡厅里看到他,于是某个风和日丽的周日下午,王菲尽职尽责地擦完桌子,小心翼翼地端着自己刚会做的卡布奇诺,紧张地放到江河面前。

看着眼前的咖啡,江河诧异地抬起头:"我没有点咖啡。"

王菲的脸瞬间就红了起来,结结巴巴地解释道:"这……这……这是送……送你的。"

温暖的午后阳光,娇羞的花样少女,江河也忍不住柔和了表情:"这样啊……那谢谢了。"

王菲双手用力地互搓着,很想跟江河说些什么,然而一看到江河的脸,她就紧张得脑子一片空白,憋了半天只憋出"打扰了"三个字,

第二章 原来他是我的老师?

转身准备离开。

"等一下。"江河在她身后开了口。

王菲立刻回头,睁大眼睛期盼地看着江河。

江河笑笑,指了指自己对面的位置:"如果你们老板允许的话,坐下休息一会儿?"

王菲点头如捣蒜。

江河是很温暖的男生,似乎知道她很紧张,想不到什么话题来跟他说,就主动和她聊天,知道他们是同校的时候,还有些惊讶地睁大了眼睛。

王菲继续搓手,努力地想着话题:"我这次来,是想找你帮个忙……当然如果你没时间帮不了也没关系,我知道我很唐突……"

"你说,如果我能帮的话,一定帮你。"江河温和地说道。

听了江河的话,王菲偷偷地松了一口气,努力回忆着乔乔跟她说的遭遇,认真地梳理着。就这样,悠闲的下午,王菲借着乔乔这个事,终于找到了跟江河面对面交流的机会。

江河听了乔乔的遭遇,很认真地分析了一下,但也表明没见到当事人没办法给出确切的解决办法:"还是应该见见那个小男孩才知道具体该怎么做。"

"他连乔乔都不见,更何况是我们……"叹了口气,王菲不经意地抬眼看了一下挂在墙上的时钟,赫然发现她的休息时间早就过了,吓得她立刻站起身,"今天太谢谢你了,我得去工作了,下次再聊。"

"也没帮到你什么,不用这么客气。"将已经凉了的咖啡全部喝光,江河对着王菲笑了笑,"下次再聊。"

王菲立刻没出息地又红了脸。

他说……他们还有下一次欸!

相比于王菲的顺利，乔乔就有点儿坎坷了。那个学姐好像很忙，乔乔自学了十来天才约到她。虽然是心理专业的学生，但对于超级学霸乔乔来说，只是随便聊几句就知道对方明显不能提供给她什么帮助。

不过乔乔还是很有礼貌地跟她学了一上午根本没什么用的初级理论，然后请学姐吃了顿午饭，又十分谦逊地表明学姐似乎挺忙的，能不能推荐几本书让她先自学一下。

之后的一段时间，乔乔除了上课以外，都是在图书馆里安营扎寨的，就想着什么时候回家能改善徐希的情况。

乔乔的性格就是这样，只要自己想做什么，那必须做到自己能做到的最好的程度，要不是已经错过了选择选修课的时间，她八成此时此刻已经坐到心理学系选修课的教室里了。

就这样，乔乔在图书馆泡了整整一个月，整个宿舍的人都知道乔乔沉迷于心理学无法自拔。室友念念看着还在闷头苦读的乔乔，一边戴隐形眼镜一边开口道："小乔，要不你去替我上选修课吧，正好我选的心理学。"

乔乔一听，立刻从书里抬起头："真的？"

"是啊！反正我当初只是随便选的，而且那个老师只点名不记人的，你去听吧，总比你天天啃书本要强。"眨了两下眼睛，适应了眼球上薄薄的美瞳，念念从桌子前站起身，递过几本书，"至于我！就去玩儿啦！"

乔乔倒是完全不在意自己被人拉去替课，立刻整理好书本："是今天的课吗？几点？那老师有其他的课吗？都在哪个教室？"

"今晚六点，在主楼的1103。"

"六点？"乔乔看了一眼手表，已经五点五十分了，宿舍与主楼

第二章 原来他是我的老师？

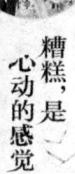

还有一段距离,都不知道现在去能不能来得及,"你怎么不早说?我先去上课了。"

夹着念念给她的两本书,乔乔向着教学楼一路狂奔。

4

徐云深完全没想到高院长居然能这么狠心,真的就把他丢到大学里当什么心理咨询室的老师!而且这所大学心理学系的杨主任在他上大学时曾经教过他一小段时间,和他很熟,于是便直接丢下一句"你没什么事儿就帮我上几节选修课吧"。就把他送进了选修课教室的大门……

可是说实话,徐云深从开始进入医院实习起,除了读博后的答辩和取毕业证书时回过学校以外,就几乎没在学校生活过,现在每天在咨询室,对着叽叽喳喳的女生们,徐云深觉得一个头两个大。

"所以说,精神分裂是大脑感知、认知、思维等没有正常的情绪反应,而多重人格是在特定的刺激下出现的另一种保护原本人格的副人格,而如案例中所说……"话刚说了一半,徐云深就听到一个极其细小的开门声。

其实这种情况在大学里经常会出现,他一般情况下是不会介意的,但是当他的视线偶然往后门那儿扫了一眼,他就觉得这种事儿,得管一管了。

早就从后门窗户里瞄好空座位的乔乔尽量把自己缩成不引人注意的大小,默默地迈着小碎步向里面走着,然而,有人偏偏不想让她这么低调。

"我看到有的同学,学习的心还是很真诚的,哪怕迟到了也要来上课，那么我来问一下这位诚心来上课的同学……"

原本以为自己目标很小的乔乔突然就接收到了来自四面八方的视线压力，后知后觉地抬起头，先是对上了三十多双好奇又有点儿幸灾乐祸的眼睛，然后才看到远处讲台上那一张熟悉的扑克脸。

天啊！这种人居然还能为人师表？还是在她的学校里？还这么巧，教这堂选修课？墨菲定律这么可怕吗？

虽然她很想说自己是替别人来上课的，可是又怕她这么说会害念念丢学分，只能硬着头皮站起身，对着那张扑克脸笑了下。

徐云深一看乔乔那个心虚的样子就知道她肯定是个不常上课的，便故意开口："我也不为难你，你就简单解释一下 Multiple-personality disorder（多重人格症）和 schizophrenia（精神分裂症）的区别。"

因为是选修课，大家学的都是基础知识，涉及的专业术语基本都是中文，所以当徐云深突然扯出两句英文，大家完全蒙了。别说英文的含义，绝大部分人连他说的是什么都没听清。同学们十分有默契地低下头，生怕万一乔乔答不出来，这新老师再顺口提问他们。

气氛突然有些尴尬。

乔乔站在原地稍微犹豫了一下，轻轻地开了口："因为我也是刚刚接触心理学，准确的答案给不出来，但是我觉得，一个是心理疾病，一个是精神疾病，最大的区分方式是看有没有脑部病变。"

话音一落，徐云深骤然来了兴趣，双手交叉垫在下颌上，继续问道："可不可以说一下你对这两项的理解。"

"嗯……"乔乔沉默了下，但还是很认真地回答，"一个人有多个子人格是正常的，也就是我们常说的人有多个侧面，关键是看各个人格之间是否能够整合，是否在一个自我的引领下。如果子人格各自

为政,不分主次,彼此冲突,或彼此不知另一方的存在,使人的行为出现严重紊乱,那就是多重人格障碍了。多重人格障碍患者虽然出现了不同的人格,但每个人格的行为是可以理解的,心理过程也是相对协调一致的。精神分裂是一种心理的分裂状态,认知、情感、意志及行为过程分裂,患者没有自知力。就治疗来讲,精神分裂一定要用药物治疗了,多重人格则属于心理治疗范围。"

徐云深情不自禁地柔和了表情。

乔乔一看就知道自己过关了,不动声色地松了口气,她准备挑个不引人注意的地方坐下去安静地听课,谁知,徐云深像是发现了她的内心想法一样指着自己面前的第一排椅子说:"来,坐这儿吧。"

乔乔抿抿嘴,心不甘情不愿地走到第一排坐下来,又从包里拿出一本《儿童心理学》放在桌面上……

看着自己手中《变态心理学》的教案,徐云深轻笑了下,又看了一眼乔乔。

这是听他说徐希有心理疾病就来投医了吗?

不得不说他有点儿被她感动了,看来她是真心想要补偿徐希。其实那天的事真的是个意外,也不能全怪乔乔,她搬回学校之后,他还有点儿内疚。

乔乔发现徐云深一直垂头看着她出神,有些不明所以。

稍微思考了一下,她觉得徐云深可能是在学校里看到自己的房东有些震惊。为了能让同学们不受她和徐云深的关系影响,乔乔写了张纸条,然后放在自己的桌面上。

幸好自己是在第一排,只要他稍微低下头就能看见纸条。

安心上课,你是老师,我是学生,除此之外没别的关系。

徐云深看到后嘴角微微抽搐了一下——我们可是有一万七千块的债务关系啊同学！

徐云深刚升起的一点儿感动瞬间就被抛到脑后，脑子里只剩下哭笑不得，看着眼前一本正经的乔乔，徐云深突然就涌出了想要捉弄她的想法。

徐云深对着乔乔眨了一下眼睛，随后抬头开口："我刚刚说过，为了能深入研究和说明异常心理的基本性质与特点，我们最常用的一种方式就是同患者调换身份，从他的角度来思考问题，那么我请这位刚到的同学来设身处地地想一下……"说到这儿，徐云深再次低下头，明亮的眸子看向乔乔，平和肯定地开口，"你是个变态。"

"什么？"乔乔忍不住一脸蒙，她不是来学习心理学的吗？怎么成了变态？

然而，徐云深并不打算给乔乔缓冲的时间，之后的大半堂课，乔乔便被徐云深一口一个"变态"地叫着。还经常询问乔乔作为一个"变态"，对某些事物的看法，而乔乔随口说的答案，徐云深都非常赞赏，仿佛乔乔十分理解变态的心理，周围的同学们一开始有点儿糊涂，渐渐地也回过味来，每次"变态"的称谓响起，便会传来一阵低低的笑声，令乔乔分外尴尬。

难熬的一节课终于结束了，乔乔第一时间冲出教室，而徐云深则一脸神清气爽地走了出去，目送小变态……哦不，乔乔愤怒的背影离开。

早知道她这么容易生气，他就不总拿她举例子了。

不过……这世界可真小呢，谁让她自己撞上来呢？

勾唇笑了下，徐云深拿出选修课的名单，准备查查乔乔的签到率怎么样，如果敢超过三次没来，那就别怪他要在杨主任那里告她一

第二章 原来他是我的老师？

状了。

"邱森森，徐晓佳，江宁……"前前后后看了三遍名单，里面并没有乔乔的名字。

稍微回忆了一下当初在火车站里乔乔给他看的那张学生证之后，徐云深又看了一遍选修课学生的专业，然后注意到了跟乔乔同一届又同一班级学生的名字，微微有些惊讶地挑了下眉。

这么说，乔乔她并没报这科选修课，甚至不知道今天学的是什么，就拿了一本《儿童心理学》来替别人上课。而且经过一堂课的了解，乔乔虽然基础不深，但是很显然，理论知识很扎实，而且涉猎范围比较广……显然是学了一段时间。

看来她真的为了徐希做了不少努力。

就在此时，手机响了起来。

徐云深看了一眼就赶紧接起电话："高院长。"

"嗯，怎么样啊，云深？实习有没有什么感受？"

"教育要从娃娃抓起啊……"

"少跟我贫嘴！我只是想教育你一下，让你回学校里养养性子……你打算什么时候回医院？"

如果是之前，徐云深自然是巴不得赶紧回医院，但是现在，一想到乔乔那个气呼呼的背影以及她为了徐希而做的努力，徐云深笑了下："高院长，前段时间我确实太忙了，需要个冷静期思考和放松一下，不然你再给我点儿时间吧，医院有需要我的地方我随时回去，但是忙完了希望您还能让我回学校。不会很久，两个月就行。"

"你这孩子……"

"不是吧，高院长，我为了医院鞠躬尽瘁，您还不给我两个月的假期？"

"行吧行吧,说好两个月,那就两个月,你好好放松放松吧。"挂断了电话,徐云深无声地对着空气比了个"V"字。

想起乔乔气成包子脸的样子,徐云深忍不住嘴角上扬,安慰自己说,既然你有心向学,不如就让我好好地教教你吧。

之后又上了两周的选修课,徐云深都没遇到乔乔,但是点名的时候他特意关注了下和乔乔同一个班级的那个女生,徐云深细心地发现,这个女生的书包上挂了个跟乔乔同一款的装死兔,不过乔乔的是灰色的,这小姑娘的是粉色的,下课的时候还有个短发的小女孩来找她吃饭,书包上是个白色的装死兔。

嗯……看来她们关系肯定不错。

徐云深稍微算计了一下,走出教室,拦住了那只"粉兔子":"嗯……周悦念?"

念念吓了一跳,回过头才看到是那位帅得不行的选修课老师,立刻兴奋地小小握了一下拳头,控制不住地露出灿烂的笑容:"您好,徐老师,有什么事吗?"

"是这样的,两周前的选修课我留了个小论文,所有人都交了,只剩你一个了。"徐云深一本正经地说谎道。

念念着实愣住了,大脑里一直回想着两周前是什么时候。

徐云深是时候地插了一句:"难道……你没来上课?"

念念立刻一个激灵,赶紧赔着笑回答:"怎么会呢?啊,那个论文啊!我知道了!这两周参加社团活动来着就忘了交了,今晚我就把论文发您邮箱里。"

徐云深轻轻皱了一下眉,而后点点头:"好的,最好今天就发过来,我正在录你们的平时成绩,就差你一个了。"

"好的,老师!您放心,我现在就回去看看我的论文存在哪儿了,

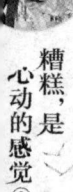

等我找到就给您发过去。"念念说完,立刻拉着肉乎乎的"白兔子"走了。

此时此刻乔乔正在图书馆里学习,突然就接到念念的电话:"你怎么没说徐老师留了论文作业?"

乔乔一脸茫然:"他没留作业啊。"

"刚刚他都说了,全班都交了,只有我没交。"

乔乔一愣,不禁开始怀疑是不是自己太生气以至于错过了什么。

不过相对于乔乔的呆滞,念念倒是比较洒脱:"不管他有没有留作业了,一天时间也不可能写完论文的,没关系,少这一科选修课成绩,我下学期再报一门课好了。"

挂了电话之后,乔乔略微犹豫了一下,把电话拨给了房屋中介的张哥。

"喂?张哥,是我小乔,呵呵呵,没什么大事,就是想问您个事,能不能把我那个房子租户的联系方式给我?"

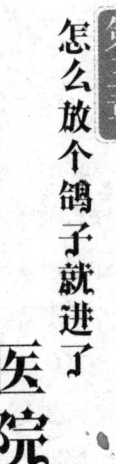

第三章 怎么放个鸽子就进了医院

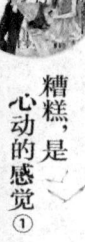

1

夕阳西下，阳光正好，徐云深买了几样蔬菜给徐希做了营养晚餐，正要吃时接到了乔乔的电话。

乔乔很平和地开口："徐老师您好，我是乔乔。"

徐云深微微弯了一下唇，声音一如既往地平和："哦，房东啊，什么事？"

乔乔"呵呵"假笑了两下："前两周的课留什么作业了？"

"啊……这两周我一直在收作业，你不知道我留了什么？"徐云深故意长吁短叹地开口，"现在的大学生上课好不认真啊。"

乔乔被不硬不软地噎了一句，顿了一下开口："不是的，我……"

"你不用解释，我知道你这两周都没来上课。"徐云深轻轻地开口，"我都没看到你，你当然不知道交作业。"

不是啊！我是替别人来上选修课啊！

这句话在嘴里翻来覆去地滚了好几遍，最后乔乔还是把这句话吞下去了，默默地开口："老师，我错了，我下次一定认真上课。"

听到这儿，徐云深忍不住轻笑了两声："你上什么课？你叫周悦念？"

搞了半天，他知道她替念念上课的事啊！

乔乔明白他是故意捉弄她之后也不装了，十分直接地开口："那就说你留的什么作业吧，我当时当了一堂课的'变态'，你说什么我都不记得了。"

"没事，你不记得就不记得吧，反正扣的也不是你的平时成绩。"徐云深轻描淡写地回复。

"你……"乔乔没想到徐云深居然会这样威胁她，咬了咬牙，压抑住心中的愤怒，做了几个深呼吸才开口，"我只是想学儿童心理学而已，没想到你是教变态心理学的，早知道我是不会去上课的。"

徐云深听后，细长的手指敲了敲桌子，正在低头吃饭的徐希立刻抬起头疑惑地看了他一眼，徐云深对他笑了笑，示意他继续吃饭，然后开口："为什么想学儿童心理学？"

乔乔立刻粗声粗气地回答："跟你没关系！"

"不怕我扣周悦念的平时成绩了？"

乔乔沉默了下，突然开口转移了话题："徐希喜欢吃什么？我周末要回家取点儿东西，我给他带回去。"

徐云深微微一勾唇，一字一顿地开口说道："摔了我的电脑，害得我沦落到你们学校当老师，还叫了警察把我儿子吓得好几天才敢出门去上学……这么多罪名放在一起，我觉得你那点儿小恩小惠并不能了结这些事。"

乔乔短暂地安静了一瞬间，而后平静地再把话题转了回去："作业是什么？"

徐云深眉头一动，随口说道："病理心理学的实际应用和研究。"

"好。"乔乔答应得很干脆，"但是……因为我没怎么学过这方面的课程，今晚论文交不了了，明天早上一定交给你。"

徐云深下意识地觉得乔乔肯定写不完，就算写了也是抄袭敷衍而已，所以也没当回事，就"嗯"了一声，而后就挂了电话。

徐希从饭碗中抬头看了他一眼，小声地问道："邻居那个姐姐？"

徐云深"嗯"了一声。

徐希用勺子戳了两下米饭，却没吃，不知道在想什么。

徐云深摸了摸他的头："一会儿凉了，快吃。"

徐希应了一声，又戳了下米饭，突然开口："她一直给我买吃的，买玩具……是怕我讨厌她吗？"

徐云深垂眸看了他一眼,温和地开口:"一个人若是发自真心地对你好,你是能体会到的,你来决定,要不要接受她的道歉。"

"嗯。"徐希低下头。

第二天早上,徐云深起床后就开电脑查收件箱,意料中什么都没有。

轻哼一声之后准备去叫醒徐希,结果刚刚转身就听到"叮咚"一声新邮件的提示。

脚步顿了顿,徐云深自言自语道:"还是让徐希多睡二十分钟吧。"然后,他重新坐回电脑前点开了邮件……

关上电脑之后,徐云深陷入了深深的思索之中——很明显,这篇论文的深度还达不到专业的水平,但是又不是网络上那些满是套路的样文,里面有自己的思考和与众不同的结论,整篇小论文逻辑清晰、内容充实,明显是她自己写的。

但是他没想到一个非心理学专业的大二学生能有这样的水平……

在他还在思考的过程中,又是一声"叮咚",点开还是乔乔的邮件,里面是直接打在正文里的一小段话。

徐老师您好:

因为时间比较赶,我没对参考文献进行深入的思考,而且有几个关键点我也没想透,我把问题都列在论文的附件里了,有时间我会再去请教您。

另外,早上回家取东西顺便买了早餐,我挂在门把手上了,想吃就吃,不想吃就丢掉。

乔乔

徐云深高高地扬起眉毛,立刻起身向防盗门走去,打开门后果然在把手上摸到一个塑料袋，里面装着两杯豆浆、两根油条、两个包子，还有一个小小的变形金刚。

2

乔乔很郁闷，她"变态"也当了，论文也写了，早餐也买了，礼物也送了，然而跟徐云深父子的关系并没有因为她的示好而有所缓和。王菲看她情绪一直低落，就给她出了个好主意——没有什么事是一顿好吃的解决不了的！如果有，那就两顿！

于是，乔乔决定请徐云深父子吃顿好的，彻底解决矛盾。

为了让自己显得更有诚意一点儿，她还特意去了一趟苹果专卖店，买了一个顶配的 Apple MacBook Pro，包装好放到宿舍里，就等着在饭桌上把电脑赔给他。如果他实在小心眼不同意吃饭，那她只能把电脑也挂在他家的门把手上了。

还好，虽然徐云深语气傲娇，但还是答应了乔乔的邀约，看来和解有望，乔乔也为之精神一振。

天公作美，周末阳光灿烂、万里无云，看得人心情舒爽，正适合谈笑风生，解决矛盾。

一大早乔乔就拎着电脑坐地铁赶往徐云深点名的饭店。

出了地铁站要步行一段路，其间看到好几辆豪车从自己身边经过，又走了不到两百米，便看到了一个装修特别豪华的大庭院，庭院内有一座喷泉，正源源不断地涌着水……

在这寸土寸金的地方居然有实力盖带庭院的酒店！再走几步，便看到连门外的服务生都穿着笔挺的黑色西装……

从没奢侈过的乔乔惊得目瞪口呆。最后还是包包里的银行卡给了

她勇气，她挺直了腰板走了进去。

服务生一看就是训练有素，并没有因为她一副学生模样还是步行而来就不接待她，反而一视同仁地迎上来，礼貌地笑道："小姐您好，有预订吗？"

"有，"乔乔不慌不乱地回答，"但是是朋友订的，我不清楚他留下的是什么名字。"

"好的，小姐您怎么称呼？"

"乔乔。"

"乔小姐您好！您订了我们的玫瑰包房，请跟我来。"

说完，服务生转过身就为乔乔推开酒店大门——不知道是不是她的错觉，总觉得这服务生的笑容似乎……更灿烂了点儿？

玫瑰包房蛮大的，能坐下十几个人的样子。乔乔刚进去就有两个穿旗袍的服务员殷勤地帮她拉开椅子。

虽然乔乔也从电视上见过这样的场合，但是现实中真有两个美女在身边近距离跟着，还是挺让人不习惯的，不过这貌似是这家酒店的规定，于是乔乔只能僵着笑脸应付她们，耐心地等待着徐云深父子。

和徐云深通过电话，他表示马上就从学校出发，乔乔计算了一下时间，让服务员半个小时后上菜。于是，半个小时后，精致美味的菜肴一盘接一盘地被端了上来，乔乔眼睁睁地看着原本空荡荡的大桌被塞得满满当当。

这好像……不是两个大人一个孩子能吃完的分量吧？这徐云深下手够狠的。

菜摆好之后，旗袍美女和服务生们十分礼貌地对着她鞠了一躬，随后款款走出雕花大门，留她一个人跟满桌的菜大眼瞪小眼。

就这样，乔乔捂着饿得"咕噜噜"叫的肚子一边吞口水一边等着那对父子。

但是一个小时过去了,那两个人还是没有来。

乔乔开始给徐云深打电话,可是电话接通了一直没人接听,原本她还玩玩筷子、餐巾来消磨时间,后来她已经能十分准确地说出桌布上一共有188朵牡丹花4322片绿叶468个六角形边框了,等到最后连一直在热菜的酒精炉都因为酒精燃尽而熄灭了,乔乔终于忍不住了。

徐云深的电话始终没有人接听,乔乔在耳边再一次传来忙音之后终于明白了一个道理——如果一个男人记仇,还真是可怕到不行。

喝了那盅已经变凉的佛跳墙,乔乔其他的菜一口没动,用纸巾点了点嘴角之后,按了服务铃买单。

跟乔乔重新确认一遍菜单之后,旗袍美女笑眯眯地开口:"菜品价格为一万六千五百元整,加上5%的服务费,抹零后是一万七千三百元,请问小姐您是现金还是刷卡?"

乔乔努力保持微笑道:"刷卡。"

徐云深,我要跟你拼了!居然点菜点出了一台笔记本电脑的钱!

付了饭钱又打包了一桌子的菜,乔乔直接去了王菲打工的咖啡厅。

王菲知道乔乔今天要请那父子俩吃饭,但是没想到她这么快就回来了,还打包了这么多东西。

"你这是干什么?"王菲手忙脚乱地从乔乔手里接过餐盒,"不是出去吃饭吗?怎么把东西都带回来了?"

乔乔恨得牙痒痒:"你知道他干了什么事吗?他在凤凰楼点了一万七的菜然后没来!"

话音一落,王菲看着乔乔手里的菜,眼睛都直了:"你的意思是……这是凤凰楼的菜?"

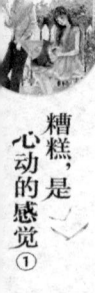

乔乔一脸无语:"同学,你的重点搞错了!"

"嘿嘿嘿!人家不是没吃过吗?"

弹了王菲额头一下,乔乔一边捶着酸痛的肩膀一边开口:"菜先放你这儿,你想吃就吃,不想吃一会儿跟我一起拿回宿舍,丢掉太浪费了。"

"行啊!我还没吃过脸那么大的大闸蟹呢!"王菲夸张地吸了下口水,然后像忽然想到了什么似的开口,"你要干吗去?"

看着自己当个宝似的一直抱在怀里的笔记本电脑,乔乔咬牙切齿道:"我有更重要的事要去做。"

于是,一个凶巴巴的少女,夹着一个快被捏烂的电脑包推门走进不久前刚光临过的苹果专卖店,不等服务员开口询问就直接将那个电脑包摔在柜台上。

"退货!"

3

王菲一边擦着桌子,视线一边情不自禁地看向窗户下面阳光正好的一张桌子。江河正坐在那里看书。

金色的阳光洒在乌黑的头发上,泛起灿烂的光,细长的手指握着笔,在洁白的纸张上沙沙作响。少年长长的睫毛下有一道浅浅的阴影,秀挺的鼻梁在阳光下划下一道优美的弧线,薄薄的嘴唇带着一抹温柔的笑意,轻轻地翻阅着手中的书。

或许是感受到王菲的目光,江河突然抬起头看向她的方向,随后对着她温和一笑,看了一眼老板坐的位置,江河突然对王菲小幅度地招了招手。

王菲的心"突"地一跳,而后也是先看老板,随后才指着自己的胸口无声地反问了一个字:"我?"

江河点头,又招了招手。

这时的王菲,就像被主人召唤的小猫一样,轻手轻脚略显害羞地走了过去。

柜台后面的老板抬头看了一眼,看到店里也没太多的客人,就由她去了。

拿着抹布假惺惺地擦着江河面前的桌子,王菲小声说道:"怎么了?"

江河笑弯了眼睛:"你别紧张,我就是想问问你那个朋友跟小孩子怎么样了。有进展吗?"

原来不是想跟她聊天——王菲的表情有一瞬间的失落,但是很快就明亮起来:"今天她去请他们吃饭了,我觉得应该没人会拒绝一顿善意的晚餐吧。"

江河点点头:"那确实,别人请你吃饭,还没什么恶意,一般人都不会拒绝的。"

王菲也跟着点头,不过点着点着,脑袋里突然灵光一闪,有个念头一闪而过,但是她向来不善于抓住脑子里的点子,一时间也没反应过来,只是傻乎乎地站在那儿。

江河也没说什么,喝光了手里的咖啡后收拾好自己的东西,而后从兜里拿出一块糖放到王菲的手里:"加油啊,好好打工。"

王菲看着手里的糖,脑子里空白一片,机械地回了句"您慢走",眼看着江河对着她笑了笑,单肩背着书包走出了咖啡厅的大门。

老板突然从柜台后面抬起头,看着还傻站着的王菲开了口:"王菲。"

王菲一个激灵立定站好:"老板。"

"嗯。"看着刚刚关上的咖啡厅大门,又看了一眼王菲手里的糖,老板垂着眼睛开口,"我们中国人都讲究礼尚往来,人家送你礼物,你不应该还人家点儿什么吗?"

王菲还有些愣神:"啊?"

看着不成器的员工,老板只能继续点拨:"比如说,问问人家想不想跟你吃顿饭,毕竟别人请你吃饭,还没什么恶意,一般人都不会拒绝的。"

咦,这句话怎么这么耳熟啊……

迟钝了三秒,王菲猛地惊醒,跌跌撞撞地追出了咖啡厅:"江……江河!"

江河还没走多远,听到喊声停下脚步回过头来:"什么事?"

王菲的脸一瞬间涨得通红,紧张得在原地拧着手中的抹布:"你……你愿不愿意晚上一起吃个饭?呃……如果晚饭没时间的话,消……消夜也可以……"

江河听着忍不住"扑哧"一下笑出声:"那等你下班后,我们晚饭加消夜怎么样?"

王菲点头如捣蒜:"好!"

虽然撑得不像样子,但是能跟江河吃了一顿晚饭、一顿消夜,就算让她撑死她也愿意。王菲默默地想着。

江河左手拎着给室友带的消夜,右手拿着几串烧烤,有些好笑地看着像仓鼠一样塞了满嘴吃食的王菲:"还能吃下吗?"

王菲想回话,结果一张嘴就打了一个响亮的嗝,继而有些尴尬:"能……能吃!"生怕说完自己不想吃了江河就会把她送回宿舍,王菲努力地吞着手里的东西做出狼吞虎咽状。

江河低头看了她好一会儿，空出手来从包里拿出一瓶矿泉水递给王菲："吃不下就不要吃了，对胃不好。如果下次你还想吃，我再陪你出来吃，好吗？"

一听还有下次，王菲立刻放下手中的麻辣玉米，松了一口气，调整了一下被撑得有些狰狞的表情，对着江河温柔一笑："好呀！"

看着满嘴满牙辣椒的王菲，江河再次自控不能地"扑哧"笑出声。

王菲这边顺风顺水，乔乔这边火冒三丈。

一想到她诚心诚意地想要化解矛盾，结果人家面都没露，还坑了她一大笔冤枉钱，乔乔就觉得气不打一处来。

本想看看书消气，结果书上那一个个的方块字都扭曲成徐云深的脸，仿佛不停地在嘲笑她。就在乔乔拿起书准备怒摔在地上时，手机突然响了起来，是王菲。

"小乔你在哪儿呢？"

"宿舍。怎么了？"乔乔放过手中的书，换了一本新的准备看。

"我有个大八卦！"王菲语气里满满的八卦，"你猜是什么？"

乔乔的脑子在听到"八卦"两个字就已经开启了自动屏蔽功能，敷衍地"嗯"了声，随口问道："什么八卦？"

"咱们学校有个女学生要寻短见！"

"什么？年纪轻轻的干吗要这样，父母知道了得多伤心……"乔乔喃喃了两句又问了起来，"发生了什么事？考研没考上？还是工作没找到？总不能是失恋了吧？"

"原因不知道，我只知道是被人救了，但是谁救的不知道。"说到这儿，王菲不禁一阵唏嘘，"如今还是好人多啊！"

"幸好被救了。"乔乔呼出一口气，重新集中精神，右手握着笔

在书上画着重点。

"喂,对了,咱们学校贴吧已经把新闻登出来了,我现在给你分享到微信里,记得看哈!"说完,也不等乔乔回复,王菲径自挂了电话,很快,微信便响了起来。

原本乔乔是准备看完这一页书再看的,但是王菲好像还跟她说了什么,微信"叮咚叮咚"地一连过来七八条消息。

叹了口气,乔乔打开了手机。

不知道是谁拍的现场的照片,一个女孩子一直捂着脸哭泣,虽然看不清楚脸,不过身姿曼妙,一头长发很是惹人瞩目,四周围了一圈人。

乔乔百无聊赖地一张接一张地翻着照片,突然手下一顿,仿佛看到了什么,她翻回上一张照片,然后不停地放大,放大……

画面的右上角有一个眼熟的身影,一只手捂着胳膊,眼镜反着相机的光,此时正侧着身准备离开。

如果不是乔乔对这人已经熟悉到恨不得生啖其肉的程度,她几乎不会注意到他,尽管只是个有点儿模糊的侧脸,但是乔乔还是认出来了——是徐云深。

再翻这帖子的时间——昨天下午五点半。

正是她跟徐云深约定的时间。

乔乔直接翻出通讯录准备给徐云深打个电话,仿佛心有灵犀,手机此时突然响了起来,来电的人恰好就是徐云深。

乔乔立刻接起电话:"喂?"

徐云深还在跟别人说话,接起来的一瞬间还听到他在说"不需要止痛",听到她的声音之后才"喂"了一声。

乔乔是有一堆问题想砸过去的,但此时此刻还是板着脸假装冷漠地开口:"什么事?"

徐云深顿了顿，随后开口："你没话问我？"

乔乔咬了咬嘴唇，强撑着开口："不是你给我打的电话吗？"

徐云深似乎通过电话就看透了乔乔的内心，不疾不徐地开口："我是看到未接来电里你昨天给我打过电话，才给你回电话的，你没事？"

怎么会没事啊？我有一堆话想要问你啊！

乔乔被一肚子的话憋得不行，但还是碍于面子咬着牙回答："没事，我手抖拨错了。"

"原来是打错了……我看前前后后十几个未接来电，你这手抖得可是够厉害的，有时间记得去医院看一看。"徐云深在电话另一边漫不经心地说道，"你要是没事，我也没事了，挂了吧。"

乔乔二话不说就挂断了电话。然后一声怒吼震得整个宿舍楼都抖了抖。

不过很快的，手机又响了起来，还是徐云深。

这次乔乔根本没给自己调整心情的时间，接起来就是一声凶神恶煞般的怒吼："干什么？"

"吓我一跳……"徐云深低低地咳嗽了一声，"干吗火气这么大，我就开个玩笑你就生气了？"

"我火气大？你说我火气大？你自己干了什么让我上火的事不知道吗？"徐云深越是轻描淡写乔乔越生气，"昨天，我诚心诚意地要请你吃饭，结果呢，你……你……你……"

乔乔"你"了半天，后来还是咬着后槽牙把那些要脱口而出的气话憋回肚子里，最后只是说了句："反正你心里明白。"

徐云深听后微微弯了弯唇，态度诚恳地道："对不起啊，乔乔，我不是故意的。我是真心想跟你和解的，只不过发生了点儿意外……"

没对意外做太多解释，徐云深话头一转，"我给你打这个电话是

有事想求你。"

"你说什么?"在做出那种事之后,他竟然还能有脸开口求她吗?

"我受伤了,现在在医院呢,我儿子快放学了,你能帮我接一下吗?"

受伤?在医院?

乔乔挑起了一边眉毛——莫非王菲口中的"不知道是谁"的救人英雄就是他?不过……

"你那些朋友们呢?"难道你孤单到必须找我来接?

"你确定要我找他们?我可是特地给你一个和徐希拉近距离的好机会。"别说我不帮你!

"他几点放学?"

徐云深勾起一抹胜利的微笑:"四点放学,接孩子有密码的,一会儿我把密码发给你。如果方便你带他吃顿饭,然后送到中心医院,我在骨科317病房。"

乔乔认认真真地把徐云深说的话记在笔记上:"他有什么忌口的吗?"

"他不吃辣,其他倒是没什么忌口。不过他很挑食,可能你说一堆东西他都不吃,但是一定得让他吃,特别是青菜。"原本还很散漫的徐云深,在说到徐希的时候,语气立刻正经起来,"他现在非常喜欢玩电子产品,但是这样很伤眼睛,所以如果他跟你要手机玩,绝对不能给他。"

乔乔正在本子上记录的笔一顿,突然回想起小时候,因为胃肠感冒而上吐下泻,乔爸爸一脸心疼地问她有没有什么想吃的,可是当她躺在床上软绵绵地说了句"想吃冰淇淋"时,乔爸爸气得恨不得要揍她一顿。

想想还真是好笑，可怜天下父母心。

虽然徐云深对她不怎么样，但是对徐希，真是掏心挖肺地好。一个好父亲，怎么都不会是个坏人的。

乔乔暗暗寻思着。

在笔记上写下"手机"两个字又画了个圈圈，乔乔看了一眼时间，立刻站起身："行，我都知道了，时间快到了，我要出发了，等我到了再说吧。"

徐云深眯着眼睛看了下被缠得像木乃伊的手臂，淡淡道："我等你。"

4

校园应该是最无忧无虑的地方了，连落地的树叶都带着快乐的模样。

而站在门外的家长们看起来就跟门内的孩子们截然相反，生活工作上的压力磨去了他们的激情，表情上都带着隐隐的倦怠。

虽然自己也变成了家长中的一员，但是乔乔在心里不停地告诫着自己——一定要有激情地过完这一生，千万不要变成眼前万千家长中的一个。

显然现在家长接孩子比以前要科学得多，每个人接孩子都需要随机密码，跟班主任对上密码之后才能带走孩子，不然就算是孩子的爷爷奶奶也带不走。

远远地就看到一群孩子在一个老师的带领下像小鸟一样从教学楼里飞了出来，乔乔立刻站到人群的最前边踮着脚尖仔细地看着。

徐希真是太好找了。

孩子们蜂拥而出的瞬间，一个小小的身影立刻孤零零地落在了最

后边,背着书包,形单影只。

乔乔想了想,侧身闪到人群后,想看看徐希看到没人接他会是什么反应。

但是徐希显然是已经适应了这种情况,看到同学们一个又一个地被接走,他只是站在老师身边低头用脚蹭着地上的小石子,不哭也不闹。

乔乔深深地叹了一口气——这内向的孩子。

从角落里走了出来,乔乔站在门外对着老师一笑:"老师!我是来接徐希的!"

几乎是在听见她声音的瞬间,徐希转身就走。

"喂!你这小东西!给我站住!"乔乔一着急差点儿就要翻大门进去了,"你爸爸受伤了让我来接你的!我有你爸爸给我的密码!"

听到这话,徐希果然停下脚步,有些迟疑地回过头:"我爸爸受伤了?"

果然是心疼爸爸的好孩子,乔乔再接再厉:"对啊,他现在一个人在医院里,好可怜的,我们快去看看他吧!如果你实在不相信我,那你给他打个电话?"

徐希转过身,咬着嘴唇看着乔乔,在原地挣扎了一番,转身对老师开口:"老师,您愿意送我去医院吗?"

徐希十分坚持地看着老师,老师只能一脸尴尬地转头看向乔乔:"密码是多少?"

乔乔飞快地报出一串数字,随后就可怜巴巴地看着徐希:"我都答应你爸肯定会把你带到他身边,你要是不跟我走,让我这面子往哪儿放?"

徐希连看都没看她,反而伸手扯住那老师的手,轻轻地摇了摇:

"老师，可以吗？"

老师很无奈，蹲下身对着徐希耐心地开口："如果老师有时间肯定会送你的，可是老师的宝贝生病了，老师得回家去照顾她。"

徐希抿着薄薄的嘴唇，虽然没开口说话，但态度明显已经软化了。

细白的牙齿轻轻地咬了咬嘴唇，徐希主动走出了校门。乔乔立刻迎了上来。徐希板着小脸对着乔乔做了个"stop（停）"的手势。

乔乔一脸茫然——这是什么意思？

徐希抓紧了书包，小声问："医院在哪个方向？"

乔乔向前一指。

徐希看了乔乔一眼，迈开了小小的短腿："你在后面跟着我，走错路告诉我一声……我不跟你一起走。"

乔乔嘴唇抽动了两下，最后还是认命地跟在徐希屁股后面，时不时地提醒他该向左还是向右。

威逼利诱加糖衣炮弹，乔乔终于哄得徐希吃了顿营养均衡的饭。为了让他们友谊的小船上的裂缝迅速合拢，乔乔还特地买了架小飞机模型来"行贿"。所幸，徐希虽然满眼戒备，但还是勉强接过了小飞机模型。

乔乔心里苦……

好不容易把徐希带到了中心医院，推开病房门时，乔乔惊讶地发现房间里并不是只有徐云深一个人，还有个很漂亮的女孩子。

乔乔第一个反应就是退出房间，准备让里面的人聊完她再进，结果病房里直接传来她的名字："乔乔！"

徐希扯了下乔乔的手，露出一丝微笑："走吧，小阿姨。"

乔乔下意识地点点头，刚走了两步又停了下来，难以置信地看着

徐希:"小阿姨?"

徐希乖巧地点点头,一脸无辜地反问:"不然呢?"

乔乔立刻义正词严地纠正道:"叫姐姐。"

徐希听后眉毛轻轻地皱了下,随后露出一个不甚明显但仍旧让人能看出来的嫌弃表情:"相差十岁以内才是姐姐,十岁以上就是阿姨。"

"这你就错了,"乔乔蹲下身,认真地对着徐希解释道,"只要是年轻漂亮的,就都是姐姐,知道吗?"

徐希抿抿单薄的嘴唇,默默地看着乔乔,三秒后移开了视线,然后点点头:"我知道了,走吧,小阿姨。"随后也不管乔乔了,径自走进了病房。

留下乔乔一个人在原地默念了两遍"放下屠刀,立地成佛",也跟着进了病房。

干净的单人病房,窗台放着一束鲜花,鲜花的香气冲淡了空气中隐隐的消毒水的气味,电视上还在播放着时下最火的电视剧。

本应该是挺平和的环境,徐云深此时此刻却觉得尴尬得不行。

早知道会发生一系列连锁事故,他当时救下这个想寻短见的女生之后,就应该直接走掉。他一时同情心泛滥,就准备送她回宿舍,结果刚跟着她走到楼梯口,就看到她脚一软跌下台阶。他本能地奔过去拉住了她,谁知道他自己却因为惯性跌下台阶,摔断了胳膊。

其实摔断胳膊倒没什么,最让徐云深深感尴尬的是,这少女居然找到了他,然后在他面前哭得梨花带雨。

他是真的不知道该如何应对哭泣的女孩子。

少女一边抽噎一边开口:"我听说你是个单身爸爸,我可以帮你一起照顾孩子的。"

"呵呵，我不需要。"徐云深尴尬地笑笑。

虽然从小到大，追求徐云深的女生有很多，不过他平常不苟言笑，看上去并不好接触，成功帮他挡掉了不少女生的青睐。所以实际上他并不太擅长应付女生，拒绝的方式一般都很简单直接，可是他又怕太直接会刺激到对方，毕竟刚经历过生死一线，神经会很敏感。

就在此时，乔乔突然推门而入。可是他还没来得及打招呼，她又闪电般地关门出去了。

他喊了两声，也不知道那一大一小两个人在门外搞什么，磨蹭了半天才看到徐希先走进来，后面跟着拉着脸的乔乔。

看到乔乔那一脸的不开心，徐云深脑子里灵光一闪，也不管这个做法是否合适，只是突然觉得，救星来了。

徐云深先是单手抱住一看到他就开始掉眼泪的徐希轻声安慰了一番，而后就招呼乔乔到病床前来。

乔乔很犹豫要不要过去，毕竟人家床前可是站了个娇滴滴的小女生。不过……这姑娘的侧脸怎么有点儿眼熟啊？

乔乔一边偷窥那个女孩，一边扭扭捏捏地走过去，走到床边后，还没等她想起来这姑娘是谁，一条胳膊突然拉住她的手臂，直接把她拉到自己身边坐下！

乔乔满脑子疑问。

徐云深紧紧地抓住乔乔的手臂，不给她逃走的机会，对着她状似深情地兀自说道："抱歉，让你担心了。昨天发生了一些意外，我摔下去的时候手机也摔坏了，进医院后只来得及让医生帮我通知朋友照顾一下徐希然后我就昏过去了，现在还在查有没有脑震荡，所以不能及时通知你，我不是故意的……"

虽然知道这应该就是徐云深昨天没赴约的原因，但是这么个情景

第三章 怎么放个鸽子就进了医院

还是让乔乔一脸茫然,不知道他突然这么深情是在演哪一出。

徐云深只能努力地用眼神暗示她不要动,而后松开了抓着乔乔的手,轻轻地顺了一下她的长发,温和地开口:"对不起,我以后绝对不会让你这么担心了。"

乔乔内心震惊地吼道:我到底担心什么了……

又摸了几下乔乔的长发,徐云深才对着床边一直盯着他们的少女开口:"给你介绍一下,我邻居家从小一起长大的妹妹,乔乔,那是我儿子,徐希。"

原本还一脸漠然的乔乔,听到这话彻底僵住了,她缓慢而坚定地抽回手臂,一脸看神经病的表情看着他。徐希也微微张大了嘴,惊讶地看着徐云深。

徐云深像是没看见她的眼神一样,表情带着宠溺:"昨天害你和阿姨白等了,我下回再去拜访她,但是我真的没事,你不用担心。"

话音一落,少女显然也惊到了,没有注意到乔乔和徐希不同寻常的反应。

徐云深对着少女笑了下,随后才把视线转到乔乔脸上。

而后就是一系列的眼神交接和内心对抗。

乔乔:有病?

徐云深:帮个忙吧……

乔乔:凭什么?

徐云深:有什么条件咱们两个人单独谈,现在帮帮我……

乔乔:不行!

徐云深:求你了……

乔乔抿了抿嘴唇,原本是不想配合他的,可是这徐云深平时在她面前都骄傲得不行,此时此刻露出一脸可怜兮兮的模样,成功挑起了她的同情心。

像是要把徐云深此时此刻的表情刻在脑子里一样,乔乔上下打量了徐云深好几遍,突然将垂在耳边的长发掖到耳后,先是娇嗔地轻推了一下徐云深的肩膀,随后转过头开始打招呼:"你好,我叫乔乔。"

同床边少女的视线对上的一瞬间,乔乔的笑容陡然僵住,顿了半天才尴尬地打了个招呼:"这……这么巧啊!"

少女的眼睛漆黑如夜,对着她轻轻地勾唇笑了下,而后一句话都没说,转身离开。

直到少女关上病房门,乔乔立刻转过身揪住徐云深的衣领:"怎么办?她叫邹欣悦,是我高中同学!"

解决了麻烦之后,徐云深立刻一改之前可怜兮兮的模样,眼角眉梢都带着得意:"那就是你的事了,跟我有什么关系?"

徐云深这一句话甩过来,差点儿把乔乔活活噎死。

"你是不是人啊?我刚刚帮了你,你翻脸就不认账!你……"乔乔一边说一边凶狠地摇晃着徐云深,"你居然能干出这种事,我真是错信了你!"

"喂喂喂……别摇了,我一直没出院就是因为在查头部有没有什么内部创伤,别我没什么问题让你摇出问题了。"徐云深被晃得头昏脑涨,也明白乔乔是真急了,赶紧单手拍了拍乔乔的手,"慌什么?我只说我们是邻居,关系很要好,也没什么毛病啊。"

虽然觉得他说得有道理,但是乔乔还是有些不爽:"啊!真是不想活了。"乔乔仰起头,伸手胡乱地抓了抓头发,嘟囔道:"为什么偏偏是熟人?在学校里的时候明明八百年都遇不上一次。"

一想起邹欣悦的脸,乔乔就觉得头痛。晃了晃头让自己冷静点儿,乔乔从病床上站起身,对着徐云深开口:"不管怎么说,这事我算是

第三章 怎么放个鸽子就进了医院

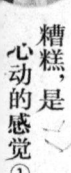

帮你解决了,你昨天点了一桌子菜还放了我鸽子,咱俩就算扯平了,电脑我就不赔了。"

徐云深眉头高高一挑:"点了那么多菜你居然还能完整地回来……喂喂!我是伤患,别动武!说真的,我一开始点那些菜只是吓唬你的,没打算让你付钱的,但是没想到会出这意外……"正说着,徐云深抿了下嘴唇,一脸歉意,"对不起啊,我真不是故意的。"

乔乔看着徐云深温柔的脸,顿了顿,开口:"那饭钱给我报了?"

"你想得美!我又没吃!"

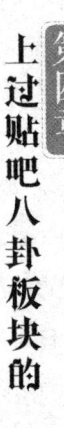

第四章 上过贴吧八卦板块的人

1

徐云深一直没出院，据说是因为从台阶上摔下来摔得太重了，生怕有什么后遗症，就被他医院里的兄弟们扣下来，天天做检查，但是乔乔几次看到那些医生偷笑的眼神，就怀疑他们是不是在整徐云深。不过这不在她担心的范围里，目前她担心的是徐希。

徐希这孩子好像很不喜欢医院，但是为了徐云深，他一直在忍耐。不过孩子终究还是孩子，再怎么懂事也不能坚持太久，所以她替徐云深接到徐希并把他送到医院准备离开的时候，徐希居然主动走出病房说要送她，这一送就直接送到医院的大门外，乔乔都准备打车回学校了，他还站在医院门口。

经过持续的旁敲侧击，乔乔才让徐希松了口，他就是讨厌医院，至于理由却怎么也不说。想着还是不要让一个孩子一直留在他讨厌的地方，乔乔思考了一会儿，又跟徐云深电话沟通了一下，就把徐希带回了家，徐希进了家门就在她面前一声不吭地关上了门。

乔乔撇撇嘴，冲着房门说了句"那我回学校了啊"就准备离开。

结果还没来得及按电梯，刚刚关上的房门突然被打开，徐希努力地板着一张小脸对她开口："你是不是忘了拿什么东西？"

乔乔想了想，回答得很干脆："没有。"

徐希抿了抿嘴："你再想想。"圆溜溜的黑葡萄眼睛一直看着她，目光里似乎带着那么点儿……害怕？

乔乔觉得自己好像意识到了什么，但是不太确定，于是试探道："可能是忘了点儿东西……吧？"

徐希的脸上立刻亮起希冀的光。

乔乔仰起头状似思考了一下，又按向电梯，"我记错了，应该是已经在学校里了，我先走了，你晚上乖乖锁好门哦！"

徐希站在她身后没有说话。

"叮"的一声电梯门开了,乔乔故作潇洒地背对着徐希挥了挥手,一边说"乖乖的啊"一边抬腿准备上电梯。

身后的书包突然被拉住,乔乔顺势收回脚,脸上的笑容更加灿烂了些,回过头正准备嘲笑一番,结果却对上脸涨得通红,却死死地咬着嘴唇不让自己哭出声的徐希,让她原本准备好的羞他的话全都憋回嘴里。

乔乔在心底默默地叹了口气——这个年纪就是应该想哭就哭、想笑就笑的,可不该像他这样,凡事都憋在心里。

乔乔越看越觉得她应该帮徐云深改改徐希的性格,便强硬地拨开徐希的手,狠心地开口道:"你不说话我就走了。"

失去了手中的依靠,徐希立刻一声哽咽,短短的腿也向前迈了一步,但还是死死地咬着牙关,没有说话。

乔乔看过去,决定下一剂猛药。于是她直接抬腿走进电梯里,并在徐希面前关了电梯门。乔乔眼睁睁地看着徐希那双明亮的眼睛突然滚落两滴豆大的眼泪,而后就消失在缓缓关上的电梯门之外。

乔乔一瞬间就后悔了——自己干吗跟那么小的孩子计较?就算要改变他的性格也不急于这一时。

于是,她匆匆地伸手去按电梯的开门键。

指尖还没碰到那开门键,电梯门突然缓缓地开了,乔乔愣了下,抬眼就看到徐希踮着脚尖按住电梯按钮,大声地冲她吼道:"你真的……真的没有东西忘掉了吗?"

这小孩儿……乔乔忍不住"扑哧"地笑出声来:"有啊!"

徐希胡乱地抹了抹脸上的眼泪,像看到希望一样说道:"那你要再找一会儿吗?"

乔乔并不如他愿地摇了摇头道:"不了。"

刚明亮起来的小脸瞬间暗淡下去:"是吗……"

乔乔不想再逗他了,直接走出电梯把他抱起来,不顾他一脸茫然,伸出手指刮了一下他的鼻尖,语气中带着宠溺:"我忘掉的东西就是你呀!"

徐希似乎还没反应过来,嘴巴傻乎乎地张成"O"形,乔乔"哈哈"地笑了两声,单手拿出钥匙打开了自己家的房门:"这几天就跟姐姐一起生活吧。"

"好。"徐希吸了吸鼻子,又补上了称呼,"小阿姨。"

乔乔翻了个白眼,这个记仇的小孩儿……

一直以来乔乔都觉得孩子应该是很难照顾的,他们调皮、不懂事,又哭又闹,上蹿下跳,能破坏掉眼前看到的一切。

毕竟现实中这样的熊孩子比比皆是。

但是徐希不一样,真不一样。

她把客房留给徐希住,早上基本是她起床后立刻就会听见客房门被拉开的声音,她还睡眼惺忪,而徐希已经穿戴得干干净净、整整齐齐地站在门口。在她洗漱的时候徐希会把自己换下来的脏衣服装在一个袋子里塞进书包,然后晚上带到医院让徐云深安排人来处理。白天,乔乔把徐希送到学校之后再去上学,然后下午按时拿着徐云深给的密码去接徐希到医院,晚上再接他一起回家。

看得出来,徐希的家教很好。生活中多了个萌萌的小孩儿,虽然忙了一点儿,但还挺有意思的——除了他总是在言语上给她添堵以外。这父子俩的毒舌属性真是一个模子里刻出来的!牵着徐希的手回家时,乔乔默默地想着。

这种有意思只持续了三四天。

2

某天，乔乔送完徐希，正匆匆忙忙地赶回学校上课，结果意外收到了无数人的注目礼——上次收到这么多目光的时候还是她穿反了毛衣，顶着一堆毛线头和标签，作为优秀学生上台发言的时候。

于是乔乔第一个反应就是摸自己的后颈，没摸到标签；再低头看一眼自己的鞋，不是拖鞋。那他们看的是什么？

总不能……是看她长得好看吧？

稍微歪了歪头，乔乔有些狐疑地摸着自己的后脖颈坐在王菲旁边的位置上听课。呃……姑且算是在听课吧，因为……

"是她吗？"

"就是她啊！我看到正脸了！"

"这么有名的人当然一眼就认出来了……"

"还是学霸呢……"

"真是想不到啊……"

"知人知面不知心……"

声音大得让她想认真听课都有点儿困难。

听了半天，乔乔皱紧了眉头，向身边的王菲凑过去，低声问道："她们说谁呢？"

一双细长的手指立刻捏上她的腰间："说你呢，你个笨蛋！"

"啊？是我吗？我怎么都听不懂？"

王菲搓了搓下巴："你等着，下课就知道是怎么回事了。"

"下课？"

"嗯，下课。"

于是，下课后，讨论声音最大的两个女孩的桌子上突然出现了一只手，"砰"地一下拍得地动山摇，王菲笑眯眯地问道："你们刚才

说的,是我们家小乔吗?"

二十分钟后……

王菲和乔乔蹲在图书馆门外,蹭着Wi-Fi(无线网)开始刷学校贴吧,点开了被顶帖到最上边的一条题目为"看看你们心中的学霸女神的真实面貌"的帖子。

第一层楼简单地放了两张照片,一张是乔乔拉着一个玉雪可爱的小男孩的手笑眯眯地向医院的病房区走去;另一张是病床上的男人单手将一个剥好皮的橘子递给乔乔,而乔乔身边还是第一张照片里的小男孩,手里也拿着两瓣橘子,但是男人是背影。

发帖人自然是匿名的。

三秒钟后两个人同时开了口。

"你在外面有孩子了?"

"谁把我拍得这么丑?"

"这是你现在的重点吗?"王菲狠狠地推了乔乔一下,"你给我解释清楚,到底是怎么回事?"

相比于王菲的义愤填膺,乔乔一直嬉皮笑脸的:"你自己看贴吧嘛,我也想看看,总觉得很精彩的样子。"

王菲没理会乔乔,十分认真地看了下去。

楼主:在医院偶遇咱们学校经济系的N同学,以为她是来看望朋友,没想到身边却带着一个五六岁的小男孩。亲口听到这个小男孩叫病床上的男人爸爸!而N同学和小男孩,还有小男孩的爸爸都很亲密的样子,关系很不一般。真是难以置信,据我所知,N同学今年才大二,学霸果然是做什么都快人一步!

美女的烦恼:私生子吗?真是看不出来啊……

S大彭于晏:我见过她几次,还挺热心肠的啊。

娇小姐：男人只要看到长得好看的都会偏心的。

Miss.queen：看那男的也不像学生，孩子都那么大了……啧啧……

王菲看不下去了，直接狠狠地将手机锁上屏。

乔乔兀自在旁边抱着手机笑眯眯地研究那个帖子："现在的人真是够无聊的，真是什么都能写出来，看来那个楼主中学的时候看的言情小说不比我看的少啊。王菲你说他们……咦？你干什么去？这么快就看完帖子了？喂！你干吗去啊？"

王菲转回身子，咬牙切齿地开口："我去活动下筋骨。"

丢下乔乔，王菲出了校门就拦下一辆出租车，翻出帖子里的第一张照片递给司机："去这个地方！快点儿！"

司机从后视镜看着王菲狰狞的脸，赶紧收回视线，一脚把油门踩到了底。

王菲看着窗外飞速后退的景色，心思转得飞快——乔乔是什么人她很了解，这些乱七八糟的事根本就是子虚乌有，这一切都是那个男人的错！不知道招惹了什么人，把脏水全都泼到了乔乔的身上。乔乔大气不在乎这些事，可身为乔乔的闺蜜，她可不答应。

出租车司机开得飞快，转眼间就到了医院门外，王菲凶狠地丢过去五十块说了句"不用找了"，就气势汹汹地走进住院处。对着照片迅速找到了骨科 317 房间，推开房门后正好看到一个男人半靠在病床上，听到声音后有些诧异地回过头来。

王菲粗略地打量了一番——跟照片上的人背影很像，一脸招惹桃花的样子。

不像好人。王菲在心里立刻确定了眼前的人就是罪魁祸首。

冷哼一声直接关上门，王菲向前走了一步："果然不操心的人身体就是好得快啊！有人替你照顾孩子，你就什么都不管了？有没有考

虑到乔乔一个大学生,天天带着你儿子会被人说闲话?拜托别人的时候就不能把后事都考虑清楚吗?看你也不像缺钱的人,连个保姆都请不起吗?还是免费的就用得心安理得?你知不知道就因为你这点儿破事,乔乔在学校里被说成什么样子?现在有人把你们的照片发到我们学校贴吧上了!那么好的姑娘生生被说成不三不四的女人,你不心疼我还心疼呢!"

王菲越说越生气,越生气声音就越高,声音越高她就越激动,说到后来已经带了哭腔:"上课都被别人指指点点。呜……你就不能注意点儿吗?被偷拍了都不知道!你一个男人无所谓,我们乔乔被骂得……骂得可难听了!嗝……"话还没说完就急得顶出一个嗝来。

"噗……"房间里的男人十分煞风景地笑出声来。

王菲的脸憋得通红,听到男人笑了之后眼泪差点儿掉下来,但是她立刻抬起头看向天花板,伸出手用力地扇风吹着眼睛,像是催眠自己一样开口:"别哭别哭,今天的睫毛膏可是你一周的兼职钱,别哭别哭!"

扇了半天又自我催眠了半天,王菲才眨着降了温的眼睛看向男人:"有什么可笑的?"

男人单手握成空心拳掩在唇边遮住还没收回去的笑意,礼貌地开口道:"小姐怎么称呼?"

王菲吸了吸鼻子,哼唧道:"王菲。"

"王妃?"男人听后立刻感兴趣地挑起一边眉毛,"夜太美的王妃?"

王菲反应了一下才知道他说的是萧敬腾的歌曲《王妃》,不满地抿了抿嘴:"不是,是天后的王菲。"

"哦哦,天后。"男人弯了弯唇,"无所谓的,叫出来的都一样。"

虽然不知道这男人到底想说些什么，王菲觉得他这样光明正大地转移话题也是蛮不讲理，就皱着眉准备跟他理论："你这个人怎么……"

男人干脆地伸出手制止了她接下来的话："你说的这些话我会跟徐云深转达，虽然我可以继续听下去，但是我怕忍不住笑场，会影响你发挥的情绪，所以……让我先自我介绍一下？"

王菲被他这一套话给绕蒙了，脑子想了半天也没想明白他说的这些是什么意思，徐云深又是谁？这人又为什么要自我介绍？

男人捏了捏鼻梁，开口道："我叫王梓，是律师，前一周一直在出差，今天刚刚回到市里，听闻好友徐云深进了医院特地来看他，没想到还没看到人就先看了一出大戏。"

王菲依然一脸茫然——什么大戏？

王梓迈开长腿走近呆愣的王菲，微微向着王菲弯下腰："来，跟我说说，徐云深怎么欺负乔乔了？说清楚一点儿，我都会记下来的，以后帮你们讨公道。"

王菲眨了眨眼睛，稍微思考了一下，问道："你不是乔乔的邻居？"

"不是啊！租乔乔房子的是我的好朋友，叫徐云深。"

此时此刻王菲的心思还在王梓口中的徐云深身上："那徐云深人呢？"

"嗯……办出院手续去了吧，我也没看到他。"

看来自己骂错人了。

王菲赶紧后退一步，十分诚恳地开始道歉："真抱歉，我刚刚认错人了，我以为你是那个什么徐云深，我太生气了就不分青红皂地白骂了你一通，请你不要生气。"说完就是一个标准的 90 度鞠躬。

看着王菲这谦恭的姿势，王梓觉得好笑得不行，便像故意逗她一样，并不说话。

等了一会儿腰都酸了也没听到一句回复,王菲便抬起头看向王梓——这人是站着睡着了吗?

于是,王梓的视线就落在一双小心翼翼又亮晶晶的眼睛上。

发现自己偷看被发现了,王菲只能笑得一脸尴尬:"那个……我能起来了吗?"

王梓眨了下眼睛,拉起王菲,重新开口:"这事儿是我朋友先做错的,我看你人挺仗义的,我帮帮你吧。你刚刚说,你在学校的贴吧里看到了帖子,你跟我具体说一下,或者你现在能找到那个帖子吗?"

王菲立刻拿出手机:"能!我现在就给你看。"

王梓随手拿出自己的手机:"你加一下我的微信,把那个帖子分享给我,我找人查查对方的 IP 地址(互联网协议地址)。"

王菲点点头。加完好友又存了手机号之后,王梓顺便开口:"只有帖子还不够,有些细节你得跟我详细地说一下。"

王菲没想太多:"那我请你吃饭吧,感谢你帮我的忙,我们……"

话还没说完,王菲已经停下脚步,整个人也僵在原地。

王梓顺着她的视线抬起头,只见一个胸前挂着"实习医生"胸牌的男生正好路过病房门前,同王菲来了个面对面。

男孩看到王菲也很惊讶,看到王菲身后的王梓礼貌地笑了下,而后便对着王菲开口:"你怎么在这里?来看朋友吗?"

看到江河的那张脸,王菲立刻忘了自己此时此刻是来干什么的了,满脑子都是"我是谁?我在哪儿",听到问话也只能语无伦次地回复:"我我我朋友,我我来帮她……我……这位先生要帮我……"

王梓的视线在王菲和眼前这个男生身上来回扫着。

江河看着手足无措的王菲笑得不行:"紧张什么,我就随便问问,今天不兼职?"

王菲盯着江河的脸猛烈地摇头。

"那你这是……"江河用眼神示意了一下王菲身后的王梓,"准备走了吗?"

听到这儿,王菲像是突然醒悟一般猛点头,赶紧走上去,话都利落了起来:"是啊,该说的都说完了。在这碰到你也是缘分,我看差不多也到晚饭时间了,我们找个地方吃点儿东西,你喜欢吃什么?日料好吗?"一边说,王菲一边拖着江河转身向电梯走去,单手在身后跟王梓做了个"拜拜"和"电联"的手势。

"啊?吃饭啊,可以是可以,但是你得让我先跟副主任说一声,再让我把衣服换了……"

王梓后知后觉地发现,自己这是被当面放鸽子了。耸了耸肩,王梓颇有点儿遗憾地笑了笑,便继续整理着徐云深留在病房里的东西。

3

又跟江河吃了一顿饭,王菲感到两个人的关系似乎有了质的飞跃,便控制不住地心花怒放,直到被他送回宿舍,她还没从头重脚轻的状态中回过神来。

"王……菲……"一声低沉得像从地下传来的声音突然从身后响起,王菲一声惊叫立刻跳到一旁紧靠在墙上,回过头就看到乔乔吐着舌头、双手像小狗的前爪一样耷拉着,翻着眼睛做鬼脸,一边做一边说:"这么晚才回来……干什么去了?"

"吓死我了你!"王菲捶了她一下。

这一吓也让她的脑筋清醒了不少,摇了摇头甩掉脑子里绮丽的幻想,王菲回过神来:"我今天……办了件大事!"

不知道为什么,尽管王菲做出一副十分了不得的模样,乔乔就想

笑："怎么？找到那个发帖人了？"

王菲一惊，立刻瞪圆了眼睛："你怎么知道我在找发帖人？"

大小姐，你想什么都写脸上了啊！不过乔乔没有戳穿她，只"呵呵"笑了两声道："猜的。"

王菲也懒得说细节，直接勾住乔乔的肩膀："我今天遇到个律师，他说帮我查发帖人……"话说了一半，王菲突然顿住，而后一拍大腿："唉，我都忘了给他转发帖子了，先不说了啊，我去给他转发帖子去。唉，真是万万没想到会遇到江河啊，这么大个事差点儿都忘了……"

乔乔耳尖地听到"江河"两个字，立刻贴上去："江河？好你个王菲，怒气冲冲地走了，我还以为你替我报仇雪恨去了，结果居然是跟江河约会去了？"

王菲一边叫一边躲，还顺便转移了话题："你怎么没去接你那小祖宗回家？"

"哦。"乔乔停下动作，"他爸出院了，用不着我接了。"

"他爸？"王菲脑子里转了转，"哦，是那个徐云深吧。"

乔乔先是点点头，继而一愣，转过头一脸震惊地看向王菲："等等，你怎么知道他叫什么？"

"是啊，我今天去找他来着，可是没遇到他本人，不过……"王菲伸出手指不停地戳着自己的太阳穴，"为什么这名字我这么熟悉，你跟我说过他的名字吗？我怎么这么熟悉呢……"

因为他是咱们学校的老师啊！

乔乔死死地憋住这句话。

女生宿舍一直都是很神奇的存在，一个宿舍的人往往是最亲密的人，可以分享所有心事。大家可以讨论男朋友、家人、烦恼等一切一切不为人知的秘密，只要在宿舍里，都可以畅所欲言，无论多么荒诞的事情，只要说出来，都能被原谅。但是，若是好友的秘密被宿舍以外的人先知道，那么，这个人的情况就有点儿尴尬了……

所以乔乔现在遇到的，就是这种尴尬的情况。

宿舍门此时此刻是关上的，乔乔用钥匙开了一下，结果发现门并没有上锁，可是推了一下却没推开。

看来是被门闩锁上了，平时她们熄灯后才会在门里面插门闩的。

看时间不过是晚上八点多，要说全宿舍都睡觉的话，实在是有点儿早……

"呃……"乔乔在门口思考了一会儿，随后轻轻地敲了敲门。

隐隐约约间似乎能听见里面传来窸窸窣窣的声音，但是很快就消失了，又是一片寂静无声。

乔乔迟疑了一下，没再敲门，想着也许大家今天就是睡得早呢，而且她这段时间天天回家住，室友并不知道她今天会回宿舍，就没给她留门。乔乔点点头，转身准备离开。

结果还没走到楼梯，就看到念念一边讲电话一边从楼梯口走了进来。看到乔乔，念念比她还惊讶，立刻挂断手中的电话对着她开口："你怎么回来了？"

"呃……"乔乔挠了挠后脑勺，"忙完了就回来了。"

"那怎么不回宿舍？今天不在这儿住吗？"

"刚才我推了下门，好像被锁上了。"乔乔指了指身后的门。

念念听后眉头一皱："你没给她们打电话让她们开一下门？"

"我怕她们睡着了……"

一听这个理由，念念立刻拉起乔乔的胳膊就往回走，一边走一边说："这才几点啊，那几个夜猫子怎么可能这么早就睡觉？走走走，好不容易回来一次还能让你跑了？你帮我写的那个论文我还没感谢你

呢，正好我表哥从法国给我寄了两盒巧克力还在我抽屉里，给你一盒算是谢礼……"

念念巴拉巴拉说个没完，走到宿舍门口就毫不客气地猛捶了几下房门："开门开门！"

里面顿时乱成一团，很快就听到"嗒嗒"的脚步声，紧接着门闩被打开，露出其中室友棠棠略显烦躁的脸："告诉你早点儿回你不回，我们是想锁乔……"话还没说完，室友才看到站在念念身后的乔乔，但是脑子一时没反应过来，嘴还十分诚实地说了最后的字，"……乔的。"

还没等乔乔开口，念念先打断了她的话："锁乔乔干什么？吃你家大米了？"说完，念念直接扯住乔乔的胳膊将她丢到房间里。

棠棠跺了下脚，把念念也拉了进来重新锁上门，看了一眼乔乔后才对念念说："你没看到贴吧吗？"

"贴吧？"乔乔和念念同时反问了一句。

不过之后乔乔"扑哧"一声笑出声，念念则是一脸不屑："看了啊，怎么了？"

"乔乔有了孩子居然没告诉我们！"棠棠挺直了腰板开口，"这么大个事儿怎么能不告诉我们！多少人问到我，这我还不知道呢！"

"你逗我呢，乔乔什么人你们还不知道吗？认识她快两年了，那种八卦你们竟然还会信！"念念一边说一边翻抽屉，"也不知道你们是不是傻了。"

话音一落，房间里顿时安静下来，剩下的两个人面面相觑，说不出话来。

找到了那盒巧克力，念念塞到乔乔的怀里，之后直接爬上自己的床，翻了个身就面向床里："我听英语听力了，懒得跟你们说。"

室友们尴尬地站在原地，不敢看门口的乔乔。

乔乔看了眼不再说话的念念，摸了摸鼻尖，准备打破这份尴尬，开玩笑般开了口："如果那孩子是我生的，我一定把保持身材的秘诀告诉你们。"

最后站在地上的两个人受不了了，拿起枕头就抢了乔乔两下："为什么不跟我们说？为什么不跟我们说？最后才知道很尴尬的啊！"

乔乔躲了两下："也不是什么大事，谁知道会传成这样。"

"那你快如实招来，到底是怎么回事？"

"好好好，我说，淑女动口不动手！"

4

王菲从回到宿舍起就一直很积极地给王梓发着微信，把事情的前因后果，以及贴吧链接都发了过去，盼着王梓能帮她找到发帖的人。

然而王梓也不知道在忙什么，对王菲的回复一直有一搭无一搭的。一开始王菲还是很相信他的，觉得可能是工作很忙，但是时间长了也看明白了，王梓不过是说说而已，根本就没把她的事放在心上。确定心里这个想法之后，王菲冷笑一声就直接删掉了王梓的好友。

大骗子。

虽然找发帖人这件事并不顺利，贴吧事件却慢慢地平息了，可能是因为当事人始终没什么反应，大家的注意力也就渐渐转移到一些新的事情上，比如，学校新晋的"校园偶像"。

不过今年的"校园偶像"有点儿特别，不是学生，而是老师，心理辅导室的咨询老师。

这老师之所以能出名，不光是长得帅气，而且来咨询他的人也很有名——敏感脆弱又美丽动人的小公主，一头海藻般微卷的长发，一

个眼神就能让无数男生趋之若鹜的中文系系花——邹欣悦。

因为邹欣悦总来,好多男生和女生都很好奇,便也找个问题来咨询,然后就发现了这个大帅哥老师。

咨询室人多了,徐云深还是很开心的,至少每天不会那么无聊。

但是,咨询室里多了邹欣悦这样的女孩,他还是觉得很头痛的。以前他一直觉得一美遮百丑,只要一个姑娘长得好看,那么很多事情都可以被原谅,就算再生气,看到那张脸也消气了啊。

可是邹欣悦完全打破了他这个印象。

之前她寻短见,他救了她,他知道她的心理问题很严重,也帮她做了相关的治疗和调节,确定她不会再寻短见之后,才将她的疗程结束,并告诉她半个月来做一次咨询就可以了。然而她不知道是不是误会了什么,之后每天都来,而且一直含情脉脉地看着他。

女孩啊,长得漂亮虽然是优点,但性格也很重要啊。相比之下,乔乔还是要比她招人喜欢多了。聪明却不世故,机智但不狡诈。

徐云深心里虽然一直在吐槽,但是表面上仍然维持着十分专业的微笑:"同学,你半个月来一次就行,不用每天都来做咨询的。"

邹欣悦还是乖巧地坐在他对面,目光沉沉地看着他:"可是我每天都想跟云深你说话,不然我就很难受。"

徐云深的眉心微微一皱:"请叫我老师。"

"乔乔都不叫你老师。"邹欣悦回复得非常快,而且理所当然。

徐云深笔下一顿,慢慢地歪了一下头,身子靠在椅子上,有些好笑地看着眼前这个偏执的少女:"她在学校里一直叫我老师。况且,你又不是她,出于对我的尊重和礼貌,也请你叫我老师。"两个人根本没有可比性,真不知道她怎么想的,会提出这种要求。

邹欣悦的嘴唇轻轻地抖动了两下,但是没接下这个话题,转而开口说了别的:"可我还是很苦恼……"

"我知道,你跟我说过好多次了,有好多男生喜欢你。"想到这儿,徐云深无声地笑了下,心中有些不以为然,"那说明你是个美丽的女孩,大家都喜欢你……"眼看着邹欣悦的表情有点儿变得喜悦起来,徐云深立刻又接了一句话,"毕竟都是同龄人,审美差不多。"

轻轻地咬了咬嘴唇,邹欣悦的手指扭在一起:"但是那么多人喜欢我,我很纠结,不知道自己该选择谁。"

心理咨询可以,但是情感方面他真是不怎么擅长。虽然他有个儿子,可是他也没谈过恋爱!

徐云深轻轻地皱了下眉头:"同学,我觉得你还年轻,可以慢慢选择,不急于一时。"

邹欣悦完全不理会徐云深的话,兀自说道:"他们每个人都对我很好,我实在不知道该选择谁,生怕选择了其中一个会伤害到其他人。一想到这儿,我就非常难过……"

为了平复自己的心情,徐云深拿起一旁已经冷掉的茶水喝了一口。

"所以,我选择了结自己。"邹欣悦心平气和地开口。

茶水刚刚送到唇边,听到邹欣悦的话,徐云深放下手,仔细地审视着邹欣悦——当初在医院里看到她的时候就觉得,这个女孩身上有种让人说不出来的感觉,外表看着斯斯文文的,可是眼神中有着某种疯狂的情绪,应该是有某方面的精神问题。所以他出了院之后才会主动联系她进行治疗,现在看来,虽然她的极端情绪已经有所缓解,但是自杀这个想法似乎还萦绕在她的心间。

还是多聊聊吧……

半个小时后,邹欣悦的眼神终于不再阴沉,而是带了一点儿审视:"云……徐老师,你知道最近乔乔遇到了点儿麻烦事吗?"

徐云深笔下微微一顿，很快就继续写了起来："知道，她跟我说了。"

邹欣悦的视线一瞬间都没离开徐云深，仔细地观察着他的反应："你们关系不是很亲近吗？乔乔有麻烦，你应该要帮忙的吧？"

哟！这是试探啊！徐云深立刻反应过来。

眉头微微一挑，他放下笔直起了身子："据我所知，你跟小乔的关系，好像也没好到会这么关心她。"

面对着徐云深坦然的视线，邹欣悦忽然避开了他的眼睛。这是心虚的表现，而且她的眼神看向左下方，下一句话就要说谎了。

明确地掌握了邹欣悦的肢体语言，徐云深忽然就觉得脑袋里灵光一闪，一个念头突然浮了起来："除非……她出事跟你有关？"

邹欣悦立刻拿起了挎包，礼貌地说了句："我还有课，先走了"，便推开了咨询室的大门。

在门外等了半天的女孩看到邹欣悦出来了立刻兴冲冲地推门走了进去。

刚刚准备离开的邹欣悦停下了脚步，回头看了一眼那女孩兴奋的侧脸，轻轻地哼了一声。

第五章 为了偶像扭断脚

1

半个小时后,徐云深送走了这个活泼的女生,立刻把"休息中"的牌子挂在门外,略略思考了下邹欣悦参与帖子这件事的可能性之后,他看了看手表,已经是徐希放学的时间了,他收拾好东西便去接他。

而徐希出了校门看到徐云深的第一个反应却是先侧过身看看他的身后,发现他确实是一个人之后,不禁露出一点儿失望的表情,而后才微微弯了下嘴唇,走过来牵起徐云深的手。

这孩子,要这么明显吗?

走了几步,徐云深忍不住开口:"这么想见你小阿姨?"

徐希没有回答,而是停下脚步看向校门外的拐角处一个卖棉花糖的。

"想吃?"徐云深又问。

徐希犹豫了一下,转过头对徐云深开口:"如果我告诉小阿姨有棉花糖吃,她会来吗?"

看着孩子强忍着期待,努力让自己显得很平静的双眼,徐云深不由得觉得有些好笑:"你忘了她找警察吓唬你的事情了?"

"她不是故意的。"徐希温和地替乔乔解释。

"好好好,她不是故意的。"轻轻地刮了一下徐希秀挺的小鼻尖,徐云深拉着他向卖棉花糖的走去,"我也不知道她能不能来,我们就买个棉花糖试试好了。"

徐希的脚步立刻轻快起来。

不过走了几步再次停了下来,徐希又一次开口:"万一她不喜欢吃棉花糖呢?"

徐云深的脚步同时也停了下来,然后蹲在徐希面前:"你真的很想见她?"

徐希抿了抿单薄的嘴唇，表情挣扎了一下，最后还是点点头。

徐云深笑了笑："那就打电话问她喜欢吃什么，然后我们再去买。"

徐希听后，弯着眼睛笑了起来。

徐云深想，既然要把乔乔叫回来，那不如他在家做顿饭一起吃好了。稍微思考了一下，觉得还是做火锅比较靠谱，他还没见过什么人能拒绝火锅的魅力。

带着徐希买了一堆火锅材料带回家后，徐云深将乔乔的手机号调出来，将手机递给了徐希："既然是你想见她，那你来邀请她。"

徐希嘴一噘，有些扭捏地拧着身子拒绝他的提议。

"那看来你还不是很想她，那就算了，反正肉和菜也没买太多，咱们两个吃也行。"徐云深作势准备收回手机。

徐希立刻跳起来抢走了手机，随后就钻进卧室里。

看着那小小的背影离开的样子，徐云深勾唇一笑，开始准备火锅食材。

徐希很快就回来了，把手机塞回徐云深的衣兜里，随后就做出一副他什么都没做的模样，挽起衣袖站在小椅子上帮着徐云深洗菜。

徐云深明知故问道："她说要来了？"

徐希脚下一个趔趄，险些从椅子上摔下来，赶紧扶住桌子站稳身子，憋得小脸通红才开口："她说她喜欢吃火锅。"

看着他已经洗了一大盆的生菜，徐云深继续问："她喜欢吃生菜？"

"嗯。"说着，徐希又把一大捧洗干净的生菜放到已经满得快放不下的菜盆里。

哎哟，这别扭的小孩儿，怎么这么可爱？

要不是怕徐希又用嫌弃的目光看着自己，徐云深恨不得把他抱进自己的怀里狠狠地揉搓一番。

切好胡萝卜,徐云深收好菜刀又看了眼时间,约莫差不多了,便擦干净手拿出手机准备给乔乔打个电话,问问她吃不吃葱花、香菜之类的,结果电话还没拨出去,门外就响起了敲门声。

嗤笑了一声,徐云深自言自语了一句"说到吃还真积极",随后安顿了下骤然变得兴奋的徐希,告诉他矜持点儿,而后独自打开了房门。

"刚想问你吃不吃葱……"

话还没说完,门也只开了条缝,一双明显属于男人的手像是怕他会把门关上一样扳住了门,而后猛地拉开。

徐云深脑袋里第一个念头就是——非常庆幸他没让徐希跟出来。

门外是两个陌生男人,一个肥头大耳,一个尖嘴猴腮。肥头大耳的那个拉开门之后就直接迈步走了进来,把房子上下一通打量。

看着光洁的地板上被踩出的黑鞋印子,徐云深皱着眉后退了一步,但还是很有礼貌地开口:"请问你们找谁?"

肥头大耳的那个瓮声瓮气地开口:"这房子是你住的?"

"是,请问你们找谁?"徐云深把手伸进裤子兜里,指纹解锁后凭感觉按住1号键拨通了王梓的电话。

尖嘴猴腮的男人看了一眼徐云深之后,大声对着肥头大耳开口:"哥,不是他,是个女的。"

徐云深心里一动——什么叫是个女的?

那个被称作"哥"的男人听后转头也看向徐云深,突然有些紧张地问道:"难道那女的把房子卖给了你?"

徐云深完全不明白他们在说什么,站直了身子垂着眼睛看着那个大概到他眉毛那里的男人,心平气和地开口:"你知道你们这是私闯民宅吗?"

话音刚落,肥头大耳和尖嘴猴腮同时愣了下,而后对视了一眼,继而哈哈大笑了起来。

笑了两声之后那肥头大耳突然收了笑,对着徐云深一脸凶狠地开口:"老子没听说过私闯什么宅!老子只想要回自己的房子!"说完,他气势汹汹地把手指捏得咯咯作响。

赤裸裸的威胁。

徐云深点点头表示自己接收到威胁了,而后把手从裤兜里拿了出来,轻轻地活动了一下手腕,又摘下手表,开口道:"行吧,那估计你们也不懂什么叫作防卫过当了。"

于是,等乔乔兴致勃勃地出了电梯奔向徐云深家,非但没看到一锅香喷喷的火锅,反而看到被徐云深一手一个扭着惨叫不止的两个人,房间里的房门还开着一条缝隙,露出徐希那双圆溜溜的眼睛。

"这……这是怎么回事?"乔乔有些茫然地走进来,"小偷?"

尖嘴猴腮看到乔乔后立刻尖叫了起来:"是她!就是她!"

"我?"乔乔伸出手指了指自己,然后才歪着头仔细地看徐云深手底下的那两个人。

嗯,有点儿眼熟……

徐云深倒是没给乔乔继续思考的机会,冷硬地问:"她怎么了?"

尖嘴猴腮忍着痛继续对着乔乔喊:"就是她骗了我妈的房子!趁着我妈病重神志不清的时候骗我妈把房子给了她!你这是诈骗!你个骗子!"

听到这话,乔乔终于恍然大悟:"我想起来了,你们是周奶奶的儿子。"

虽然不知道事情到底是怎么一回事,但是总拧着这两个人的手还蛮酸的,徐云深放了手,但是在看到两个人向乔乔冲过去时是时候地

轻声咳嗽了一声:"有话好好说。"

肥头大耳和尖嘴猴腮,就是大周和小周,听到徐云深的"警告",立刻像小学生看到班主任一样站定在原地,指着乔乔向徐云深告状:"她骗了我妈的房子,居然还有脸住进来!"

乔乔尴尬地摸了摸自己的鼻尖:"他是我的租户,这房子是我租给他们父子俩的,我并不住这儿。"

"不管你住不住这儿,骗了我妈的房子就趁早交出来!"

乔乔认真地解释:"我没骗,我是签了合同的,如果你们需要,我可以把合同拿出来给你们看一下。"

"我们不看那些东西!谁知道你当初给老太……给我妈灌了什么迷魂药,当初说好留给我们的房子怎么就落在你一个小丫头片子手里了?识相的快把房产证交出来!"

"是啊!年纪轻轻的,居然做出这么不要脸的事,大学生就这素质?租户?骗鬼呢,孤男寡女,谁知道是不是干了什么见不得人的事……"

眼看着大周小周一唱一和越说越难听,乔乔气得浑身发抖:"闭嘴!这儿还有孩子在呢!给自己积点儿德不行吗?"

小周得意地笑:"是不是让我说中了?要想人不知,除非己莫为,干了就别怕孩子知道……"

"闭嘴!"徐云深冷冷地打断了小周的话,"她不是告诉你给自己积点儿德吗?"而后又回过头对着还在偷窥的徐希开口:"回去。"

徐希有些担心地看了一眼乔乔,随后听话地关上了门。

小周撇了撇嘴,"哼"了一声。

乔乔做了几个深呼吸努力平复了一下心情,对着眼前的两个人开了口:"你们凭什么说我骗了周奶奶的房子?有证据吗?"

小周叉着腰"喊"了一声："都说你是诈骗了，如果我们能拿出证据早就把你告上法庭了，还能让你潇洒到现在？"

"行，你们没有证据是吧？我有！"乔乔目光坚定，伸出手比了个"一"的手势，道，"第一，我大一开学没多久就跟周奶奶做了邻居，后来我得知周奶奶是淋巴癌晚期，放学后就经常去看望她，可惜，我在这儿住了好几个月从没见你们来过一次。你们想狡辩也行，我们小区都有摄像头，你们来没来过查视频就知道。"

大周小周对视了一眼，都默不作声。

说完，乔乔又比了个"二"的手势："第二，周奶奶病重，需要治疗，当时家属签字都是我签的，医院里能查到我签字的文件。是我雇了护工照顾周奶奶，那个护工阿姨的电话我现在还有，问她就知道我说的是不是真的。当时周奶奶就提过要把房子过户给我，但是我拒绝了，因为我听说她有子女。"说到"子女"两个字，乔乔的眼睛瞬间红了，"但是你们去看过她吗？哪怕一眼？还不是听到周奶奶化疗的费用太高，全都避而不见！医生说给你们打过好多电话，你们都以工作繁忙推托了，你们知道周奶奶一个人在医院里有多可怜吗？"

大周小周又对视了一眼，哼唧了一声："我们确实忙……"

乔乔没理会，继续说："后来周奶奶为了治病积蓄都用光了，如果想进一步治疗，还需要一大笔钱，最后周奶奶没办法，跟我提出想把房子卖了，让我有时间帮她找个买家。可是如果把房子卖掉，那周奶奶不住院的时候住哪儿？我担心她没了子女照顾，连房子都没有，所以，这套房子，是我出钱买的！我骗周奶奶说找到了买家，买家人在国外，两年后才会回来，就让她安心住着，然后周奶奶才跟我签了卖房合同。所以一直到周奶奶去世，她一直住在这里。然而，我只有在周奶奶的葬礼上见过你们一面，似乎还在因为葬礼的份子钱谁多拿

谁少拿而吵架。"

重重地喘了一口气，乔乔直视着那两个男人："你们想要房子也可以，只要把房款一次性交齐，我可以原价把房子卖给你们。否则，免谈！"

大周小周面面相觑，一时间不知如何反驳。

这时，一道明朗的声音突然从徐云深手中的手机里传出："你们有权保持沉默，但是你们所说的一切都将成为呈堂证供。"

乔乔眉头一皱，没想到这点儿陈芝麻烂谷子的私事儿居然还有另外一个人在听。"谁？"她问道。

"房东妹妹好，我叫王梓，是个律师，没想到跟你第一次接触居然是在手机里。虽然信号不怎么好，但是该听的我都听到了。这么正义的小姑娘不多见了！真有什么事情我会帮你的，不过现在似乎有件更急需解决的事情……"王梓声音一顿，随后手机里便传出一阵"唰啦啦"的翻书声，"我国《刑法》规定了'非法侵入住宅罪'，构成此罪，处三年以下有期徒刑或拘役，两位兄弟等一下哈，警察马上就到。你们两个，三年妥妥的。"

2

看着一胖一瘦两个人仓皇离开的背影，乔乔终于松开紧握的双手，随后龇牙咧嘴地揉着掌心里被指甲掐出的几道深深的月牙。

王梓还在电话里"噼里啪啦"地说着，徐云深也没仔细听，直接挂了电话。

乔乔一边对着掌心吹气，一边控制不住地掉眼泪，一半是为了自己先前受到的污蔑，一半是为了可怜的周奶奶。

活了一辈子，拉扯大的子女不尽孝就算了，居然只惦记着那些生不带来死不带去的身外之物。就连中介都会拿这房子死过人的事来暗示她降低房租。

这到底还有什么感情是能信的？

徐云深还站在她面前，乔乔掉了几滴眼泪就觉得有些尴尬，可是心里还是觉得难过，眼泪掉得更快，她只能假借擦额头上的汗胡乱地抹了一把眼泪，扭过头假装没什么事的样子说了句："哎呀，太晚了，我得回去睡觉了。"说完挥挥手拔腿就往自己家跑。

徐云深几步跟上去就拉住乔乔，掌心里的手腕细得仿佛他一用力就能捏断，此刻还在轻轻颤抖。徐云深抿了抿嘴唇，轻声说道："火锅都准备好了，你不吃了？"

乔乔吸了一下鼻子："不吃了。"

"徐希给你洗了很多生菜，就等你呢。"徐云深手下微微用力，将乔乔往自己的方向拉近了些，温和地开口，"他特别想见你，你忍心让一个孩子失望吗？"

乔乔没有出声，也没有回头。

徐云深知道时机差不多了，立刻把她转了个方向向自己家门推去："好啦，就少吃一点点，为了徐希。"

乔乔立刻一声哽咽，哭得更厉害了。

徐云深手足无措地在原地站了片刻，回过头发现一直在门缝里观察着的徐希，给了他一个手势。徐希立刻心领神会，跑了出来抱住了乔乔："小阿姨，没事的。"

一听到徐希的声音，乔乔立刻伸手捂住自己的脸，不想让他看到自己脆弱的一面，哑着嗓子开口："我没哭，没事。"

徐希奶声奶气地开口："还是哭吧，小阿姨，爸爸说过，受了委屈想哭的时候一定要哭出来，不然会憋坏身子的，所以想哭就哭，不

要在意别人。而且这里只有我和爸爸,没有别人。"

乔乔的身子僵了一下。

徐希继续说:"一切有我和爸爸,哭吧,没事的,我们不会笑话你的。"

乔乔终于控制不住,转过身蹲下来抱住徐希,痛哭出声。

她不知道自己哭了多久,也不知道徐希的衬衫被自己的眼泪祸害了多久,只知道徐希的身子软软的,小小的,香香的,一直静静地等着她,耐心,温柔,无声。

乔乔红着眼睛从徐希的怀中抬起头,有些难为情地看了看徐希身后假装什么都没看见的徐云深,吸了吸鼻子:"我洗个脸就来。"

"嗯,好,等你。"徐云深点点头,转身进了自己家门。

看到乔乔回了自己家之后,徐云深立刻拿出手机又一次拨通了王梓的电话。

"那两个智障走了没?"王梓接电话很快。

"走了。"

"那就行,我说我叫警察其实是吓唬他们的。"王梓笑嘻嘻地开口,"什么事?"

"你都听到了,还有什么事?"

"大哥,我是个律师,不是保镖,这事不到法庭上我解决不了。"王梓赶紧回答。

"这事还没完,那两个人肯定还会找乔乔的麻烦,有时间你找他们谈一谈,我相信你总会有办法的。"还没等王梓回话,徐云深话锋一转,"对了,我听说我出院那天你来找我了,我怎么没看见你?"

"哦,我当时遇到了个女孩……"刚说到"女孩"这两个字,王梓的声音突然断了,两三秒后才跟徐云深留了句"我还有点儿事先不说了"，然后就直接挂了电话。

看着骤然被挂断的电话，徐云深"喊"了一声："神经病。"

挂断了徐云深的电话，王梓看着手机发了会呆，突然觉得自己就因为第一次和王菲见面的时候，王菲不但放了他鸽子，还在他面前跟江河走了的事而不理她，真是太小家子气了，既然答应人家了，该做的还是应该做完才是。

重新躺回床上，王梓想了想，拿出手机打开微信，找到王菲之后，咳嗽了两声清了清嗓子，确认够低沉够性感够磁性之后，才给王菲发了一条语音。

"在做什么呢？"

【Faye 开启了好友认证，你还不是他（她）好友。请先发送好友验证请求，对方通过验证后，才能聊天。】

突如其来的一段系统文字让王梓噎了一下，点开对方头像看了半天，确实是王菲啊，头像也是她故作文艺的 45 度角自拍……不过她的朋友圈他确实看不到了。

王梓眨了眨眼睛，突然"呵"了一声。

退出微信，王梓干脆地翻出王菲的电话号码拨了出去。

"对不起，您所拨打的用户正在通话中，请稍后再拨……"

稍微思考了一下，王梓走到自己家八百年都用不上的座机前，拨通了王菲的电话号。

电话响了四五声，才被接起来了，王菲似乎已经睡着了，声音带着满满的困意："喂？"

王梓轻轻地"哼"了一声，随后挂断了电话。

再不知道自己是被拉黑了他就对不起他这 142 的智商了。

第五章 为了偶像扭断脚

不就是晚了几天联系她吗？这就被拉黑了？竟然会有人拉黑了他王梓？

王梓觉得自尊受到了严重的冲击。

仔细想着那天在医院遇到王菲时发生的一切，王梓的记忆里突然涌现出一张年轻男孩的俊秀的脸庞。

现在的女孩都喜欢那种小男孩？看不懂成熟男人的魅力？

摩挲了一下手机里的那个名字，王梓转而拨通了徐云深的电话："你那个事我可以来想办法，但是你得帮我一个小小的忙。"

3

隔天，王梓就拿到了王菲兼职的店名和地址，一共三个，可惜没有兼职时间。

在车上坐了一会儿，王梓决定先放过王菲几天，他需要从长计议一下。想着自己还得帮徐云深解决他那个房东房子的事，王梓决定还是先干点儿正事。打了响指，王梓发动车，直奔H大。

从徐云深那儿拿了乔乔的电话，两个人通过电话后，王梓便在校门口等着乔乔放学。

他的时间掌握得非常好，刚把车停好，就看到王菲挽着一个身材高挑的女生走出了校门。

王梓毕竟见过乔乔的身份证，很容易就确定了她的身份。

不过他的视线很快就转移到她身边那个叼着棒棒糖的少女身上。

跟那天在医院毕恭毕敬麻烦他帮忙的王菲相比，简直判若两人。

简单地整理了一下自己的衣服，王梓推开车门走了出去。

王菲一眼就看到了王梓，虽然有些惊讶会在这里看到他，但是她还是哼了一下就转过头去。

乔乔不知道这两个人早就认识，跟王梓打完招呼之后就开始介绍："王律师，这是我的好朋友王菲。王菲，这是王梓王律师。"

王梓十分友好地对着王菲伸出手："你好。"

王菲撇了撇嘴，往乔乔身后站了站，没去握手，假装没看见。

王梓也不觉得尴尬，挑高了一边眉毛勾唇笑了下，收回手，转而对乔乔开口："你的事我知道得差不多了，现在那套房子你所有手续都有吗？"

"都有的，不过在我家里。"

"行，你一会儿不是没事了吗？我跟你回去把手续取一下。那天晚上我也录了音，事情其实很好解决，但是你得把所有手续都给我看一下，因为在那种情况下你肯定是匆匆忙忙地办房屋过户手续，我担心你会有遗漏。"

"好的，那麻烦您了，王律师。"

乔乔一口一个王律师，把王梓叫得忍不住想笑："我跟徐云深是好朋友，你一口一个王律师叫我，都把我叫老了，你可以直接叫我王梓。"

"啊？"乔乔顿了顿，挠了挠头发，表情有些为难，"我和他……是有点儿过节……所以才会那样……王律师您……您比我大……"

王梓立刻伸出一根细长的手指在乔乔面前晃了晃："不不不，我比较喜欢跟年轻人做朋友，况且我才比你大几岁，或者，你可以叫我一声哥哥……"

才说了几句话，乔乔起了一身鸡皮疙瘩之后瞬间接受了直呼大名的建议："那王……王梓，麻烦你了。"

"没事，先上车吧。"

说完，王梓就很绅士地伸出手指引了一下。

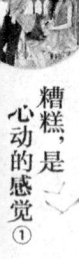

不过有人比他速度更快。

只见王菲几步走过去,站在车前拿着手机猛拍。

乔乔有点儿尴尬,赶紧走过去拉了她一下:"你干吗啊?"

王菲拍好王梓的车牌号后越过王菲的肩膀看了王梓一眼,故意抬高了声音开口:"现在骗子太多!是个人都敢说自己是律师!"

王梓也不生气,就笑眯眯地看着她。

王菲收回视线,伸手拍了拍乔乔的肩膀:"小乔你放心吧,我已经把他的车牌号记下来了,如果一个小时后你还没到家我就报警!"

乔乔被她搞得哭笑不得:"行了你,不是要去兼职吗?还在这儿跟我闹!"

"兼职?"王菲愣了一下,嘴里又重复了一遍,而后才突然跳起来,"啊对,我还有兼职要做呢!先不跟你说了,宝贝,我先走了!"

匆匆给乔乔甩了个飞吻,王菲立刻走了,不过跑了几步还不忘回过头来狠狠地瞪了王梓一眼。

王梓看着王菲的背影,无声地笑了下,突然放下了车窗对着王菲的背影喊了一声:"王菲!"

王菲拉着脸回过头:"干什么?"

"我早上看到你那个小男友了,他跟我说,他喜欢成熟范儿的!"干脆地说完谎,王梓脸不红心不跳地升起车窗,载着一脸问号的乔乔离开了学校大门,留下一脸深思的王菲。

对于江河喜欢成熟一些的女生这个事,王菲进行了深入的思考。

她和江河每次相遇都是在校外,而他的身边也没有别的女孩,平时看的书也都以心理学专业的居多,聊天也没听他谈起哪个女明星。

所以他的喜好,还真是个谜。

至于王梓说的话,王菲觉得可信度很低,毕竟他亲口答应的事他都没做过,更何况说一个人喜好的问题。八成是忽悠她的。

王菲在心里暗自寻思着。

话虽如此,可是万一……

咖啡厅老板看着王菲脚下的高跟鞋,眉心皱得死紧。

女孩子嘛,爱美穿高跟鞋没关系,但是王菲这蹩脚的姿势很明显是第一次穿,腿上还套了一条跟高跟鞋非常不搭的牛仔裤……更别提脸上让人退避三舍的口红颜色……

这姑娘怎么了?

用背影都能感受到老板关注自己的目光,王菲突然觉得王梓说的可能有那么一点儿道理,老板也是男人,他都这么关注她,那江河也差不了多少。

想到这儿,王菲更骄傲了,耐心地等着江河的到来,然后给他"致命一击"!

趴在门口看了半天,终于看到江河远远地走来,王菲赶紧用拖布把门口擦得亮晶晶,就等着江河走到门口的时候她赶紧迎上去贤惠地说上一句"你来啦"。

紧张地在原地站了一会儿,终于看到江河的影子已经印在大门上,门也被慢慢推开,王菲立刻笑容满面地向前迎了一步。

"你……哎哟!"

也许是鞋跟太高,也许是地面太光滑,也许是她太过紧张,看到江河的一瞬间,她突然脚下一滑,整个人面朝下重重地摔在地上。

声音响亮得连后厨的老板娘都走出来看情况。

刚进门就收到这么大的礼,江河目瞪口呆。

趴在地上的王菲手指根根收紧,一瞬间死的心都有了,但是想着好不容易借了双高跟鞋出来,一定要把握好这次机会,虽然开始并不

第五章 为了偶像扭断脚

顺利,但是没关系,以一个优美的姿势抬起头说完那句话才是正事。

于是,在江河抬起手准备扶王菲之前,只见王菲突然一个抬头,摔得通红的小脸硬挤出一个笑容:"你来啦……"

随后,两管鲜红的鼻血应声而下。

虽然王菲现在看着确实挺惨的,但是场面实在太搞笑了,江河一个没控制住就笑出声来,赶紧扶起王菲,单手抬起她的下巴,一边笑一边开口:"仰头别说话,鼻血都流出来了,我先给你拿点纸巾擦擦。"

手忙脚乱地忙活了半天,王菲这鼻血总算是止住了,但是她现在宁可自己流鼻血到昏厥,也不想清醒地面对大家的目光。

尤其是江河的。

口红也因为擦流下来的鼻血而被擦得差不多了,就算没有镜子,她也知道自己有多狼狈。

江河似乎也看出王菲不想面对自己,对于她流鼻血的事便没有再提,转而说起她的鞋:"打工的话还是穿平底鞋比较好吧,高跟鞋有点儿危险。"

高跟鞋这事彻底触到王菲的痛处,让她立刻因为委屈和羞耻而憋出一眼眶的泪水:"女孩子穿高跟鞋不是会显得更成熟、漂亮吗?"

江河愣了一下,很自然地答道:"穿高跟鞋是挺好看的,不过你平时穿运动鞋我也很喜欢啊。"

哭到抽噎的王菲一顿:"你说什么?"

江河拿出一张纸巾,轻轻地擦着她红肿的眼睛:"我说,你穿运动鞋我也很喜欢。"

4

大周小周上门事件结束后,徐云深彻底地了解了一下情况。

周奶奶有两个儿子一个女儿，女儿最大，然后是大周和小周。

女儿的脾气遗传了周奶奶，善良又软弱，全职家庭主妇，家里有个脾气很差的丈夫。周奶奶在世的时候，她每个月只能从自己现有的生活费中拿出五百块给周奶奶，每个月也就能去看望一次，不能一直照顾老人。因为不能在周奶奶床前尽孝，女儿一直很内疚，所以关于遗产的事情，她始终没有参与。

最关键的就是大周和小周。

大周鲁莽，小周奸诈，放在一起倒是能干事的一个组合。

徐云深替乔乔跟大周和小周约了时间，到王梓的律师事务所进行协商。

大周和小周明显没怎么见过世面，进了王梓的办公室就被里面一本本厚重的法律书籍惊呆了，配上王梓看似微笑实则严肃的表情，以及徐云深的一脸阴沉，两个小流氓一样的男人瞬间就畏缩了，坐在沙发上只顾着看自己的手，没人敢抬头。

王梓翻着文件夹，开口问道："请问，在周桂珍女士在世时，你们每个月给她多少赡养费？"

一个问题丢出来，大周和小周就愣住了，表情里就带着两个问题——赡养费是什么？能吃吗？

王梓立刻替他们回答："没有赡养费。好，下一个问题，请问周桂珍女士是在谁家生活？"

大周挠了挠自己圆溜溜的脑袋，傻乎乎地回答："她自己家啊……"

王梓立刻笑开了，转身对着徐云深开口："这还协商什么房子啊，直接起诉他们就可以了，赡养费一分都没拿过居然还想要房子？法盲我见得多了，这么盲的我还是第一次见。"

徐云深冷淡地笑了一下："是吗？起诉结果是什么？"

"很简单啊,把周奶奶60岁以后的赡养费都补上呗,法律有规定,子女必须尽到赡养老人的义务。如果不能一起生活,就要给钱的,我看一下啊,周奶奶去世的时候是78岁,所以你们需要补18年的赡养费,费用不多算,一年2万块的话,18年就是36万。"在文件夹上简单地写了几个字,王梓对着大周小周笑笑:"准备钱吧,我们法庭见。"

大周和小周瞬间傻眼了——他们不是来要房子的吗?怎么突然又给自己添了36万的外债?

大周一下就慌了,赶紧拉住王梓:"老弟,不是,律师,律师别啊!那个什么,我……我们房子不要了不行吗?我还有个儿子呢,现在孩子正是用钱的时候,没办法拿那么多啊!"

王梓甩开他的胳膊:"这你跟我说做什么?我又不能替你们拿钱。"

"这样,这样,今天呢,就当我们没来,行不行?那房子就是那小姑娘的!我们兄弟俩绝不再来了,行不行?"大周小心翼翼地开口,还不忘觑着乔乔的脸色。

乔乔一直按徐云深的吩咐,只是站在窗前摆弄着花,一声不吭。

大周求情求了半天,王梓回头又看了一眼徐云深,才露出一脸十分无奈的表情,重新坐回沙发上:"行吧,我就当做回好事,你们把这个协议签了,我就当今天没这事儿。"

"什么协议?"小周立刻问道。

"绝不再纠缠乔乔要房子,不然咱们就法庭见。"王梓将文件夹丢到他们面前,双手环胸,做出一副完全没得商量的模样。

小周有些犹豫,但是大周连考虑都没考虑,拿起笔就在那个协议上签了自己的名字,还十分谄媚地问了句:"用按手印不?"

王梓做出一个无所谓的手势:"随你便。"

"那我就不按了。"大周赔着笑,而后就把文件夹递给小周,

"快签。"

小周默不作声,似乎在思考着什么,不肯签名。

眼看着王梓的表情有些不耐烦了,大周吓得狠狠地推了小周一下:"你要是不签,那36万你自己拿!"

小周还想说些什么,但是迫于自家哥哥的压力,咬咬牙还是签了那份协议。

大周赶紧把文件夹双手递给王梓:"王律师,签好了。"

王梓笑了一下,接过文件夹:"行吧,就先这样吧!"

大周赔着笑,扯住不知道在想什么的小周,落荒而逃。

不过临走前,小周突然回过头恶狠狠地瞪了乔乔一眼。

徐云深将乔乔拉到身后,平静地看着小周。

大周小周离开后,乔乔十分兴奋地跳到王梓身边:"你说的是真的吗?他们得赔30多万的赡养费?"

徐云深笑笑,替王梓回答:"当然。"

王梓双手一摊,起身把大周和小周签过的协议递给乔乔:"以后他们应该不会再缠着你了,但是以防万一,这个你留好。"

乔乔看了徐云深一眼,徐云深替她接过协议放到材料袋里:"没想到吧,一谈工作,他还挺正经。"

乔乔哈哈笑了两声,走到王梓面前,非常真诚地表示自己的谢意:"真的特别感谢你,不然我真是不知道这事该怎么解决,非常非常感谢。"

王梓可能没收到过这么认真的感谢,一时间有些尴尬,打着哈哈别开了视线:"别感谢我,就像徐云深说的,我是无利不起早的类型,我只是做了我分内的事,具体的,你得感谢徐云深。"

徐云深看了眼手表,随口问道:"你回学校还是回家?"

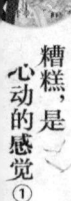

"回学校,这学期要考六级了,我得复习。"

"那我就不管你了,徐希要放学了,我得去接他。你复习完早点儿回宿舍。"徐云深将乔乔推出王梓的办公室,背着身对王梓做了个再见的手势,就一起离开了。

王梓后知后觉地发现,自己被利用完就甩了。

第六章
不是所有相遇都那么
美好

1

乔乔买了一套六级真题,在图书馆里做到天黑才出来。

虽然她觉得以自己的英语水平,通过考试应该没什么问题,但她还是希望能拿高分。

还没走回宿舍,乔乔就被刚结束兼职的王菲给拦住了,二话不说就塞给她一堆蛋挞:"今天店里的蛋挞没卖完,老板说给我拿回来当点心吃,但是我太容易胖了,都给你吃吧!"

这一袋蛋挞少说得有将近二十个,乔乔看得瞠目结舌:"就算我能吃,可这也太多了吧……"

王菲直接挥手告别:"你邻居不是有个小男孩嘛,给他分几个嘛!先不说了,我答应江河跟他吃夜宵的,先走了啊!"说完一溜烟儿就跑开了。

拎着一袋蛋挞,乔乔犹豫了一下,觉得王菲说得有道理,还是给徐希拿过去吧,小孩子应该都喜欢这种甜甜的东西,况且人家上次还请她吃火锅呢。

原本已经快到宿舍的乔乔,想到这儿,直接拐了个弯,出了校门。

下了地铁站,离家里还有点儿距离,乔乔闲着没事干,就给徐云深打了个电话,让他把手机给徐希,一边聊一边往家走。

徐云深看着抱着比自己脸还大的手机兴致勃勃聊天的徐希,不禁觉得有些可笑,一个不到二十岁的少女和一个六岁的小男孩,真不知道这两个人有什么共同语言,能聊得这么开心。

不过听徐希回的几句话,他大概知道是乔乔带着什么东西回来了,徐云深不想打扰那一大一小两个人,便对徐希示意他出去买点儿东西,徐希很嫌弃地跟他挥了挥手示意他赶紧走,而后继续兴致勃勃地跟乔乔聊天。

被无视的徐云深只能灰溜溜地走出家门。小区门外二百米左右有个 24 小时的便利店,徐云深慢吞吞地走过去买了两袋薯片,付钱的时候随意地看了一眼窗外,结果正好看到一个十分眼熟的少女拿着手机从窗前经过。

徐云深斜倚在收款台前,等着那个少女走出去一段路之后,才慢条斯理地从便利店里跟了出去。

眼前的少女聊得非常开心,完全没有注意到后面有人跟着,兴高采烈地跟徐希说着这两天遇到的趣事,有时还没等自己说完就先笑得不行。

徐云深跟着她走了一段时间,突然觉得这女孩能这么平平安安地活到现在还真是老天开眼,这大晚上的她一个人走这么黑的路都不知道注意一下四周,警惕心太差了。

马上就要到小区门口的时候,路边的路灯突然接触不良似的闪了几下,徐云深侧过头看了一眼,就突然听到东西落地的声音,还没等他抬头,就看到一个黄澄澄的蛋挞滚落在他的脚边。

等他抬起头,眼前已经没了那个少女的身影。

徐云深心中一紧,几步赶过去,结果还没走到路口,就听到一个有些熟悉的声音:"识相的就快点儿把房子交出来,不然就别怪我不客气!"

这声音是……小周?

徐云深眉头紧锁——这人还真是不死心,居然趁天黑找过来。

小周伸手死死地捏着乔乔的手腕道:"别以为我不知道,你跟你对门那个男的就是一伙的,你们就是合伙骗老太太的房子!我告诉你,趁我现在还好说话,痛快地把房子交出来,否则别怪我对你不客气!"

"我说过了,那个房子你想要可以,只要你把房款交齐,我可以

原价卖给你。"拧了两下手腕没拧动,乔乔冷笑了下,"我也告诉你,应该是趁我现在还好说话,你赶紧放开我,否则我就动真格的了!"

一句话出来,别说小周,连徐云深都怔住了——动真格的?一个女孩?怎么动?

哎呀,好好奇啊!

徐云深停下马上就要飞奔过去的脚步,悄悄躲在墙角,等着乔乔的"动真格"。

小周明显被乔乔的气势震住了,但是很快就反应过来了,捏住乔乔的手腕像玩笑一样上下甩了甩,狞笑着:"来啊!动给我看啊!你要是不动,我就动给你看!"

乔乔哼了一下——天真!

轻轻地清了一下嗓子,乔乔对着小周微微一笑,而后扯开嗓子尖叫起来。

"非礼啊!流氓啊!救命啊!"声音尖厉得连躲在墙角的徐云深都吓得险些坐在地上。

小周也被吓了一哆嗦,反应过来便连忙放开乔乔的手腕,去捂她的嘴。

乔乔趁机狠狠地踩了小周一脚,小周一声惨叫,手上的力气一松,立刻蹲在地上捂住自己的脚。乔乔根本不给小周喘息的时间,狠狠地踢了小周屁股一脚:"让你吓唬我!给我小外甥的蛋挞都吓掉了!你赔我蛋挞!你赔我蛋挞!"

小周被乔乔一通拳打脚踢,摔倒在一边,抱着头嗷嗷叫。

乔乔也不"恋战",打过瘾了就赶紧从地上捡起包包跑出了胡同,迎面就撞上笑得直不起腰的徐云深。

想到自己几天前还在人家面前娇滴滴地哭了半天,今天就粗暴地把小周打了一顿……

场面一度十分尴尬。

乔乔眼睛转了转,立刻露出一副泫然欲泣的表情,对着徐云深低语:"吓死我了,要不是我反应快,还不知道会发生什么。"说完还柔弱地用手指点了点眼角,偷偷抬眼看了一下徐云深。

徐云深看着大变脸的乔乔,心里真是叹为观止,他还从没有遇到过这么有趣的人。自从认识她,他已经见识到了她的很多不同面,狡黠的、聪慧的、温柔的、勇敢的、骄傲的,她像个发光体,不自觉地吸引着他的目光,和她相处的每个细节,似乎都被滤镜笼上了一层毛毛边,散发着柔柔的光线。

徐云深笑够了,也不戳穿乔乔的小把戏,只淡淡地说:"走吧,徐希等你呢。"

一提徐希,乔乔一拍手:"对呀!还有徐希呢!我手机呢?刚才电话也没来得及挂断,是不是给他吓坏了?"

"在你手里呢。"看着眼前瞬间慌了的女孩,徐云深淡淡地开口。

"哦哦,对,"乔乔赶紧把手机拿到耳边继续说,"喂?徐希?没事没事,我没事,坏蛋被小阿姨打跑了,我还遇到你爸爸了,我们一起回家哈,乖哈,不用怕。"

一边说,乔乔一边低头审视着地上的蛋挞,还有几个干净的在袋子里,其余的都摔脏了,只能惋惜地捡起来丢到路旁的垃圾桶里。

徐云深只是站在身后默默地看着她的一举一动。

简单收拾完,乔乔便继续同徐希聊着天,不理会身后的徐云深,继续向前走着,徐云深缓步跟了上去。

而就在此时,徐云深突然就感觉身后有个黑影蹿了上来,尽管他以极快的速度闪到了一边,一个拳头还是险险地擦过他的脸颊,虽然

第六章 不是所有相遇都那么美好

糟糕，是心动的感觉①

没有真打到脸，眼镜却飞了出去。

凭感觉捏住那人的胳膊，徐云深一个果断的背摔，直接把人按在地上。

听到声音的乔乔回过头，只见小周龇牙咧嘴地躺在地上，而徐云深，一边按着他一边用另一只手在地上摸着什么。

摸了半天没摸到眼镜，徐云深很无奈，只是平淡地对着小周开口："再有下一次，我就直接摔断你的脊椎骨，正当防卫，你也奈何不了我。"

小周脸色发白，只觉得徐云深的眼睛里一点儿感情都没有，满满的冷漠，一个冷战之下，小周点头如捣蒜。

放走了伤痕累累的小周，徐云深缓缓地站起身，努力地看了半天也只能看到路灯下乔乔嫩黄色的身影，其他什么都看不清。走了几步便觉得很是晕眩，只得停下来扶住身边的墙壁。

乔乔以为徐云深是被小周伤到了，赶紧走过来扶住徐云深，担忧地开口："你还好吗？哪里受伤了吗？"

徐云深继续揉捏着鼻梁摇摇头："没受伤，只是除了睡觉以外，十多年没摘过眼镜了，有点儿不适应，你帮我看看眼镜在哪儿。"

乔乔点点头，四下寻找，终于发现角落里被摔得四分五裂的眼镜。虽然知道没什么用，但她还是蹲下身把残缺不全的眼镜捡了起来，递给徐云深。

徐云深一摸就知道眼镜戴不了了，不禁叹了口气："你先帮我收着，回家吧。"

"好。"将眼镜收到自己的包包里，乔乔小心地扶起徐云深。

黑夜中，两个互相搀扶的身影慢慢向着有灯光的地方走着，风中还能听见隐隐的对话声……

"你能看清我的脸吗？"

"近一点儿能看清，现在看不清。"
"这么近呢？能看清吗？"
"还有点儿模糊。"
"这么近呢？"
"嗯……"
"现在呢？"
"你靠我这么近是想干吗？"
"你走开！"

像是害羞一样，刚刚还明亮的月亮此时此刻已经慢慢地躲进云朵里，用温柔的余晖照着路上两个回家的人。

2

王菲在江河面前的那"惊天一摔"，表面上看似只摔出了鼻血，但是回到宿舍后她才发现脚也扭了。左脚踝高高肿起，一碰就疼。乔乔担心她伤到骨头，特意带她去校医室看了看，确定只是扭伤后才松了口气。

"你也太拼了，为了那个江河你至于吗？"扶着王菲坐到床上休息，乔乔有些嗔怪，"这次是扭伤脚，下次还不得摔断腿呀！"

王菲有点儿尴尬："我会注意的。"

乔乔不赞同地看了看王菲，双手环胸，审问道："能跟我说说你哪根神经搭错了，非要穿高跟鞋打工吗？"

一提到这事，王菲就很自然地想到那天自己一脸的鼻血和口红的丢脸样子，嘬着嘴说道："还不是因为那个王梓……"

乔乔稍微回忆了一下，立刻想起来王梓到学校接她的那天跟王菲说的那句话，便问道："然后你就按照他说的做了？"

王菲也觉得丢人,立刻赔着笑脸抱着乔乔撒娇:"哎呀,都过去了嘛!你就别问了,反正我现在和江河也挺好的,就别再说我了嘛!"

"挺好的?"乔乔的眼睛上下打量了她一番,不太相信她的话,"你怎么看出来挺好的?"

听到这儿,王菲的脸立刻红了起来,双手飞快地捧住脸颊,满心满眼的娇羞:"江河说他喜欢我。"

乔乔一愣,脑子里立刻冒出一个硕大的问号:"他亲口说的?"

王菲还在害羞:"是啊!"

万万没想到两个人居然进展神速,一时间乔乔也不知道该说什么,想不到王梓还当了一把神助攻,她拍了拍王菲的肩膀道:"那就……恭喜你了。"

正说着,王菲的手机响了起来,一看到上面的名字,她立刻双手握拳低低地吼了声"yes(太棒了)"!而后清了几下嗓子,声音甜甜地接起了电话:"江河?"

乔乔一听,十分识趣地出了宿舍。

王菲很想以一种轻描淡写的语气说明自己的伤势,让江河觉得自己是个坚强的女孩子,然而她对情绪控制并不擅长,控制来控制去听起来也像是在卖惨,可怜兮兮地说自己连上下楼都费劲之类的。

江河听后沉吟了一声:"脚不能走路是不太方便,我一会儿买点吃的给你送过去吧,省得你还得楼上楼下地折腾。"

江河要给她送吃的了!

王菲立刻坐直了身子:"真的吗?"

江河一声轻笑:"这有什么真的假的,你想吃什么?我一会儿就过去。"

矜持地点了一份清粥小菜,王菲坐立不安地在宿舍里等着。

短短的二十分钟时间,她简直度日如年……

手机铃声再响起来时,王菲像是从石化状态中醒过来一样一个激灵,立刻接起了电话。

江河言简意赅:"我在楼下。"

王菲单腿跳到窗边向下望去,只见江河拎着一个小小的饭盒站在楼下正向上望着,正在找她在哪个宿舍,转眼就看到了王菲,便举起手中的饭盒,对着她露齿一笑。

王菲顿时就觉得心脏猛地一跳,让她忍不住单手捂住胸口后退了一步——妈妈!我恋爱了!

另一边,知道王菲把自己摔成那样有王梓一部分原因的乔乔,有些不爽王梓,虽然知道王梓帮了她很大的忙,但是他开玩笑害了自己的朋友还是有点儿过分。

想了想,乔乔以对房产证有疑问为由给王梓打了个电话,说了几句之后故意把话题扯到王菲身上。

听到王菲的名字,王梓随口问道:"她还好吗?"

"挺好的,只是……"乔乔故意拉长音。

"只是?"王梓跟着重复。

"只是听了你的话之后穿了从来没穿过的高跟鞋,现在扭断了脚在宿舍养伤呢。"乔乔故意说得很严重,想看看王梓有没有愧疚。

王梓安静了一会儿,似是才想起自己的玩笑话:"我不过是随口一说,没想到她还当真了,这事是我不对。"

幸好他的态度还不错,不至于让乔乔更生气:"是啊,不过也因为她受伤了,现在跟江河的关系突飞猛进,估计她还会感谢你呢。"

王梓还沉浸在自己害了王菲的愧疚之中:"感谢倒不用……"

乔乔看自己的目的已经达到了,便没再跟他多说什么就挂断了

电话。

王梓握着手机,越想越觉得自己太过分了,一想到王菲扭断了脚惨兮兮的样子,他更觉得难受,坐立难安,拿起车钥匙就走了出去。

买了一堆营养品,王梓站在王菲的学校门外,一时间也不知道该不该再给乔乔打电话,想了想还是决定自己给王菲送过去,以表达自己的歉意。

他知道王菲跟乔乔是同学,一路找到管理学院的女生宿舍,正想着到底哪栋楼是王菲的宿舍楼时,他忽然看到眼前的男孩背影有些熟悉。还没等他想到对方是谁时,一张少女的笑脸突然从那男孩身前出现。

是王菲。

那这个眼熟的背影一定是江河了。

这时候王梓才发现,王菲还真是娇小,站在江河对面被他挡得死死的,如果不是她动了下,他都不会发现。

她的脚被缠起来了,看起来虽然不至于摔断了,但扭伤是一定的,此时此刻她还有些站不稳,但依然笑容满面地跟江河说着话,江河手里拿着个饭盒。

身边都是青春的少年少女,王菲和江河站在人群中央也很和谐,反而拎着各种营养品的他显得格格不入。

果然是离开校园太久了。

王梓勾了勾嘴唇,将手中的东西全部丢进身边的垃圾桶里,转身离开。

正在跟江河聊天的王菲忽然像感觉到了什么似的,越过江河看向他的身后,然而只能看到一个笔挺的背影款步离开。

"怎么了?"江河顺着她的视线回过头。

"没什么。"王菲笑着拉回江河的视线。

3

乔乔本来不怎么关注学校的论坛和贴吧,上次造谣的事件之后,她更觉得里面都是没什么用的八卦,或者是一群无聊女生的脑补,对她的生活基本没有任何帮助。

不过这次,她想不注意都难。

因为不知道是谁,把那个帖子的所有内容打印成一个成年人等身大小的海报,贴在人来人往的食堂外的告示栏上。

乔乔不知道为什么平时无人问津的告示栏边会围了那么多人,等她好不容易挤进去之后,却被眼前的画面一下子惊呆了。

身边的同学看到主人公到了之后,立刻窃窃私语着从她身边退开几步,仿佛乔乔身上有什么会传染的病菌一样。

乔乔的嘴唇抿成一条直线,极力忽略耳边的风言风语,认真地看着那张海报,海报上有一张很大的照片,女生穿着高中校服,正笑容灿烂地望着身边的男生,而那个男生的脸上却被打了马赛克。

但是看着那男孩的身材和女生看他的眼神,别说马赛克,就算直接把头P掉她也知道那个男孩是谁。

虽然已经过去了一年多,可是回想起来,往事依然历历在目。

高一的时候她是以全市第一名的成绩考进的省重点高中,当时她作为优秀学生代表在开学典礼上致辞,而他是国旗班的旗手。教导主任的发言超级长,她站在台上,被大太阳晒得昏昏沉沉,他站在台下,抬着头笑眯眯地望着她。

本来并不精神的乔乔瞬间清醒了,也不知道是中暑还是什么原因,

脸很红,心脏一直在狂跳。

这是他们第一次见面。

分班后第一次串座,老师并没有硬性规定,同学们都是想坐哪儿就坐哪儿,想跟谁同桌就跟谁同桌。看着同学们纷纷拎着书包往后排去,乔乔默默地把书包放在了第一排的位置上。

很快的,另一个书包就放在了她旁边的位置上,乔乔侧过头去,首先看到的就是一双笑眯眯的眼睛——正是那个国旗班的男生,刚开学时都没注意两个人竟然在同一班。

"国旗班"十分热情:"你好啊,乔状元,我叫周航,以后我们就是同桌了!"

周航的笑容温暖、大方,非常有感染力,乔乔没时间害羞,情不自禁地笑了起来:"你好啊,同桌。"

窗外是九月的阳光,本应该觉得燥热的教室,也因为这青春洋溢的气氛而变得清凉了。

周航的成绩不算好的,虽然进了年级的尖子班,但只是吊在班尾。第一次模拟考试乔乔第一名,周航是班级第三十五名,年级第九十六名。

拿到成绩单后,周航立刻趴在桌子上哀号:"都是在一起学习的人,怎么差距这么大?"

乔乔有点儿不知所措,不过还是安慰道:"嗯……那你再努力点儿?"

周航扭过头来看向乔乔:"我跟成绩比我差的人也是这么说的。"

乔乔有些尴尬:"可我说的是真的呀!你学习方式不对,上课注意力不集中,课后疯狂补习,这不是累自己吗?"

周航哼唧："可是我上课已经很努力、认真了。"

"认真？"乔乔笑弯了眼睛，"我每次上课都发现你在看我，这叫认真？"

周航一听，立刻避开视线，垂着头单手搓着自己的脖子，小声嘀咕着什么。

乔乔用手肘推了推他："说我什么坏话呢？"

"没说你坏话……"周航声音闷闷的。

"你每次背对着我说话的时候都是在说我坏话，你还不承认！"伸手戳了戳周航的后背，乔乔笑眯眯道，"快说，说我什么坏话？"

周航嘬了嘬嘴，一脸不甘愿地开口："我说，你不看我怎么会知道我在看你。"

乔乔一愣，继而脸飞快地红了起来，而后转过头继续看课本，一句话不说。

看着乔乔涨红的耳根，周航突然弯了弯眼睛，学着乔乔的样子伸出手去戳她的肩膀："怎么了？害羞了吗？"

乔乔连头都没回，将周航的手指从自己肩膀上抖掉："你快点儿学习啦！"

周航看着少女巴掌大的脸颊，一双忽闪忽闪的如小鹿一般的大眼睛，身材纤瘦却并不娇弱，嘴唇弯成了一个好看的弧度。

从那之后，周航确实认真了很多，至少在上课的时候乔乔不会觉得自己要被盯穿了。周航下定决心要跟上乔乔，在各个方面。所以他每天好好听课、认真预习，有什么不懂的就去问乔乔，反正学霸就在身边，有地利之便。他本来也很聪明，虽然也没比之前多用功，成绩却在飞速提升。

等到高二的时候，已经是能进年级前十的优等生了。而乔乔也一

糟糕，是心动的感觉①

直保持着高能的状态，稳稳地霸占着年级第一的位置。

这个时候，大家又面临着人生的一个重大抉择——选文还是选理。

乔乔是觉得选文选理都一样，对自己没什么大影响，但是周航就很紧张，毕竟听父母说还是学理科更有前途一些，但是其实他还挺喜欢文科。

乔乔的文理志愿表一直在桌子上放着，也一直没填，就等着老师收的那天用掷骰子的方式随便选一个。或者……

她的视线慢慢地飘向了周航，他选了什么？乔乔害羞得没敢问。

而周航则陷入了纠结中，随着交表时间的临近，越来越紧张。

周航忍了好久，终于忍不住向乔乔问出了口："你选文选理？"

本想说"你选什么我就选什么"的，但是乔乔还是想表现得轻松随意一些，于是她咬咬嘴唇，假装不在意地开口："没想好呢，准备到时候掷骰子呢。"

周航惊得睁大了眼睛："这么重要的事你就靠骰子？"

"重要吗？没觉得……"乔乔假装随意地翻着书，"我是觉得我学文学理都没问题，没那么多糟心事。"

周航抿了抿嘴唇："我想学文，可是我爸妈想让我学理。"

"那就学文呗。"乔乔答道，虽然她学文学理都一样，但若是心里已经有了偏好，还是应该遵从心里的想法吧，乔乔一直是这么觉得的。

周航跟她连气都气不起来，调整了半天情绪才把心中的顾虑说出口，也让乔乔好好想想。

乔乔听后眨了眨眼睛，很认真地思考了一下："我是觉得……无论学什么，只要好好学都是一样的。如果是我，无论父母说什么我都会选自己喜欢的。而你自己都下不了决心学什么的话，那证明你也不是真的很喜欢文科，所以，不如学理吧。"

乔乔的话，无异于周航的一颗定心丸，闭着眼睛呼出一口气，最终在表格上写了"理科"两个字。

看着他的样子，乔乔眼睛转了转，突然拿起表格，十分故意地写下"文科"两个字。

周航再一次慌了："你要学文科？"

乔乔点点头："是呀，可以借机多看点儿小说也挺好的。"

周航的表情立刻委屈起来："你不想跟我做同桌了吗？"

乔乔用尽全身的力气才让自己没笑出声，僵硬着脸回答道："还是更想看小说。"

周航"哼"了一声，嘀咕了一句"白对你好了，没良心，我还不如小说吗"，之后直接起身离开了位置。

起初乔乔只是以为周航在跟她开玩笑，准备等他回来再跟他说她是准备跟他一起学理科的，结果没想到周航好像真的生气了，第二堂课都没回来。没了周航在旁边，乔乔也有些慌，稀里糊涂地过了整堂课。

不过第二堂课下课的时候，周航终于回来了，脸上不见一丝笑意，重新坐在乔乔的身边。

看着自己桌面上依然是写着"文科"的志愿表，乔乔莫名地有些心虚。

深呼吸了一下，乔乔酝酿着先道歉："周……"

"对不起。"周航突然打断了她的话，乔乔一愣。

周航闭着眼睛做了个深呼吸，看着乔乔桌面上的志愿表，抿了抿唇，虽然表情看着不怎么情愿，但是仍然继续道歉："刚才是我太任性了，你选择学什么是你的自由，我不应该干涉的，不过……我确实想跟你继续做同桌，说实话我想让你跟我一起学理，然后我们一起考

同一所大学,还做同桌。"

笔直的视线一直看着周航,乔乔抿了抿唇,将表格上的"文科"划掉,换成了理科,然后将表格递给了周航:"那帮我交给老师吧。"

周航挠了挠后脑勺:"小乔,我不是这个意思,你真想学文科,可以继续学的。"

"是吗?"乔乔故意将表格又收了回来,"那我还是改成文科好了。"

"喂喂喂!都改了一次了,再改回去乱糟糟的,老师看着也不舒服。"周航立刻笑眯眯地从她手中抽回了那张表格,"乔状元学习辛苦,这点儿小事就让小的代劳了。"

乔乔抿着唇羞涩地笑了。

虽然乔乔确实想学文科,但是理科对她来说也不难,也可以说更容易一些,至少不用每天起早贪黑地背书。

周航跟她还是同桌,相比于乔乔,他的压力更大。

"怎么公式和定律这么多啊,感觉脑子都快炸了。"周航不停地抓着头发,"我还想跟你一起读大学呢,这么下去不行啊。"

乔乔翻着物理书:"没事,才高二,来得及。"

周航趴在桌子上不停地唉声叹气:"多希望能有什么办法,你去哪儿读书我就去哪儿。"

乔乔笑笑:"除非你参加个什么竞赛保送到顶级学府,不然就只能是你能考到哪儿我就去哪儿了。"开玩笑地说完这些话,乔乔就继续学习了。

周航却陷入了沉思。

从高二开始，很多同学开始参加各种国内的竞赛，希望为高考多一份助力。

乔乔是稳抓稳打型，按照老师的要求，竞赛正常参加，但是日常学习也不会放松。反观周航，则是在参加比赛之前全身心地投入到比赛的科目里，其他学科基本就放弃了。

乔乔跟他说了几次这样不行，他只是表面上答应，实际上却依然我行我素。发现自己说的话并没什么作用，乔乔也就任由他去了。

高三还是悄悄地来了，周航的成绩却已经从年级前五掉到勉强年级前百。

对于这个事，周航也很上火，但是不知道该怎么做。某天想着要去找老师聊聊，结果刚走到办公室门口，就在门外听到了自己的名字。

"周航这孩子，基础还是差一点儿。"

"是啊，他一直跟乔乔是同桌，我想着让乔乔带着他可能会提升一些，但是现在看来，恐怕已经是极限了。"

"是啊，我能看出来他确实是想跟乔乔一起读大学，才选择了参加竞赛剑走偏锋，唉……挺好的孩子，但是想追上乔乔，还是太难了。"

"那只能是希望他更努力一些了。"

周航听罢，默默地转身离开了。

看到周航的成绩一直往下掉，乔乔很担心，找周航谈了几次，前几次周航还会做做表面功夫应付应付，最后一次周航无奈地叹了口气："我为什么会牺牲这么大，天天只为了竞赛你不知道吗？你以为跟你上一个学校很容易吗？学习学不过你，我只能选择其他路了。"

"但你这条路也不容易的。"乔乔语重心长地说道，"你可能觉

糟糕，是心动的感觉①

得你能行，但是一山更比一山高，有很多比我还有天赋的人也在努力。"

"所以我只能比他们更努力。"周航斩钉截铁地回道，"你不用劝我了，我是肯定一条路走到黑了。"

乔乔还想说些什么，但是看着周航的表情，只能深深地叹了口气。

然而，就像乔乔说的，周航这一路非常不容易，拼尽全力最后只走到第三轮，连决赛的题是什么都没资格见到，这次的打击让周航心灰意冷，脾气都变得有些古怪。

高三的日子是过得飞快的，错过了最佳的复习阶段，周航想追就很困难了。

幸好他跟乔乔依旧是同桌，乔乔尽自己最大的努力辅导周航，让周航的成绩又追回到年级前五十。

有次周航学得实在头痛，就丢下了笔："太不公平了，之前有比赛的时候，你根本没比我花更多力气在比赛上，但每次的成绩都比我好。而我，熬得都快脱发了也没看到成绩……哦，对，说到这儿我想起来另外一个人，就是我最近参加比赛时听说的一个传奇人物，也是个天才，比我们要大上几届，具体是哪年的我不记得了，但是听说他稳居了当年所有参加的竞赛的前三名，最后还以高二学生的身份参加了高考，考了全省第三，进了国内最高学府……"

说到那个人的时候，周航眼睛里都是光："我从没见过那么优秀的人，光是听到他的成绩我都觉得像是在听故事一样，听说他姓徐，叫徐云……"

"有时间憧憬别人，还不如再多背几个英语单词。"乔乔直接打断了他的话，将手中的卷子推到他面前，"你这个语法又错了，上次你就错过，我跟你讲了你也不记得。"

听到乔乔的说教，周航的眉心立刻皱了一下，但是很快就舒展开来:"又错了吗?"

"是啊,你好好看看,我给你讲了好多遍了。"乔乔拿起笔在重点位置画了个圈,"怎么会记不住呢?我错一次就记住了……"

周航突然就觉得一股烦躁瞬间涌上了额间,将卷子丢到一旁:"过目不忘的是你不是我!别总拿我们普通人跟你们天才比!"

乔乔被噎了一下,心里觉得有些委屈,但还是没说什么。

几分钟后,周航似乎意识到自己冲动的话伤害了乔乔,赶紧对乔乔又是道歉又是买饮料,乔乔心里的那点儿不舒服也就慢慢消散了。

不过晚上回家之后,乔乔特意按照周航的形容上网找了一下他口中的天才少年,想看看到底是谁迷了他的心智。看了一圈发现好几个人的经历都很传奇,仔细看了看确实都长了一张心高气傲的天才脸,唯独有一个叫徐云深的,在心高气傲的天才脸之上,还有一抹凡事尽在掌握之中的运筹帷幄。

光看着……就有点儿让人心生厌烦呢。

而此时,正在读研究生的徐云深突然打了好几个喷嚏。

王梓立刻回头看图书馆里的窗户是不是没关,发现窗户都关着才开口:"你是不是吹空调吹的,怎么突然喷嚏打个没完?"

徐云深揉了揉鼻子:"可能有人在念叨我吧。"

乔乔除了自己学习以外,多数时间都放在周航身上。她能看出周航的努力,也看得出他确实已经没办法更努力了,突然间就有些心疼。

他只是为了跟自己读一个大学而已……就拼成这样……

看着周航日渐消瘦的手腕,乔乔突然下了一个决心。

高三最后一次模拟考试结束后,乔乔依旧稳坐年级第一,周航考了31名,两个人差了24分。

第六章 不是所有相遇都那么美好

糟糕，是心动的感觉①

把成绩单拿到手，乔乔沉默了一会儿，突然开口："周航，对你来说，是跟我一起读大学重要还是考个好大学重要？"

周航愣了愣，思索了一下开口："一起读大学重要吧。"

乔乔闭着眼睛呼出一口气，睁开眼睛后眼神格外坚定："那好，你现在听我说，还有不到一个月的时间就高考了，你现在的水平应该就是极限了，这几次模拟考我都有认真地看你的试卷，你数学的最后一道大题几乎都做不出来，那么等高考的时候，我们最后一道题都不答了，这样我们成绩就差不多了，肯定能进同一个学校。"

听了她的话，周航的表情像见了鬼一样，好一会儿都没回过神来，似乎完全没想到她能把高考不在意到这种程度："你……你认真的？"

"不能再认真了。"乔乔的脸突然有些红，"我也……也想跟你一起读大学。"

清秀的少年听到这句话，终于露出一个笑容："那好，我们一起读大学。"

乔乔这个决定，只有周航知道，他也明白自己不能跟任何人说，只要传进老师的耳朵里，乔乔就肯定不能那么做了，所以这个秘密，就天知地知他和她知吧。

填高考志愿的时候，老师们都鼓励乔乔报国内最高学府，然而乔乔力排众议，坚定地按照周航的志愿书填了一份。为了保证能够顺利录取，乔乔还在专业选择上填了服从调剂。

高考如期而至。

考到数学的时候，乔乔按照约定只把前面的题答完，最后一道大题她连题都没读就直接把卷子扣在桌面上，等到老师说可以交卷的时候立刻起身，像是怕自己会后悔一样脚步不停头也不回地就离开了教室。

高考结束后，同学们立刻放纵起来，好友王菲还拉着她到网吧玩了个通宵，虽然她从来都不知道通宵的乐趣……

直到出成绩的那天，她先接到了老师的电话，老师告诉她总分之后，语气有些不满地质疑她这次高考虽然理综拿了满分，但是数学题这么简单她怎么会比平时少考了二十分云云，乔乔听后并不生气，她只希望周航的成绩能保持之前的稳定，这样两个人就能一起读大学了。

周航也在当天就拿到了成绩单，看着上面的数字他不算特别满意，但是想着乔乔少考了二十分他们应该不会差很多，就兴致勃勃地去学校准备跟老师汇报一下，结果在经过教学楼的时候听到两个女孩的对话。

"乔乔就是乔乔，这次全市第一果然是她，就是不知道有没有机会冲刺一下省状元。"

"不知道啊，不过听说她好像是数学满分吧，真厉害，我考了105分我妈都开心够呛。"

"我也是……"

之后那两个人说了什么周航都没听进去，满脑子都是那句"数学满分"。

等了一整天，乔乔都没等到周航的电话，而她也没再打通过周航的电话。

直到大家都拿着录取通知书返校的那一天，她才见到周航。

周航瘦了很多，表情阴郁，看到她之后一点儿笑脸都没有。

乔乔有些不明所以："你怎么了？我一直在等你的电话。"

周航勾起嘴唇露出一个冷笑："等我电话干什么？嘲笑我吗？"

乔乔眉头一皱："我怎么会嘲笑你？你到底考得怎么样？我们是

不是能一起读大学了？"

"读大学？怎么读大学？你考了多少分？"

"701，你呢？"乔乔紧张地问道。

"701？这不就是你平时的成绩吗？我问你，数学的最后一道大题的答案是什么？"周航大声说道。

乔乔一愣："我不知道，我没有做。"

"你没做？你没做怎么会考这么高？而且那道题那么简单，简单到我都会做！你敢说你不知道答案是 −2？"周航的戾气很重，一声更比一声高地质问着乔乔。

乔乔被吼得头脑发晕："你做了？"

"那么简单的题！傻子才不做！"说着，周航将自己的成绩单摔在乔乔面前，"那我为什么还会比你少 20 分！还不是你本来就在骗我！口口声声说自己绝对不会做最后一道题，结果你还是做了！"

乔乔打开周航的成绩单——665 分。

"不要再装了！你知不知道我最讨厌的就是你这副伪善的样子！对谁都好！假惺惺的给谁看呢！你从来都没考过这么高的分数！数学那么简单的题我都做出答案了你会不做？"

乔乔有一瞬间的呆滞："我……我连是什么题都不知道……"

"不要再解释了！如果没有那 20 分我们肯定能到一个学校的！你根本就是成心的！给我希望之后还故意用分数羞辱我！我看透你了！"周航还在冷笑，"我真是看错你了，还真的相信你会那么做，才放下心来去高考的，结果你竟然为了自己做了那道题！"

"我没做，而且是你做了那题……"

"别再狡辩了！反正又不会发试卷，你当然可以随便说！"

面对着怒发冲冠的周航，乔乔平复了下委屈的心情，尽量心平气和地开口:"没事,20分也不算什么,那个学校有的系分数不高的,你服从调剂是可以进去的。"

"我没选服从调剂!"周航烦躁地开口,"本来就不是顶级的大学,我要是服从调剂给我调到一个垃圾系怎么办?"

"可是我记得你当时选的是服从调剂……"话还没说完,看着周航那张对她满是蔑视和讥讽的脸,她突然觉得过去的三年,她似乎根本没有完完全全地认识周航。

她为了他,志愿上没写她最想去的大学,连专业都选了服从调剂,高考数学放弃了最后一道大题……

而他,没考好就算了,自己偷偷地答了那道数学题,口口声声说跟她一起读书最重要,却在她不知道的时候改了志愿书,反过身来还来质问她,所有的过错和脏水都泼在她身上……

其实他不过就是嫉妒她。

嘀,这就是她心心念念要一起读大学的男孩。

一瞬间,她突然觉得无论说什么都是徒劳。

一个男孩,怎么能这么没有担当?连自己的失败都不肯承认,把错误都推到女孩身上。

而且,他居然能在盛怒之下脱口而出那些伤人的话……

乔乔闭了嘴,不再解释,只是对着周航微微一笑:"那只能说,你活该。"

周航闻听此话,气得脸色发青,相比之下,乔乔忽然觉得当初在网上看到的那个天才少年的脸,没那么讨厌了。

虽然乔乔在周航面前表现得毫不介意,最后一句话更是极具杀伤力。但是回到家她还是大哭了一场,为周航的欺骗,为自己错付的真心,为已经逝去的青春……然而,那些都不可能再重来了。

第六章 不是所有相遇都那么美好

她将自己关在家里，一整个暑假哪儿都没去。她不愿意浪费一年的时间复读，最后还是决定去报到。从那天之后，她就没再见过周航，直到现在，看着海报上那张满是马赛克的脸，她依然能回忆起自己当时委屈、难堪、气愤的心情。她没想到她为之努力拼搏的高中三年，竟然会以这样的欺骗作为结局。

第七章 幸福的残疾生活

糟糕，是心动的感觉①

1

想到过去发生的事情，乔乔的心情瞬间跌到谷底，然而看着那海报里的内容，更让她觉得糟心得难以忍受。

对方文笔不错，写的是两个高才生之间从互相争斗到最后相约考同一所大学的故事。一对金童玉女，因为女孩的一时贪念，没有遵守和男孩的约定，成绩较差的她高考时超水平发挥。而为了女孩放弃了数学最后一道大题的男孩，反而与心仪的大学失之交臂。女孩从此踏上更广阔的天地，自然也和男孩断了联系。

帖子中间有男孩的成绩单和学校的录取通知书，名字当然已经模糊了。帖子里的照片有好几张，看得出应该是班级活动时拍摄的。

呵呵呵，还真是一个有图有真相。

乔乔看完海报，再转过头看向身边的同学们，发现他们不约而同地后退了一步，压低了声音，说得更来劲了。

人心就是这样，好事不出门，恶事行千里，上次她的绯闻还没过去多久呢，这就又来个"背叛深情初恋"的事。

看来有些事，还真不是自己忍忍就能过去的。

乔乔走上前将海报直接扯下来，又看了看四周的公寓，开口问了句："这里是什么学院？"

人群中依稀有人回了句："中文。"

"好。"乔乔将海报卷成一卷，直接向中文学院学生会所在的教学楼走去。

"拿掉海报就没事了吗？"学生中突然冒出一个女声，"你这跟做贼心虚有什么区别？"

乔乔回过头想看看是谁问的，却发现是个她根本不认识的女生。

乔乔笑了下，问："你高考多少分？"

女学生立刻一脸骄傲:"638分。"

"够高了。"乔乔点点头,随后伸手指了指自己的鼻尖,"知道我多少分吗?"

一群人面面相觑,没人出声。

"701分,H省的理科第七名,H大入学新生的最高分,你现在上网查也能查到我的名字。"说完,乔乔重新打开那个海报,指了指打了马赛克的男孩成绩单,"看到他多少分了吗?665分,我们两个差了近40分,那是一道大题的分数吗?"

一时间,人群沉默了,不过很快,那个一开始问话的女生又冒出头来呛道:"都说你是超常发挥了!"

"好啊,我是超常发挥,这个我承认,但是我还想问一句,你们有谁,见过我这个成绩是没去国内顶级大学或者去国际名校的?"话音落下,乔乔再次看了看那个女孩,发现她只是不开心地噘着嘴,却没说什么话,便勾唇一笑,"那么我问一下这位638分的同学,凭你这么高的分数,能猜到我现在在H大的原因吗?"

女学生推了身边的人一下,垂着头没出声。

乔乔勾唇冷笑了下,一字一字掷地有声道:"因为成绩更好的人,是我,抄志愿书的那个人,也是我。"随手展开手中的海报,乔乔磊落地让大家继续看,"你们不是想知道事情的真相吗?好啊,我告诉你们,这个帖子写的没什么问题,只要把男孩女孩的身份颠倒过来就可以了。数学的最后一道大题,没答的人是我。然而,结果是一样的,他还是没考过我。"

说完,乔乔干脆将手中的海报丢在地上,拍了拍手上的灰,挺直了脖子垂着眼睛看着那个女学生,平淡地开口:"既然你觉得我撕掉海报是做贼心虚,那我就把这海报放在这儿,你们谁想看就看,反正

该说的我都说了,你们信就信,不信跟我也没什么关系,我乔乔一路走到现在,不是活在别人的眼光里的。"

丢下那些话,乔乔向上提了提自己的双肩包,绕过告示栏,径自离开。

原本还围在一起的人群,又小声议论了几句,也都慢慢散去了,只有那个女生,依旧一脸不甘心,她冲着地上的海报狠狠地跺了两脚,捡起来之后又粗暴地团成一团,丢进了垃圾桶里,转身进了旁边的宿舍楼。

不远处,本应该已经离开的乔乔缓缓地从一棵大树后走了出来,看着那个女生离开的方向若有所思,而后打开包包开始翻找笔和本子,准备把事情简单梳理一下,结果指尖突然被扎了一下。乔乔缩了下手,小心翼翼地从包包里拿出"凶器"——用纸巾包起来的徐云深的眼镜架。

金丝镜架已经扭曲得不成样子,镜片只有几个碎片可怜兮兮地挂在镜框上,看着好像随时会掉下来一样,刚刚扎了她的就是那几个碎片之一。

乔乔拿起那个眼镜看了半天,也没看到什么很特殊的logo(标志),仔细想了想,她把电话打给了王菲:"你知不知道附近最大的眼镜店在哪儿?"

徐云深这眼镜是因为救她才碎的,于情于理,她都应该给他重新配一副的。

下定决心,乔乔按着王菲给她的地址去了一个看着就很高大上的眼镜店,里面的工作人员看到乔乔走进了大门立刻热情地迎了上去:"顾客您好,有什么我能为您做的吗?"

乔乔从包里拿出镜架和碎镜片:"我想配一个跟这个一模一样的

眼镜。"

"好的，我帮您看一下。"工作人员戴上白色的手套，小心翼翼地拿起镜架端详起来。

乔乔耐心地在一旁等待着。

工作人员看了片刻，眉头微皱，带着歉意对乔乔开了口："您稍微等一下，我让我们技术顾问看一下。"

乔乔有点儿好奇地点点头。

而后那名工作人员将镜架和碎片放在一个托盘上，像托着一块黄金一样把碎片托走了。

等了不过两分钟，那名工作人员就跟着眉心有着很重的"川"字的女人走了出来。

女人看到乔乔后开口："眼镜是你的？"

乔乔摇头："是我朋友的，不过让我弄碎了，我想给他配个一模一样的。"

女人点点头郑重地说道："这个眼镜是定制的，你只能联系厂家，我们做不了。"

"啊？这么麻烦？"

"当然，我们也可以替您联系厂家，但是……我下面的话没别的意思，只是跟您介绍一下，这款眼镜的品牌叫 RodenStock，纯德国进口，全 18k 金镜架，镜腿和镜框连接处的这一段镶了一颗碎钻，所以这副镜架市场价在一万二左右。"

乔乔惊得眼睛都快掉出去了："这副眼镜值一万二？"

女人微微一笑："一万二只是眼镜框的价格，至于这个镜片，同样是德国进口，蔡司臻锐系列，铂金膜防蓝光膜款，市场价是八千三，一片……所以如果你想重新配这一副眼镜，包括邮费和税，

差不多要三万块吧……"

乔乔很崩溃,徐云深……你为什么要把三万块架在鼻梁上啊?

捏了捏鼻梁,控制下自己微微发晕的头,乔乔勉强扬起笑脸对着那个女人开口:"请问,现在还能验出来这副眼镜的度数是多少吗?"

女人点头:"可以的。"

"那就麻烦你,帮我拿一副跟度数相匹配的隐形眼镜。"顿了顿,乔乔加了几个字,"要最好的。"

2

自从发生了小周突然袭击的事件,徐云深就没再见过乔乔,想着她可能是有点儿怕深夜一个人回家。结果刚刚打开电梯就看到走廊里一个模模糊糊的人影蹲在门口。

不等他仔细辨认,手边的徐希已经蹿了过去:"小阿姨!"

乔乔有气无力地抬起头看向眼前一个模子里刻出来的一大一小两个人,摸了摸徐希的头,勉强地笑了一下道:"好久不见。"

徐云深接过话茬:"不进房间在门口蹲着干什么?"

"唉,别提了。"乔乔站起身,靠在门上缓着刚才因为低血糖而导致的眼前漆黑一片,"只想着要回家,结果家门钥匙忘在宿舍里了,有点儿累,就想休息一下再回宿舍。"

徐云深从衣兜里掏出家门钥匙,一边眯着眼睛努力地往钥匙孔里插,一边开口道:"到我家坐一会儿吧,喝点儿水再走。"

乔乔点点头,随后就眼睁睁地看着徐云深的钥匙插上插下,就是插不到孔里。

真让人着急。

乔乔走过去,从他手中劈手夺过钥匙打开了门,转过头看了一眼徐云深茫然的眼神，不禁有些想笑："你这眼神儿我有点儿担心啊，好像已经不是看不清那么简单了。"

"没办法，当初学习太用功了。"徐云深捏了捏鼻梁，脱鞋准备进房间。

"我才不信呢！我成绩这么好也不近视，我看你八成是当初电脑玩多了……喂喂！那个格子里已经有鞋了，不要硬塞！放下一个格子里……喂！我说的是下一个，不是最后一个，最后的格子里也有鞋了！"

最后还是乔乔从徐云深手中接过了他的鞋帮他放到鞋柜里，又找好拖鞋放到他的脚边，看着他不怎么顺利地穿好拖鞋才跟着进了房间。

进了房间，徐云深径直向厨房走去："我要给徐希做晚饭，你想吃什么？我一起做一点儿。"

"那就来个番茄炒蛋吧。"

五分钟后，徐云深举着被菜刀切得血淋淋的手指，静静地坐在饭桌前等待乔乔把番茄炒蛋做好端上来。

"这么久了你一直这个样子？不打算重新配副眼镜吗？"乔乔一边吃，一边把快戳进自己饭碗里的徐云深的筷子拨到菜盘子里。

"我这眼睛不但近视还有散光，还有些畏光等小毛病，除了那个眼镜，其他的我都戴不习惯，而那个眼镜是定制的，比较麻烦，得把眼镜架寄回去让厂家重新配。"徐云深努力从菜盘子里夹了一块鸡蛋，然后，放到徐希的碗……旁边的桌子上。

"哦……"乔乔的心思转了几转，话题就开始往自己配的隐形眼镜上面引，"不都说一直戴眼镜的话，眼睛会变形吗？就不考虑试一试新鲜事物吗？"

"隐形眼镜？"徐云深果然顺着乔乔的话猜到了。

第七章 幸福的残疾生活

"是呀!挺方便的!"一边说,乔乔像变戏法一样不知从哪里拿出来两盒隐形眼镜,献宝似的送到徐云深面前,"徐医生眼睛这么漂亮,为什么要用一副眼镜遮住呢?"

"少来,我戴不惯隐形眼镜。"徐云深的脸上写满了拒绝。

"别这样,我买的是最好的隐形眼镜,我保证你戴了之后一点儿异物感都没有!"乔乔一边说,一边竖起三根手指做发誓状,"我发誓!"

"我不相信你。"徐云深面无表情地开口。

"欸……你怎么这样?"说着,乔乔就有点儿急了,"就算你不为自己想,也得为徐希想想啊!你什么都看不清,怎么照顾徐希呀?"

徐云深一时没说话,乔乔觉得他快被自己说服了,乘胜追击,继续说道:"我也不能一直跟在他身边照顾,他最需要的还是父亲啊。"

徐云深的嘴角抽了抽,虽然没说什么反驳的话,但是心里仍然不愿意。

乔乔用着十二分的耐心继续说道:"其实新生事物没那么可怕的,你看那些明星,不都戴隐形眼镜吗?也没什么影响嘛!你想想,有了隐形眼镜,你就不用担心眼镜上霜的问题啦!况且徐医生摘了眼镜的样子帅得不行!你就不想试试吗?"

徐云深垂下了眼睛,还是不接话,倒是旁边的徐希帮着乔乔说起话来:"是啊!爸爸,这段时间你做的饭都不好吃了,我在学校拉了好几次肚子。"

徐云深的眉头立刻皱了起来:"真的吗?现在有不舒服吗?"

"现在还行……"话才说了一半,徐希立刻看到一旁冲他挤眉弄眼的乔乔,立刻聪慧地补上一句,"但是以后就不好说了。"

乔乔赶紧接下话,把隐形眼镜郑重地放在徐云深的手心里,诚恳地祈求道:"为了徐希,试试嘛!"

徐云深模糊的视线慢慢地飘向乔乔的脸。那张脸还是模糊一团,可是不知为何,他就是能想象到她此时此刻的表情一定像哄着白雪公主吃毒苹果的坏皇后一样。

垂下眼睛看着乔乔手上的隐形眼镜,徐云深微微动了下嘴唇,缓缓地伸出细长的手指,抓过那两盒隐形眼镜。

指尖轻轻刷过乔乔的掌心,有点儿痒。

乔乔缩了缩脖子,立刻收回手,随意在衣服上蹭了蹭,讨好地笑笑:"这已经是店里最薄最好的隐形眼镜了,那售货员跟我说了,第一次可能会不太适应,但是时间长了就好了。"

"看在你这么努力的分上,"上下颠了颠掌心里的隐形眼镜,徐云深终于答应道,"那我就试试吧。"

之后的半个小时,乔乔给徐云深拿了把椅子放在洗手间的镜子前,看着徐云深反复试戴,险些把自己戳瞎。

"这东西根本戴不进去啊!"

"你……你姿势不对吧,不是直接往眼睛里一戳就完事了吗?"

"我戳不进去啊!每次都扣在眼皮上!"

"你把眼皮上下拨开点,你眼睛挺大的啊,怎么连个隐形眼镜都戴不进去?"

"这跟眼睛大小有什么关系?人有条件反射,眼睛看到有东西接近自然会闭上的,这是自我保护。"

"所以我说你就不能把眼皮拨开?"

戴了好久都没戴进去,还把眼睛弄得火辣辣地痛,徐云深失去了耐心,直接把隐形眼镜往桌台上一丢:"不戴了,看不清就看不清吧。"

乔乔想了想,突然伸手扳住徐云深的脸,目光坚定道:"我来!"

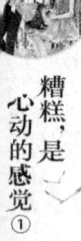

糟糕，是心动的感觉①

徐云深躲了半天没躲开，有些将信将疑："你不会真的把我戳瞎吧？"

乔乔心里也有些没底："我尽量温柔点儿。"

抿着嘴唇乖乖地坐在椅子上，徐云深看着乔乔小心翼翼地把手伸过来，心底默默地一声叹息——他什么时候变得这么听话了？

买隐形眼镜的时候乔乔就考虑过可能会出现新手戴不进去眼镜的情况，于是自己买了好几个没度数的隐形眼镜给自己戴，也是把自己的眼睛捅得通红才戴进去。一连废了六七副眼镜之后她觉得操作得顺利多了，这才敢给徐云深动手。

然而现在她才发现，隐形眼镜这个东西，给自己戴，和给别人戴完全是两回事，她根本掌握不好力度，只能眼睁睁地看着徐云深的身子一下又一下地抖，眼睛越来越红，眼泪稀里哗啦地往下流。

最后乔乔终于承受不住了。

一个大男人，一直默默不语地对着她流泪，乔乔觉得她的小心脏一抽一抽地疼。她把隐形眼镜丢到一旁，烦躁地开口："不戴了！看不见就看不见吧，以后我照顾你！"

徐云深兀自捂着眼睛轻轻地吸气，不出声。

看着徐云深的指缝里都是眼泪，乔乔忍不住嗔怪："你倒是阻止我一下啊，我这给你戴了半天你怎么一声都不吭？"

徐云深拿开挡着眼睛的手，本来幽深有神的一双眼睛，如今水汪汪、红彤彤的，他默默地看着她："你也是为我好，也不是故意弄疼我，这么点儿事我还是能忍的。"说到这儿，眼睛又酸涩不已地重新闭上，缓了半分钟后才重新睁开，"为了徐希，我得努力啊！"

这句话让乔乔一下子愣住了，徐云深罕见地露出柔弱的模样，本来应该好好嘲笑他一回的，可是这句话却带着属于男人的一份坚定，

134

在她耳边炸开来,"嗡"的一声,之后徐云深可能又跟她说了什么,但是她已经听不清了,等"嗡嗡"的声音渐渐消退,另一个声音又涌了上来。

咚、咚、咚……

满脑子都是自己擂鼓般的心跳声。

乔乔突然捂住了自己的胸口,有些惊恐地站起身,后退了几步,连椅子都踢翻了。

徐云深看不清乔乔的表情,只看到椅子都倒了,不禁有些担心地伸手想拉住乔乔。结果乔乔像是被吓到了一样,动作粗暴地甩开了徐云深的手,惊慌失措地跑出了房门。

徐云深和徐希一脸莫名地望着乔乔的背影,这是怎么回事?

乔乔一口气跑回学校宿舍,捂着依旧"咚咚咚"跳个不停的胸口,扶着墙不停地喘息——这是怎么回事?她怎么会突然心跳得这么厉害?

3

脚受伤之后的王菲享受着江河无微不至的照顾,但是时间一长,她就开始担心兼职会不会被别人顶替,最重要的是,她也怕江河会烦,所以她对自己说,女孩还是应该坚强勇敢、自力更生比较好,所以拖着受伤的脚继续去咖啡厅打工。

虽然她一直跟老板保证自己绝对不会拖后腿,绝对会像从前一样努力工作,但是在她打碎第三个咖啡杯之后,老板选择让开了自己的位置,自己到后台做咖啡,让王菲来收银。只要她老老实实地坐着就不会再造成其他损失。

江河只要没课就会来店里,坐在自己的老地方看书学习,没客人

糟糕，是心动的感觉①

时还会跟王菲聊聊天。然而这段好时光持续了不过三五天就结束了，江河又要实习了，王菲则继续孤单地收银。

以前打工也没觉得怎么样，怎么江河陪了她几天后她就开始不习惯一个人了呢？

嗯……果然由俭入奢易，由奢入俭难啊……王菲一边数钱，一边胡思乱想着。

手中的钱才数了一半，咖啡厅的门突然被推开了，王菲赶紧放下手中的钱，单腿从收银台后面站了起来："欢迎光……""临"字还没说出口，她就闭了嘴，翻了个白眼重新坐回椅子上，假装什么都没看见。

看到王菲的反应，王梓笑了笑，尴尬地伸手刮了刮鼻尖，迈开长腿走近王菲，轻轻敲了敲王菲的桌面："小姐你好，我想要一杯美式咖啡。"

王菲木着脸心不甘情不愿地对着后台开口："一杯美式咖啡，少加点儿牛奶。"之后继续板着脸数钱。

王梓听着王菲的话，微微勾起嘴角，趴在王菲面前："小姐，我刚才可没说要少加牛奶，你怎么擅自做主啊？"

听到王梓的话，王菲数钱的手势一顿——以前王梓每次来都是一杯美式咖啡少加牛奶，她就习惯了，没想到这个习惯还让她落下了话柄。

好一会儿王菲都不吭声。

王梓也不再逗王菲，耐心地等着那杯咖啡。

咖啡很快就被端了上来，王菲依然没有笑模样："45元，请问是现金还是微信？"

王梓看了她一眼笑道："你得把我从你的微信黑名单里拉出来，

我才能微信转账啊！"

王菲干脆地从抽屉里拿出一个二维码牌子，不客气地道："自己扫码付款。"

王梓被噎了一下，笑容终于有些苦涩："你怎样才能原谅我？我真不是故意让你受伤的，我没想到你会因为我的一句话就真的穿了高跟鞋……"说着，他把手伸到衣兜里，向外掏着什么东西，"我……"

"我不想跟你说话，"王菲干脆地堵住了王梓下面的话，冷漠地开口，"你走吧，这杯咖啡当我请你的。"

王梓手下一僵，抬头看向王菲。

王菲转过头不看王梓，依旧不为所动。

张了张嘴，王梓深吸一口气，从衣兜里拿出自己的手后，从另一个兜里拿出一百块放在王菲面前，而后转身离开。

王菲看着面前的钱，突然觉得自己的话有些伤人，刚想说什么，咖啡馆的大门就被推开了，门后露出江河灿烂的笑脸。

看到面前的王梓，江河愣了一下，而后赶紧微笑着打招呼。然而王梓十分罕见地丝毫没有风度地无视了他，撞了一下他的肩膀后离开了咖啡厅。

江河有些摸不到头脑，揉了揉自己的肩膀走了进来："他怎么了？看着心情很不好的样子。"

一看到江河，王菲立刻笑开来，瘸着腿迎出来："管他呢，你实习结束了？"

"是啊，今天医院食堂做了小蛋糕，特别好吃，我给你带了两个回来，你尝尝……"说着，江河从包里摸出一个纸袋递给了王菲。

王菲笑容甜蜜地接过纸袋，转眼就把王梓的事给抛到脑后。

一想到那两个人现在一定开开心心地在一起聊天，没准还在挖苦

自己,王梓就觉得心里堵得厉害,开起车来也控制不住速度,毫无目的地一路狂飙来缓解内心的抑郁。

不过很快,他的手机突然响了起来,上面的称呼是"房东妹妹"。

捏了捏眉心,压抑住心中的烦闷,王梓带着笑意接起了电话:"乔乔妹妹,怎么突然想起给我打电话了?"

乔乔在电话那边尴尬地笑笑:"王律师,您忙不忙?打扰你吗?"

"不忙,你打电话肯定不忙啊。"王梓笑笑,"怎么了?有什么事?"

"想先跟你表示一下感谢,还有点儿别的事想麻烦你……"

乔乔话刚说到这儿,王梓脑子里飞快地闪过一个念头,让他直接打断了乔乔:"等一下。"

乔乔一顿,满脑子问号:"怎么了?"

"你什么事我都可以答应,只不过你要先帮我一个忙。"

乔乔语气中满是警惕:"什么忙?"

没过几天,王菲还在老地方收银,意外地看到乔乔走了进来。

"小乔,你怎么来啦?快!我们的黑森林刚做好,可好吃了,你快来尝尝。"王菲赶紧端起一块黑森林放在桌子上,一直拍着,"快,快来!"

乔乔笑眯眯地走进来,先跟老板打了招呼:"你们太惯着王菲了,哪能让她把蛋糕随便送人的?"

老板在后面冲着乔乔点点头,对于王菲端走黑森林蛋糕一事视而不见。

乔乔拉开椅子坐过去,看着王菲满面红光的模样,忍不住吐槽她:"你这看着也不像个残障人士啊,比我还精神呢!"

王菲坐在椅子上得意扬扬地晃悠着没受伤的腿:"那是自然,有爱情的滋润，我自然人比花娇。"

"行行行，不跟你说这个。"乔乔从包包里摸出一个标签全是外文的小瓶子放在王菲面前，"我今天是带着任务来的。"

王菲看着这个瓶子皱了皱眉："什么东西，保湿喷雾吗？"

"王梓说这是他让朋友从国外带回来的，对于治跌打损伤有奇效，特意让我带给你。"乔乔把药瓶往前推一推，"我的任务就是给你送这个。"

"你竟然给王梓跑腿？"王菲一脸不可置信，"之前你不还因为他害我扭伤了脚生他气吗？"

"他态度挺好的，我也不至于那么记仇，况且这次我还有事求他。你也大度一点儿，不要再计较了。"

王菲摸了摸那瓶药："既然他态度那么好，怎么不亲自给我送来？"

"你还好意思说？"乔乔单手支着下巴，"王梓都跟我说了，他亲自来给你送药，结果你把他赶出去了。"

原来他昨天来是为了给她送药……

摩挲着那个药瓶，王菲心中满是懊悔，随后看似十分勉强地收下了那瓶药："行吧，也不能让你白跑一趟，这药我就收了。"

乔乔的动作没变，看着惺惺作态的王菲，"啧啧"了两声："你何德何能啊……"

王菲撇了撇嘴，没说话。

其实她对王梓的感觉一直很奇怪，从一开始两个人就不对盘，几次出糗，就算不是在王梓面前也都是因为他，让她每次看到他都会情不自禁地觉得尴尬，忍不住就想让他赶紧离开自己的视线。

然而实际上王梓并没有做什么真正伤害她的事，甚至还帮过她好几次。

想到这儿,王菲很纠结地重重地呼出一口气,乔乔这时已经从包里拿出了六级词汇,安慰道:"叹什么气?你也上咱们学校贴吧了?"

一想到乔乔的经历,王菲眼睛一转,凑过去小声开口:"你找到发帖人了吗?"

"没有。"翻了一页,乔乔平淡地开口,"我在考虑要不要选修个计算机之类的课程,查一查到底是谁。"说完,她顿了顿,有些刻意地开口,"不过这种事,可能找王梓帮忙会更快一些,但就是不知道某些人愿不愿意帮我开那个口。"

乔乔故意这么说,主要是为了给王梓和王菲创造和好的机会,误会还是早一点儿解开比较好,两个人老这么较劲,她看着都累。

乔乔走后,王菲拿着手机纠结了好长时间,毕竟是自己主动删的人家好友……看了眼手中的药,王菲鼓起勇气,通过了王梓之前的微信好友请求。

你已添加了梓,现在可以开始聊天了。

清了清嗓子,王菲自己"嗯"了半天,努力让自己的声音听起来很随意,感觉差不多了才给对方发了个语音。

"我是王菲,谢谢你的药,嗯……我想麻烦你帮个忙。"

发过去之后,她又觉得自己的语气有点儿太理所当然了,就赶紧补了一句:"方便吗?不方便就算了。"

自己又听了一遍,又觉得这个语气有点儿傲娇,赶紧又补了一句。

"其实是乔乔的事,她脸皮薄不好意思开口,我就来帮她说个情。"
又发过去了。

之后,王菲就握着手机静静地等着。

五分钟……十分钟……二十分钟……半小时过去了……

手机鸦雀无声……

王菲无数次地在王梓的微信窗口徘徊，生怕自己会错过手机最上面一栏的"对方正在输入……"，然而看了半天，一点儿反应都没有。

王菲想直接给对方打电话，可是觉得太主动了会丢份儿，最后直接生气地把手机摔在桌子上——早知道这样，她还不如不发那几条微信呢！

将手机关机，王菲像是赌气一样，一门心思地数钱，来来回回数了好几遍，每个面值的纸币有几张都记得清清楚楚。

就这样，终于熬到了下班时间。江河之前跟她说过今天他要值班不能来接她，于是她只能拄着拐杖自己慢吞吞地挪着步子，站在街边打车。

很快，一辆出租车停了下来，王菲吃力地扶着车门往里面挪着。

一只手突然拉住了她的胳膊。

王菲一个趔趄回过头，只见王梓站在她身后，风尘仆仆。

王菲瞬间觉得很不真实，刚才还一点儿消息都没有的王梓，竟然会突然出现在她身后。而此时此刻不知道为什么，她很想甩开王梓的手。

王菲也确实这么做了，不过甩了一下，没甩开。

再甩，还没甩开。

再甩……

王梓笑着摇了摇王菲始终在挣脱的手："你就这么对待看到你的微信后连闯九个红灯才从机场赶过来的人吗？"

王菲还想扯回自己的手："这跟我有什么关系？"

"其实没什么关系，我就是想说一下。"

"现在说完了吧？你快放开我！"

糟糕，是心动的感觉①

"是你找的我啊，大小姐，我出差到 B 市这几天忙得焦头烂额，刚下飞机就看到你的微信消息，然后我就千里迢迢地赶到你面前来替你解决问题，这样的男人你去哪儿找？"王梓松开了王菲的手，直接把话题转到乔乔身上，以防王菲走掉，"你说乔乔又怎么了？"

原来是出差了……

听到这句话之后，王菲原本躁动不安的心情奇异地被安抚了，准备离开的步伐终于转向王梓，咬了咬嘴唇，有些怀疑地开口："你真的是出差了？"

嗯？居然问他是不是真的出差了……而不是直接说乔乔遇到了什么事情……

不动声色地挑了下眉毛，王梓勾着嘴角耐心地解释："是，一个大客户，请了律师团给他打官司，我是领队，好多事情都需要我做，特别特别忙，每天睡觉不超过三个小时，都要累死了。"

听了他的话，王菲这才开始仔细地打量他——不得不说这个男人的气质非常好，好到能让她忽略他现在一脸的倦容，满是红血丝的眼睛，隐隐发黑的眼眶，没有刮干净的胡楂，嘴角的笑意也不再游刃有余，透着一丝勉强和疲惫。

王菲抿了抿嘴唇，还是没把乔乔的事说出口："你先回去休息吧，我这事也不急，我可以发微信给你。"对于王梓来说，为她这种普通的大学生解决这种小事应该是大材小用吧。

缓缓地眨了眨干涩的眼睛，王梓没有强求，只是将手臂向王菲的方向抬了抬，却徒劳地抬了一下就又放了回去，对着王菲开口："好，那我送你回学校，然后我就回家休息。"

王菲看了他一眼，突然觉得自己没必要那么矫情，就点了点头："好。"

王梓的办事效率还是很高的，王菲只是简单地把事情的来龙去脉跟王梓在微信里说了一遍，王梓半个小时后就给王菲发过来发帖人的IP地址。

H大中文学院女生公寓第四公寓。

王菲想了半天也想不到乔乔怎么会得罪了中文系的人，思考了一下，王菲把这个结果告诉了乔乔。

乔乔仔细回忆了一下当初那个跟她呛声的中文系女学生进的公寓——好像就是第四公寓。

阳光很好，邹欣悦的心情就很好，坐在咖啡厅里静静地喝着卡布奇诺吃着甜点，觉得一个美丽的午后就应该这样美好地度过。

一道身影渐渐走近，拉开邹欣悦对面的椅子坐了下来，礼貌地问候道："最近好吗？"

邹欣悦慢慢地收回视线看向面前的男孩，微微勾了勾嘴唇，笑容很浅："挺好的，你呢？"

男孩微微垂下头说了句"还行吧"，之后就没再说话。

邹欣悦本来也不多话，便继续品着自己的咖啡。

好一会儿，男孩才开口："那个事进行得怎么样了？"

邹欣悦放下咖啡杯："都按你说的做了，但是乔乔好像并不在意，所以能不能达到你说的那个结果我就不知道了。"

"无所谓，只要你那么做了就行，小乔只是表面不在意，强撑而已，我了解她。"男孩说得斩钉截铁。

邹欣悦点点头："不过说好了，我帮你有我的目的，并不是因为我喜欢你，也请你不要喜欢上我。"

男孩"扑哧"一下笑出声来："放心吧，虽然你确实很美，但是

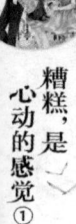

我对你没有其他的想法。"

"哼。"邹欣悦并不完全相信男孩的话,她喝一口咖啡,淡淡道,"估计那个帖子的发酵程度也就这样了,你还有什么后续的办法吗?"

男孩自信地笑笑:"当然,时机很快就到了,我很期待小乔看到我的样子。"

邹欣悦对此并不感兴趣,兀自喝着咖啡,享受着美好的下午时光。

第八章 小乔・好久不见

糟糕，是心动的感觉①

1

王菲的脚终于好了，原本乔乔是准备回学校找她吃顿好的庆祝一番，结果路上接到徐希的电话，希望她能来他家一趟。

徐云深的要求她可以不理会，但是徐希的要求她必须配合。于是乔乔立刻把方向转回了家。徐希打开门后乔乔愣了一下，因为徐希身上是夏天的短衣短裤，脚上却穿了双厚厚的棉鞋。

乔乔一边脱鞋一边问："你这是什么搭配？"

徐希立刻阻止了她脱鞋的动作："穿鞋进吧，我家现在拖鞋都穿不了。"

虽然不知道为什么，但乔乔还是听了徐希的话穿着鞋走了进去。迎面就是一盘已经摔得四分五裂的意大利面，沙发前的碎片看样子应该是红酒杯，电视机前碎的应该是咖啡杯。

再往厨房走——呵……更精彩了，好像能碎的都碎了，里面还能看到徐希的卡通碗也被摔碎了……看来徐云深之后也还是没有戴上隐形眼镜。

乔乔顿时明白，徐希的棉鞋太有必要了——真是想为他的机智竖大拇指。

"徐云深呢？"乔乔回过头问徐希。

徐希伸手指了指卧室，乔乔立刻走过去。上次切坏的手上又多了好多个伤口，脚上也缠了一大圈纱布……听到开门声，徐云深坐直了身子眯着眼睛看了半天，问了句："王梓？"

乔乔哭笑不得："你要不要连性别都分不清啊……"

"啊！乔乔啊！"徐云深放松了身体，"我管不了你了，你想干什么自便吧。"

徐希扯了扯乔乔的手："他想收拾家里的，结果……"

"我懂了。"对着徐云深留下一句"你老实待着吧",乔乔就挽起衣袖,准备大干一场了。

光是丢房间里碎掉的东西乔乔就丢了三大袋,认真地扫了好几遍,确认没有了伤人的玻璃后,才用拖布把地好好地擦了两遍。

不过小心归小心,乔乔的手还是被小碎玻璃划破了,徐希看着心疼,帮她吹了好几遍,确认伤口里没有碎玻璃了才帮她贴上创可贴。

乔乔暖心得不行,把徐希抱进怀里"蹂躏"了半天,才继续打扫房间。

折腾了好一阵,乔乔捶了捶酸痛的腰,站直了身子:"想吃什么?小阿姨请你!"

徐希的眼睛亮了一下,不过很快就收回了光芒:"还是在家吃吧,爸爸受伤了,脚走不了。"

捏了一下徐希肉乎乎的小脸,乔乔笑眯了眼睛:"那就给他做完饭,我带你出去吃!"

徐希这没出息的出了门只知道吃肯德基,乔乔劝说无果,只能任由他去。

"那是因为我平时都不让他吃,所以他才这么想吃。"徐云深盘腿坐在床上,吃着乔乔切好的苹果,"你也不能太宠着他了,这样以后我说他,他就该找你当靠山了。"

乔乔还在削第二个苹果,听到这儿翻了个白眼:"小孩子不宠什么时候宠?你个当父亲的不宠孩子,徐希还没有母……"乔乔适时地闭了嘴,悄悄地抬起眼睛看了徐云深一眼。

还好,感觉他不怎么介意的样子。但是气氛有点儿尴尬是怎么回事……正思考着要怎么逃离这个氛围,徐云深倒是先开了口。

"你说得对,他又没有母亲在身边宠着,我再不宠他就太可怜了。"

第八章 小乔,好久不见

徐云深很随意地接过了话,"那我就一个月带他吃一次肯德基好了。"

乔乔继续削着苹果,小心翼翼地觑了徐云深一眼,实在控制不住内心熊熊燃烧的八卦之魂,就开了口:"徐希的妈妈……你们……"

乔乔支支吾吾地没把话说透,不过对徐云深来说完全够了。

盯着苹果的眼睛眨了眨,徐云深并没怎么逃避,慢慢地回忆起过往:"其实没什么特殊的,她跟我是青梅竹马,从初中就认识了,大学毕业结了婚,然后有了徐希。她很温柔也很孩子气,我很爱她,有了徐希之后我们又有了第二个孩子,但是她的身体不太好,死于难产,连孩子也没有了……"说到这儿,徐云深抿了一下嘴,眼睛也垂了下来,似乎难过得说不出话来。

看着徐云深的样子,乔乔恨不得抽自己几个耳光——干吗要揭人家的伤疤啊?而且徐云深表现得越是轻描淡写,乔乔就越觉得他受伤很深,忍不住流露出浓浓的同情和心疼。

虽然看不清乔乔的表情,但是徐云深敏锐地察觉到,乔乔似乎对这件事很在意。

嘴角微微勾起,徐云深迅速调节自己的情绪,单手支起额头,轻轻地叹息了一声:"当初都是付出过感情的,我也没想到会是这样一个结果。"

乔乔犹豫了一下,伸手握住了徐云深的手。

徐云深的眼皮跳了一下,继续说:"如果我坚持一点儿,不让她生第二个孩子……"越说声音越低,徐云深最后已经把头埋进了胳膊里。

乔乔瞬间内疚得不行,犹豫了半天也不知道自己该说些什么,寻思了好一会儿,也只是更用力握住徐云深的手,温柔地劝慰道:"别太内疚了,身为一个父亲你已经做得很好了,你放心,以后我会帮你照顾徐希的，你也要好好照顾自己。"

徐云深点点头。

没想到徐云深对亡妻的感情会这么深，乔乔心里很不是滋味，除了怜惜徐希小小年纪就失去了母爱，竟然还些微有那么点儿羡慕和嫉妒……

嫉妒？乔乔猛地捏了一下自己的大腿，让自己清醒一点儿——乔乔你怎么这么丑陋啊？你凭什么嫉妒人家？

为了转移自己的注意力，乔乔视线慢慢挪到吃饱喝足，在徐云深身边睡着的徐希的脸上仔细地看着，想从徐希的脸上找到一些关于他母亲的蛛丝马迹，毕竟就算一个人的基因再强大，也不至于会让孩子完全遗传于他。

不得不说徐希跟徐云深真是太像了，饱满的额头，斜飞几乎入鬓的眉毛，圆亮的眼睛，秀挺的鼻子……

嗯，唯一不像的就是嘴了。徐云深是看着就很薄情的薄唇，而徐希长了一张标准的樱桃小嘴，嘴唇丰满红润，可爱得不行。看来只有这张嘴长得像母亲了。有着这样嘴唇的女人应该是非常温柔的吧……难怪能让徐云深记挂这么久。

因为家里很多东西都被徐云深打碎了，所以乔乔决定带着徐氏父子逛逛超市买些新的。

徐希是很喜欢逛超市的，因为有很多零食，尤其是现在徐云深眼神不好，他偷偷丢几个到购物车里他也看不见。

但是，在他的小手伸向膨化食品的时候，一只白净细长的手立刻轻轻地打在他的手背上："不许吃。"

徐希小嘴一噘，立刻扯住乔乔的衣袖摇晃着撒起娇来："小阿姨……"

第八章 小乔，好久不见

"卖萌也不行。"乔乔一脸的"没商量","再吃这些东西你该长不高了。"

不知不觉已经装了一车的吃的用的,乔乔一边采买一边提防徐希继续拿零食,然而徐希果然不出意外地又抱了一包薯片在怀里。

"你个不听话的!"

"最后一袋!"

乔乔和徐希在前面又笑又闹,徐云深独自推着车静静地跟在他们身后,微微勾起唇角。

夜晚的风虽然不至于冷,但还是很凉的,几个人从超市出来,都拎着大大的购物袋。乔乔看徐希身上薄薄的夹克,担心他会感冒,便把自己的棒球服脱下来裹在他身上。

徐希凑过小鼻子闻了闻乔乔的衣服,立刻笑开了,露出一口小白牙:"香香的。"

乔乔刚想取笑他,结果一个大大的喷嚏打断了她的回答。

一件男士风衣立刻披在她的肩上。

乔乔赶紧脱下来解释着:"我没事的,一点儿都不冷。"

徐云深面无表情地直接将乔乔裹了起来:"都打喷嚏了,我是个男人,怎么也比你一个女孩子耐冷一点儿。"

"呃……那行吧。"乔乔吸了吸鼻子,"你可别感冒了。"

徐云深不屑地勾了下嘴角:"放心,这么多年我还真就没感冒过。"

偷偷地看了一眼徐云深线条优美的侧脸,乔乔把脸缩进徐云深的风衣里,咬着嘴唇轻轻地笑了。

结果第二天傍晚,乔乔就又被徐希叫到家里,随后就看到躺在床上脸涨得通红的徐云深。

拿出徐云深嘴里的体温计,乔乔低头一看——39.2摄氏度。

看着耳朵都烧红的徐云深,乔乔静静地开口:"是谁说自己这么多年没感冒过的?"

徐云深烧得有些神志不清,鼻子不通气,憋得眼眶泛红,还隐隐有些泪意,听到嘲笑的话也没有力气回答,只是轻咳了几声,向被子里面缩了缩。

乔乔也懒得跟一个病人计较,重新把他额头上的冷毛巾翻了个面,又给他倒了杯热水。

勉强直起身子借着乔乔的手喝了大半杯的热水,又喝了退烧的药,徐云深躺回被窝里,不一会儿就沉沉睡去。

昏昏沉沉的也不知道睡了多久,徐云深觉得自己的睡衣都被汗水浸湿了,摸了摸自己的额头,觉得温度已经降下来了,睁开眼睛也确实清醒了很多,徐云深挣扎了一下起了床,摸索着走出了卧室。

他先是进了徐希的房间。徐希已经睡了,他床边的桌上似乎放着一个碗,里面有点儿残余的药渍,端起碗来闻了闻——是板蓝根。

微微眨了下眼睛,徐云深无声地离开了徐希的房间,向厨房走去。

乔乔一动不动地坐在厨房的椅子上,走过去仔细看才发现她已经坐着睡着了。炖锅还在工作着,空气中弥漫着冰糖雪梨的香气。

徐云深定定地看着乔乔,她睡得很不踏实,小脑袋一点点地向一边滑去。就在她的头马上就要磕到桌子上时,徐云深突然伸手稳稳地接住了她的头。

但乔乔还是醒了,而且是惊醒的。

睁开眼睛后她立刻站起身仔细地摸了摸徐云深的额头,再摸下自己的额头对比了一下,乔乔这才松口气:"终于退烧了。"收回手她笑起来,"你有口福了,冰糖雪梨应该已经好了,你嗓子不舒服,多喝一点儿,但是得给徐希留点儿。"

第八章 小乔,好久不见

糟糕，是心动的感觉①

眼睛看不清后，人的感知会更加灵敏，徐云深不满地感到贴在额头上的温度骤然消失，他下意识地伸手抓住了乔乔的手。

乔乔愣了一下："怎么了？还是不舒服吗？"继而有些紧张地又重新摸了一下他的额头。

徐云深没说话。乔乔突然有点儿尴尬，想收回手，结果手却被徐云深死死地按在自己的脸颊上，抽了几下都没抽出来。

徐云深垂着眼睛，用一种她形容不出来的眼神看着她。

一时间，乔乔有点儿蒙。

这是什么情况？人在生病的时候比较脆弱？

徐云深依旧握着她的手沉默地看着她。

乔乔的眼睛尴尬地到处乱转，就是不敢去看徐云深，内心挣扎了许久之后，她下定决心猛地用力抽回了自己的手，而后就把徐云深转了个方向推出了厨房："你可能是烧糊涂了，赶紧回去睡觉，我要回家了。"

徐云深慢慢回过神来，伸手揉了揉太阳穴，低语了一句"头好痛"，径自走进卧室。躺回床上的徐云深听到门响了一声，应该是乔乔已经离开了，他望着天花板思索了一下，忽然坐起身，从床头柜里翻出之前被他丢到一旁的隐形眼镜研究起来。

2

在乔乔的悉心照料下，徐云深的病好得很快，不过鉴于他目前眼睛看不清，仍属于"残障人士"，所以乔乔让他好好在家待着，不要出门制造混乱，当然，在家里最好也不要。

几天后，班长辛蕾突然在她去图书馆的路上拦住了她，言简意赅地开口："半个月后是全市高校辩论赛，咱们系有两个名额，就你和我了。"

乔乔挠了挠后脑勺："我能拒绝吗？"

辛蕾脸上一丝笑意都没有："系领导说了，如果拿了名次，可以加学分。"

"我不用加学分也能毕业的啊……"

辛蕾留下一句："名单我已经报上去了，你好好准备。"然后酷酷地转身离开。

看着班长的背影，乔乔突然有些无语。

此时，偷偷戴好隐形眼镜的徐云深，已经回到学校上班了，办公室还没打扫好，门口就传来了敲门声。

"请进。"

门被缓缓推开，一道靓丽的倩影款款走了进来。看清来人后徐云深就觉得头开始隐隐作痛。

邹欣悦笑意盈盈地走过来，看着徐云深温柔地开了口："云深，你不戴眼镜也很好看呢。"

习惯性地摸了摸鼻梁上并不存在的眼镜，徐云深皱了下眉："叫老师。"

邹欣悦像是没听见一样单手支着下巴，笑意盈盈地看着他。

在心里无声地叹了口气，徐云深拿出邹欣悦的病历翻了起来，刚想问问她最近的心理状况如何，视线却突然落到她的个人资料上。

邹欣悦，H 大中文系，情感性精神障碍。

当初乔乔说发帖人的 IP……不就是在中文系宿舍吗？

再看一眼邹欣悦，发现她依旧是满含深情地看着自己。

徐云深很确定邹欣悦对他根本就不是喜欢，而是一种情感转移，在精神受到刺激后面对第一个向她示好的人的好感转移，通俗点儿说

糟糕，是心动的感觉①

就是雏鸟心理。

而这种雏鸟心理让她误会了自己喜欢他，而乔乔，对她来说则是一个威胁，因为她知道乔乔在他心里跟别人不一样。一个具有精神疾病的人是经不起刺激的，自然会做出一些宣泄情绪的事情。

而邹欣悦跟乔乔还是高中同学，乔乔高中的事情她应该也是知道的。如此一想，围绕在乔乔周围的那些乱七八糟的八卦倒也能解释得通了。

那么……当初影射乔乔有"私生子"的帖子，八成也是邹欣悦发的了。思及此，徐云深倒也没说什么，只是问她的近况，心情如何。

邹欣悦看着心情不错，浅笑回道："特别好。"

徐云深顺手记了两笔，又问："找到合适的男朋友了吗？"

听到这儿，邹欣悦立刻收了满脸的笑意，转而一脸哀怨："徐云深你明知道……"

重重地放下手中的笔，徐云深冷漠地开口："让我说多少遍，叫老师，下次再让我从你嘴里听见我的名字，你也不用来跟我咨询了，心理医生多着呢。"

邹欣悦咬了咬嘴唇，任性地开口："不是你我就不看了！"

"那也行，省得我浪费时间。"直接将邹欣悦的病历从档案夹里拿出来丢进垃圾桶，徐云深面无表情地开口，"门在你身后三米的位置，自己走吧。"

邹欣悦脸一白，赶紧放缓了语气："徐……徐老师，别这么生气，我错了。"

听到对方道歉，徐云深的脸色也没好起来，他故意装作生气的样子说道："最近怎么添堵的事这么多？乔乔刚因为帖子的事跟我好一通发火，又遇到了你这么个不懂事的。"

"哦，那个帖子……"邹欣悦一听就一脸的了然。

徐云深突然抬起头直视着邹欣悦的眼睛问道："是你发的吗？"

邹欣悦一下子愣住了，继而赶紧转开视线，低眉顺眼地垂下头，细声细气地回答："当然不是我了。"

徐云深仔细地看了一眼她的表情和反应，心里更加确定，那个帖子，就算不是她发的，也和她脱不了干系。

辛蕾给了乔乔几个选题，让她没什么事的时候看看相关资料，这次辩论赛的参赛人员是择优录取，学校里每个学院两个人，这么多的学院，不可能每个人都上。

乔乔倒是想选不上，但是辛蕾一副"我已看穿一切"的表情，让乔乔不得不硬着头皮接过了那些选题，并发誓自己一定会努力。

辛蕾轻描淡写地开口："身为咱们这届的状元，你一个人在文学院把一群人吵服了，还能连个辩论赛都选不上？"

乔乔无语凝噎，班长怎么也知道这个事儿了？——看来当初自己太高调了……于是，除了学习以及和王菲闲扯的时间以外，乔乔还要再去研究辩论赛的选题。

乔乔的记忆力好得不行，看过的书都能记住，看完选题，乔乔心里就基本有了正方和反方的论点，再翻翻相关的资料，大脑里就有了更细致的思路，思考十几秒就已经能说出一二三了。

就凭这先天的优势，班长带着乔乔不但进了校际辩论赛的代表队，还一路杀进了决赛。

而乔乔参加决赛那天，徐希正好放假，徐云深已经很久没看到乔乔了，便借口"徐希想小阿姨了"，带着徐希一起去看乔乔的比赛。

选手休息区里，其他几个辩手还在练习着铿锵有力的发言，然而

第八章 小乔，好久不见

糟糕，是心动的感觉 ①

身为一辩的乔乔，一直坐在窗户旁看着外面。

好久没看到徐云深了……也不知道他怎么样了。想到这儿，乔乔心里忽然有些不是滋味。这徐云深也够没良心的了，她照顾他那么久，现在她这么忙，他也不说打个电话关心一下，哼。

正不爽着，眼前突然出现了一瓶矿泉水。

只见辛蕾板着一张扑克脸开口："润润嗓子。"

乔乔笑了下："又不是去吵架。"

"还是喝点儿吧，这个队伍咱们从来没对上过，听观赛的同学说过，挺强的。"辛蕾很坚持。

乔乔只能接过喝了一口："每个队伍都说很强，我也没看到怎么样。"

辛蕾微微弯了下唇："看把你嘚瑟的！你是最有希望拿最佳辩手的，注意点儿总是好的。"

"好好好，那我多喝几口。"乔乔笑眯眯地应了一声。

休息了不过十几分钟，门口就有工作人员通知要准备进场了。

班长突然拍了拍准备出门的乔乔的肩膀："不要担心，无论发生什么，最后总结陈词我都会好好表现的。"虽然不知道班长为什么会这么说，乔乔还是笑了一下，率先迈开步走了出去。等乔乔四个人在位置上站好的时候，对面的三辩位置还空缺着。

乔乔看了一眼站在四辩位置上的班长，双手摊开，用唇语无声地说道："都临阵脱逃了还很强？"

班长微微抿了下嘴唇，没有回话。很快，对面的帷幕被扯开一道小小的口子，一个少年一边道歉一边微笑着走了出来。

一瞬间，乔乔如遭雷击。

哪怕与乔乔还有一段距离，但是台下的徐云深只需一眼就知道乔乔哪里不对劲，脸上的表情明显是受到了冲击。

顺着乔乔的视线看过去，只见一个斯斯文文的男学生走到对方三辩的位置上，随后抬头看了一眼对面，继而也愣了一下，随后表情都变了。但是男生很快就找回了理智，虽然视线依旧盯在乔乔身上没挪开，但是眼神已经恢复平静，甚至对着乔乔笑了一下，无声地说了句什么。

虽然戴了隐形眼镜，但是毕竟有段距离，徐云深并没有看清他的口型。但是乔乔看清楚了，他在说——小乔，好久不见。

之后发生了什么乔乔全都不记得了，隐约间能记起自己似乎也机械地对对方进行了反驳，但是对面的三辩每次都能轻松化解，一边反驳一边目光灼热地看着她。

乔乔只觉得耳朵里嗡嗡作响，脑子里出现的完全不是此时此刻她应该听见的声音。

"小乔，这道题你怎么想？我有三种解法，你有几种？"

"小乔，我英语怎么无论如何都考不过你啊……"

"小乔，你想去什么大学？"

"小乔……小乔……"

无数声"小乔"交织在脑袋里，响了很久，最后，那些乱七八糟的声音渐渐融合，变成一个女孩的声音，那声音说："周航，我想跟你一起读大学。"

然而出了那么一档子事。之后，她毅然决然地进了和周航一起选的第一志愿 H 大，而周航因为不服从调剂，进了第二志愿 J 大的第一个专业。虽然两个大学在同一座城市，但是一个在城西，一个在城东，中间隔了一整个城市，在大一一整年里，乔乔都没见过他。

没想到却在此时此刻突然见面了。

糟糕，是心动的感觉 ①

这个被乔乔刻意抛到脑后的男孩，突然出现在乔乔面前，让她不可避免地想到当初天真到蠢兮兮的自己，狼狈得无所遁形。

这一场辩论赛，乔乔的表现令带队的老师大失所望，连评委团都有些不解地交头接耳。虽然辛蕾沉着的总结陈词让 H 大获得了最终胜利，但是原本乔乔十拿九稳的最佳辩手称号，却落到了周航头上。

辩论赛一结束乔乔就匆匆下了台，不想再看见周航。只要一看到他，就会想起那段不堪的回忆，内心深处都瞧不起自己，自信心大打折扣。

在休息室坐了没多久，带队老师便走了进来，告诉她晚上有个聚餐，大家庆祝一下辩论赛的胜利，乔乔起初并不想参加，但是老师很坚持，她只能作罢。

徐云深给乔乔打了几个电话她都没接，他只能带着徐希在出口处等着，先是看见了那个拿了最佳辩手的三辩，虽然输了比赛，但是看起来情绪高涨，一边跟身边的同学说着话，一边向门外走着。

不过徐云深注意到，这个三辩每走几步就会假装不经意地回头看上一眼。他……应该是在找乔乔吧。

等乔乔出来之后，距离三辩离开已经有一段时间了，徐云深这才放心地迎上去："晚上我请你吃饭？"

看到许久没见的徐云深，乔乔也很难打起精神，有气无力地拒绝道："不了，李老师说大家要聚餐。"

暗暗打量了乔乔半晌，徐云深点点头道："那你去吧，如果晚上有时间，可以回家，我们一起吃夜宵。我就先走了。"

乔乔摆摆手，又捏了下徐希的嫩脸蛋，才叹了口气离开。

徐云深望着失魂落魄的乔乔，微微皱了皱眉。

3

聚餐吃的是火锅，平时乔乔是很喜欢吃火锅的，但是这次却味同嚼蜡。辛蕾似乎知道她此时有些心不在焉，一直坐在她身边，有人问话就提醒她一下，倒也没多说。

应付完这顿饭，乔乔已经身心俱疲，辛蕾提出叫车大家一起回学校，乔乔第一个开口拒绝了："明天没有课，我想回家休息两天，你们走吧。"

辛蕾先是皱了下眉，犹豫了下开口问道："用我送你吗？"

"不用，转个弯走六七百米就到了，我就不送你们了，先走了。"乔乔胡乱地挥了挥手，跟老师同学们打个招呼，先走了。

回家的路上，乔乔的脑子里空荡荡的，不知道在想些什么，但是路过一家便利店的时候，看到了橱窗里的一袋薯片，她才突然醒悟，晚上还要去看徐希的。

狠狠地拍了两下自己的脸，让自己精神一下，乔乔去买了一些零食，给徐云深发了条微信告诉他她正要回去，打起精神向家走去。

快到小区大门有一个小小的路口，之前在深夜回家的时候曾在这里被小周袭击过一次，虽然事情已经得到了圆满解决，但是每每路过这里，乔乔仍旧心有余悸，看到那个路口她就忍不住一缩脖子，低下头匆匆走过。

但是，还没走几步，黑暗中一双手再次拉住了乔乔的胳膊，将她扯进黑暗的路口处。乔乔只来得及发出一声惊叫便被捂住了嘴。此时此刻的乔乔无比后悔没让徐云深来接她一下，只能不停地挣扎着自救。

"小乔，是我。"一个熟悉又陌生的声音在她身后响起。

乔乔登时就放弃了抵抗，侧了一下头示意对方放手。

修长的手指离开了乔乔的唇，乔乔皱了下眉，转过身退后一步跟

第八章 小乔，好久不见

糟糕，是心动的感觉 ①

周航拉开距离，冷静地问道："你怎么在这里？"

周航笑了下，没回答她的问题："小乔，真是好久没见了，一年多了。"

乔乔并不想继续跟他聊，十分应付地开口："是，好久不见，我先走了。"继而作势要走。

"喂，小乔！你先别走，"周航又一次拉住了乔乔的手，"这么久没见，你就没什么想跟我说的吗？"

"跟你说的？"乔乔挑起一边眉毛，"哦，恭喜你，最佳辩手。"

"我不是说这个……"周航抿了一下嘴唇，眼神有一丝失望，"你以前不是这样的。"

听到这儿，乔乔不由得停下准备离开的脚步："以前？我以前是怎样的？"

"以前你很温和的。"

乔乔"扑哧"一下笑出声："你不是说你就讨厌我那个样子吗？伪善，假惺惺，对吧？这都是你说过的。"

周航的表情有些尴尬："我……"

"你不用解释，今天能见到老同学我很开心，不过我们没有什么旧好叙，我先走了。"说完，乔乔径自走出路口。

"小乔！小乔你等一下。"周航迟疑片刻赶紧追出来，再一次拉住了乔乔，"当年是我太年轻，不懂控制自己的情绪，我是因为没办法跟你读同一所大学才会那么激动，小乔你知道的，我究竟有多想跟你在一起，小乔我错了！我为我当年那些话向你道歉，对不起，我真的错了。"

说不在乎是骗人的，尽管乔乔一直以一种无所谓的态度上了大学，可是只有她自己知道，她一直都在等这一天，等待一个道歉。

看到乔乔的表情有一丝动容,周航继续说道:"其实我很早就知道我做错了,也想找你道歉,但是我找不到你了,虽然我知道你进了H大,但是我问了好多人,他们都不知道你的联系方式,小乔,我也没想到今天能遇到你,真的太惊喜了,我想这一定是老天给我机会!"

乔乔的视线终于慢慢地转回到周航的脸上,嘴唇轻轻地抽动了几下,才轻轻地开口说道:"你觉得我背叛了你,选择考高分,你怎么就不想想我的成绩是完全可以进国内顶级大学的,我最后还是选择跟你报相同的志愿……"

"是,是我浑蛋,是我错了,小乔你原谅我好不好?这一年来我无时无刻不在后悔,我特别怀念当初高中的日子,虽然学习很枯燥,但是过得特别开心……"

乔乔的思绪顺着周航的话回到了高中——他说得对,高中时每天的任务就是学习,只要有时间就是做各种试卷,几乎没有课外生活。但是跟周航在一起的时光,是真的很快乐,一起读大学曾是她高中时的全部信仰,为此她不惜冒着辜负家人和自己的风险。可惜有这样快乐的开始,却没有个美好的结果,他们分开的理由这样不堪。

周航一直紧紧地拉着乔乔的胳膊,生怕她会转身离开,眼睛一刻都没离开她的脸。

乔乔不是那种让人第一眼就非常惊艳的女孩,但是带着一种让人说不清道不明的气质,高中的时候是温和、宽容,整个人的感觉都让人非常舒服。而现在,这种温和的气质已经快消散不见了,有种让人无法忽视的锐气蒸腾而出。

也……格外吸引人。

周航一边说,手一边下滑,落在了乔乔的手腕边上,差一点儿,他就能握住乔乔的手。

一个人影突然出现在乔乔身后,直接按住她的肩膀将她拉到自己身边。乔乔被拉得一个趔趄,赶紧拉住了身边人的衣服才稳住了身子。骤然空掉的手让周航有一瞬间的愣神,但是很快他就抬起头,看向对面的人。

对方是个个子很高的男人,背对着路灯站在乔乔身边。

看清身边人后,乔乔似乎才清醒过来,揉了下被按得生疼的肩膀:"干吗啊?吓我一跳。"

徐云深没有看周航,只是冲着乔乔温和地开口:"你之前不是跟我说要回家吗,我看时间差不多了就下楼接你了,等了一会儿没等到,就出来看看。"

乔乔恍然大悟:"对哦,我跟你说我会回家的,这不,遇到个同学,就多说了两句话。"

徐云深这才看了周航一眼,而后礼貌地伸出手:"你好,我是徐云深。"

周航眯了一下眼睛,伸出手也握了一下:"周航。"

徐云深没再多说什么,转开视线继续看乔乔,轻声道:"早点儿回去吧,儿子还等你呢。"

乔乔自然知道徐云深口中的儿子是徐希,连忙点头:"那快点儿走吧……周航我先走了,再见。"

徐云深轻飘飘地看了一眼周航,而后迈开长腿跟了上去。

周航一直没动,夜风中依稀还能听到那两个人的对话……

"你怎么当爸的?又把他自己扔家里了!"

"我不是来接你吗……"

"下次接我把他带着行吗?那么小的孩子,不能就这么丢家里。"

"是是是,听你的。"

周航努力不让自己想歪,但是那两个人的对话,令他没办法不想歪。两个人举手投足间的默契感觉,不像是普通关系……

眯了眯眼睛,周航决定今天先回去,从长计议,他和小乔之间的深厚情谊才不是随便什么人就能打破的,他有这个信心。

"原来他就是帖子上的男生。"假装不经意地回头看了一眼周航,徐云深突然小声说道,"原来你喜欢那个类型的。"

乔乔停下脚步,站在原地闭着眼睛深吸一口气,平复下猛然回忆起不堪往事的羞耻感,才对着徐云深开口:"那都是以前的事了,人的审美是会变的,相比较而言,我现在更喜欢你这种。"

徐云深一愣,继而先是移开视线,而后才慢慢转过头,伸出手指蹭了蹭鼻尖,好一会儿才回了句:"哦。"

看到他的反应乔乔才后知后觉到自己刚刚说了什么,脸猛地烧了起来,手忙脚乱地解释道:"我是说相比他们!相比!就是比较来说!我更喜欢你这个类型!"说完后她恨不得给自己一记耳光。

她到底在说什么?

听到这些话,徐云深依旧是侧过头没有看她,还是轻描淡写地一声"哦"。

乔乔咬了咬嘴唇,觉得羞恼不已,立刻闭上嘴迈开腿,飞速地向家走去。徐云深看着她逃跑的背影,微微弯了弯眼睛,唇边露出一抹轻笑,快步跟了上去。

4

王菲最近的心情跟乔乔一样,都不怎么好。按说伤好了是应该开心的,然而并不是。因为自从知道她脚伤好了之后,江河就不来接她了,意识到这个事实之后,王菲连数钱都不来劲了。

第八章 小乔,好久不见

糟糕，是心动的感觉 ①

想着自己要善解人意一点儿，人家可能因为实习很忙所以才没来，可是就这样等了几天，王菲的耐心终于消失殆尽，按照江河的课表找到了他上课的教室。

她到教室门外的时候老师还在上课，趴在后门上看了一眼，王菲很快就找到了江河。他坐在靠窗的第三排，侧着头听着老师讲课，时不时地在笔记本上记着什么，认真而专注。

哪怕在那么多同学中间，江河依旧是王菲心中最耀眼的存在。

王菲莫名就觉得脸有些热，赶紧离开了，安静地坐在走廊的椅子上，耐心地等着江河下课。

玩了好一会儿手机，下课铃声终于响了，王菲赶紧迎到教室门口。

江河并没有第一时间出来，等着同学们走得差不多了她才看到江河拿着一本书跟老师交流着什么。王菲在门口晃了晃，终于引起江河的注意。王菲赶紧扬起笑脸对他挥了挥手。

江河面露惊讶，但也很快笑起来，也对着她挥挥手，而后跟老师说了句什么，老师也抬起视线看向门口。看到王菲后微微弯了弯嘴角，问了江河一句话，江河摇了摇头，收拾好书走了出来。

"脚彻底好了？能走这么远了。"江河围着王菲转了一圈，"已经不疼了？"

王菲赶紧用力地跺了两下脚："完全好了，一点儿都不疼。"

江河笑弯了眼睛："那就行，我还担心会留下什么后遗症呢。"

"放心，我健康得很！"

"嗯。"江河点点头，然后看向王菲，"你来找我有什么事吗？我记得这个时间你应该是在打工吧？"

"啊……今天请假了……"王菲噘了噘嘴，有些嗔怪地开口，"没事就不能找你了吗？"

"哦，那倒不是，就是觉得有点儿意外……上完课有点儿饿了，一起去食堂吗？"

原本还想问为什么会觉得意外的王菲被一下子打断了思路，脑子的重心立刻放在"吃饭"上，喜滋滋地点头："好啊！"

江河一如既往地贴心，要的几份菜都很清淡，还给王菲单独要了一份排骨汤："药补不如食补，多吃点儿没毛病。"

王菲甜蜜地点点头："放心，我肯定多吃。"

两个人吃饭的时候谈天说地好不开心，王菲也就忘了问江河之前没来接她的事。把餐盘里的菜吃干净之后，王菲顺口说道："你明天什么时候去接我？"

江河一愣："接你？"

王菲点头："是啊！"

江河的视线立刻落在她的脚上："你的脚不是好了吗？"

王菲完全没想到江河会这么问她，愣愣地问："脚好了就不来接我了吗？"

江河眉头微微皱了一下："也不是不能接……只是之前觉得你受伤多少跟我有点儿关系，所以觉得我还是有点儿责任的……现在你脚已经好了……我最近确实有点儿忙……"

江河这磕磕绊绊的几句话听得王菲目瞪口呆。

他这是什么意思？他之前给她送饭接送她打工，偶尔没什么事陪她聊天，只是因为他觉得她受伤有他的责任？不是因为喜欢她？

王菲的脑子里"嗡"的一声……

看着王菲的样子，江河垂下眼睛略微思考了一下，有些犹豫地开口："王菲，你是不是误会了什么？"

王菲干脆反问："原来你为我做这么多，不是因为喜欢我吗？"

第八章 小乔，好久不见

糟糕，是心动的感觉 ①

　　江河被噎了一下，笑容有些尴尬："如果让你误会了我向你道歉……你是个很好的女孩，我也确实挺喜欢跟你聊天的，但应该是像对妹妹的喜欢，不是其他的……欸……你别哭，对不起，王菲，我不是故意的。"

　　听到江河的话王菲才意识到自己哭了，手忙脚乱地擦着脸上的泪水，背过身哽咽着开口："我没事，就是……就是稍微有点儿难受……你不用道歉，这也有我的过错，是我误会了。"

　　江河也不太好受，伸出手想去拍她的肩膀，又尴尬地停在半空中："我应该跟你说清楚的，真对不起，让你误会了那么久，我……"

　　王菲立刻避开他的手："我没事，不用道歉，我也应该向你道歉，占用了你那么多时间，那我就先走了。"

　　江河在她身后开口："那以后我们还是朋友吗？"

　　王菲的泪流得更凶了，但还是努力开口："当然。"说完，头也不回地走了，留下江河一个人站在原地。

　　王菲觉得简直没有比自己更傻的人了，单方面以为自己在恋爱，一直厚脸皮缠着江河，结果人家根本就不喜欢她。

　　回到宿舍王菲哭了很久，她终于承认了这个事实——她失恋了。

第九章 天下没有不散的筵席

1

隐形眼镜别扭地戴了一个星期后,徐云深终于开始适应了,除了看人都胖了一圈以外还挺方便的。心情大好的徐云深此时正坐在办公室里,十分八卦地刷着H大的贴吧。结果还没看几个帖子,突然发现之前的那篇帖子又更新了,这次更新的内容就更劲爆了。

因为里面还有他,还是正脸。

图片是他跟乔乔有说有笑地进小区的样子,时间标记了是晚上,紧接着又是他们两个一同从小区里出来的照片,时间标记是第二天早上。

一晚上时间。孤男寡女,群众们的脑洞可不能小瞧。

徐云深关了手机,轻轻地哼了一声。

还没等他对于这事进行深入的思考,就接到了杨主任的电话。

"你来我办公室一下。"

徐云深推开杨主任办公室的门后没等他说话就抢先开了口:"杨主任好久没找我了,有什么事吗?"

杨主任仔细地看了他一会儿,反问:"你不知道我找你什么事?"

徐云深眨了下眼睛,状似无辜地问道:"我每天朝九晚五为了工作鞠躬尽瘁,能知道什么事?"

杨主任听到这儿,还有些不相信:"真的?"

徐云深轻轻地勾了下嘴角:"到底什么事?"

杨主任不动声色地把手机屏幕向下扣在桌子上,状似随意地开口:"也没什么事,就是想问问你的情况。"

"我能有什么情况?刚才都说了,朝九晚五,鞠躬尽瘁……"

"那你现在住哪儿呢?还在医院附近那间公寓吗?"杨主任慢慢转移了话题。

"没有，我儿子要上学，我就在学校附近租了个房子。"

"你有儿子？"杨主任也吓了一跳，"你什么时候结婚的？我怎么不知道？"

"没结婚也能有儿子啊。"徐云深轻描淡写地开口，"反正就是在租房子住。"

杨主任抿了下嘴唇："院子里有个喷泉的小区？"

"对啊，您怎么知道？不会是跟踪我了吧。"

杨主任狠狠地吸了一口气，低声说了句："真是你……"

"什么是不是我，那个小区应该不只有我一个老师在那儿住吧？我这也是从咱们学校一个女学生手里租的房子。"徐云深不咸不淡地把话题转移到女学生身上。

杨主任果然坐直了身子："女学生？"

"是啊，管理学院的一个女学生，那是我的房东，她就住我对门，偶尔回家的时候还会碰到。"一说到乔乔，徐云深的表情不受控制地柔和了一些，"杨主任您应该听说过她吧，叫乔乔，是那一届咱学校的状元。"

听到这儿，杨主任的表情都明朗了，而后就哈哈大笑起来："我就说嘛！原来是邻居！哈哈哈！是邻居！"

看到杨主任的表情，徐云深倒是想笑，但是想着还得按剧情走，只能露出一脸茫然："有这么可笑吗？"

"没事没事！"杨主任从办公桌后面站起身，走到徐云深旁边拍了拍他的肩膀，不再继续这个话题，转而问起了其他事，"你什么时候有的儿子啊，我都不知道。"

徐云深弯了弯嘴唇："别说你了，我之前也不知道。"

"胡闹！"杨主任登时正色，"年轻人怎么能这么不正经，我一

直以为你……"

"好好好，先别生气，"徐云深赶紧伸手拍着杨主任的后背给他顺气，"我这儿子，绝对是正路来的，不是你想的那样。"

"你不是说你还没结婚！连婚都没结就有儿子还说是正路来的？"杨主任气得不行。

徐云深没再解释，只是拍着杨主任的后背，像哄孩子一样安慰道："不生气哈不生气……"

出了主任的办公室，徐云深才松口气——要知道杨主任这个人最护短了，只要他知道自己和乔乔是被误会的，肯定会发声解释，这样就省了他一半的力气。

不过，这也是因为那个帖子牵扯出他来，杨主任才会看不下去的，当初只有乔乔的时候，没人会帮她。

这边徐云深闹心得不行，那边的乔乔，比他更闹心。

贴吧的事再一次把她推到风口浪尖，而且这次的性质更严重了，虽然徐云深并不是真正的学校老师，但是毕竟不是学生，在学校里的知名度还挺高，闹出这样的绯闻，影响也很不好。

而且这次真是"证据确凿"，两个人的脸都能很清楚地看到，时间也确实是一晚一早，如果放到娱乐圈里，这就是铁一样的事实，根本无法辩驳。

闹心的同时，乔乔的内心满满都是愤怒。

她确实不知道自己得罪谁了，之前说她那些乱七八糟的事她可以清者自清，不予理会，虽然在校园里偶尔会被指指点点，打招呼时很多人会绕着她走，让她有些别扭，但是她在乎的人都还是相信她的。但这次，居然把徐云深也扯出来了，徐云深做错了什么？这样闹下去他可能会丢了工作。

这个人到底想干什么？

乔乔很生气，这次绝不能像前几次那样，让这个人肆意造谣。

最近的烦心事除了帖子以外，就是周航了。也不知道他是脑子里哪根弦没搭对，没事就往H大钻，她在校园里，经常被神出鬼没的周航堵住。

"小乔，我听说你最近遇到了点儿小麻烦……"周航含情脉脉地看着乔乔开口，"不过你放心，我是相信你的，我知道你不是那种人，肯定是中间有什么误会。"

"谢谢你的信任，"乔乔皱了皱眉，避开了周航的视线，"我还有课，先走了。"

周航绕了半圈拦在乔乔面前："你忘了我有你的课表吗？你一会儿根本就没有课，小乔，你就这么讨厌我，想躲开我吗？"

乔乔很无语，如今见面还能说话她已经觉得自己很给他面子了。难不成，他觉得他们之间还能回到以前？这是谁给他的自信？

抬起头看向周航，乔乔的表情有一丝不耐烦："天天跟着我不无聊吗？你没自己的事做吗？"

周航像是听不懂她话语中的逐客令，依旧是一脸深情："我知道你是因为被同学误会而心情不好，我……"

"误会？什么误会？"乔乔直接打断了他的话，"你是说我跟徐云深的事吗？"

周航的脸微微一白，勉强笑了下："小乔，我知道你没……"

乔乔站直了身子，难得对周航笑了下："你知道什么？你不是也说过我跟以前不一样吗？我现在变成什么样你又怎么知道？"

"你……"

"帖子上发的就是事实。"乔乔笑得春风和煦。

乔乔挺直了脖子,直直看着周航,没有一丝退缩。

而周航,则是微张着嘴,一脸的不可置信,好一会儿也不知道说什么。

"咳咳。"一阵稍显刻意的咳嗽声突然打破了空气中的安静。

乔乔回过头来,只见徐云深单手掩唇,努力想遮住唇边的笑意,但是那双狐狸一样的眼睛里露出的狡黠,却是怎么遮也遮不住。

悲剧哦!乔乔不知道人倒霉起来躲都躲不掉,上次见面她说"喜欢他这个类型",这次又当面"承认"两个人的关系,她不过是想让周航死心而已,没想到扯个谎一下子就被当事人听见了,一时间也是面红耳赤。

不过既然已经这样了,乔乔打算破罐子破摔,不……是将计就计。

她微微后退一步站在徐云深身边,一只手挽上徐云深的臂弯,对着周航扬起了脖子:"事实就是这样,拜托你以后不要再来学校找我了。"

说完就拉着徐云深离开了。

2

虽然听了乔乔的那番话徐云深很开心,但是他不能像乔乔那么做。这件事确实会对他造成一些影响,但他在学校里不会留很久,马上就要回医院了,只要工作地点改了,对他没什么大影响。

受伤害最大的,还是乔乔。

王梓身为一个局外人倒是看得清清楚楚:"其实这几件事表面上攻击的是乔乔,但实际上都跟你有关,不排除是你的原因,你可以试着跟她保持点儿距离?看看风波会不会稍微平息一些。"

一句话立刻惊醒了徐云深。

是啊！之所以能被拍出那样的照片，究其原因也是两个人确实住得近。

细长的手指不停地敲击着桌面，好一会儿，徐云深终于下了决心："我决定搬走。"

王梓一愣："啊？"

"啊什么？你不是说保持点儿距离吗？那我就搬家好了，反正实习期也快结束了，我得回医院了。"

当天晚上，乔乔就收到了房租，不过看看日期，她赶紧给徐云深回了个电话："我刚才收到了房租啊！还没到期呢呀！这个月你怎么打得这么早？"

徐云深轻轻地开口："我不续租了。"

"不续租？"乔乔停顿了一下才反应过来他说的话是什么意思，语气中满是惊讶，"你要走了？"

"是啊，我这边的工作要结束了，得回医院了，你这里离医院太远，我上下班也不方便，实在没什么继续住下去的必要。我的联系方式你都知道，以后有事随时联系。"

乔乔静默了许久，其实她明白，徐云深这时候离开不论是对他、自己或是徐希，都是正确的选择。贴吧的事情万一影响到徐希，她会恨死自己的。

眼眶有些刺痛，乔乔的心情非常复杂，虽然知道这是正确的事，但在这个时候，却留下她一个人面对……

徐云深突然觉得有些对不起她："小乔，我……"

"没事，那你好好照顾徐希。"乔乔飞快地打断了他的话，"那就祝你以后工作顺利。"说完，乔乔干脆地挂断了电话，她怕再晚一秒，就会让对方觉察到她的不舍得。

第九章 天下没有不散的筵席

看着手机，徐云深默默地叹了口气。

徐云深的动作很快，做好决定之后就在学校办好了离职手续，趁着乔乔在学校没回家，把行李收拾好就回了自己原来住的地方。

毕竟看到乔乔后他很有可能就舍不得走了。

第二天他早早地就回医院报到了。

回到医院后，高院长首先表达了对徐云深离开这几个月的思念之情，紧接着就马不停蹄地把他送回心理咨询科，态度明确地表示，徐云深经过深造肯定跟以前不一样了，这科室的主任之位以后非徐云深不可。

徐云深觉得高院长挺有意思，他第一次听说在一所大学里当个心理咨询室的老师就能算成深造的。不过高院长有他自己的考量，所以徐云深也就在心里暗笑了一下，没多说。

医院的工作强度自然要比在学校里大很多，而搬回自己的公寓之后，徐希上学的路程比从前远了许多。徐希要比平时早起至少一个小时，这样徐云深才能保证在把徐希送到学校之后，他还能准时抵达医院。

徐希是个懂事的孩子，虽然突然离开让他有些不开心，但是他知道徐云深这个决定肯定是有他自己的原因，所以他不能任性，早起就早起吧，晚上早点儿睡就行了。

尽管晚上努力早睡，可对于一个小孩子来说，天天早起还是很难受。有一天早上，徐云深做好早饭放在桌子上时，看到在椅子上坐好的徐希正困得直点头，小小的脑瓜摇摇欲坠，一个控制不住可能就从椅子上栽下去，让他心疼得不行。

硬着心肠把徐希叫醒让他吃了早饭，徐云深就把他抱在怀里，放上车让他继续睡，直到开到学校门口才再叫醒他。

徐希睡得很香，醒过来的时候还没反应过来自己在什么地方，呆坐了几秒钟才意识到自己已经到了学校。

徐云深的眼睛也因为早起而布满红血丝，此时却依然温和地对他开口："去上学吧，放学了我再来接你。"

徐希听话地点点头，下了车。只是没走几步突然转过头来对着徐云深开口道："我想小阿姨了。"

徐云深一顿，面容带着一丝苦涩道："我也是。"

3

乔乔也因为徐云深和徐希的离开而郁郁寡欢，王菲则因为自己失恋了心情也不好，两个人一碰头，不约而同地决定去找个地方大吃一顿。

两个人找了个夜市就一头钻了进去，不过走了几步乔乔就停下了脚步，惆怅地开口道："我第一次接到徐云深的电话就是在这儿，那时候我砸坏了他的电脑，还丢了手机。"

"停！说好今天不提那两个人的，你怎么就犯错误了？我得惩罚你！"王菲双手环胸不满地开口。

"今晚的伙食费我全包了，就当是惩罚了。"乔乔主动请罪，"都说女孩心情不好的时候花点儿钱就好了，我就花点儿试试。"

大排档的价格并不贵，而且夏天快过去了，晚风已经有些凉了，吃的人并不多，比较清静，正合乔乔的心意。

十分土豪地将菜单上的每样菜都点了一遍，王菲还让老板提了一打啤酒放到桌面上。打开两罐，乔乔跟王菲一个碰杯："我们今天要开开心心！"

乔乔点头："开开心心！"

第九章 天下没有不散的筵席

两个女生其实都没喝过酒。乔乔一直不能理解酒有什么好喝的,陪着王菲硬喝了半罐就失去了兴致。王菲就更不行了,没喝几口就开始胡言乱语:"为什么江河明明不喜欢我还对我那么好?害得我误会了那么久,结果……结果……呜呜呜呜……嗝!"

原本义愤填膺的控诉,说到后来悲从中来,直接大哭起来,最后打了一个响亮的嗝才止住了哭声。

"行了行了,别哭了,不就是单恋断了吗?再开始一段新恋情就好了。"递过去一张纸巾,乔乔安慰道,"况且,你和江河还是朋友啊,随时都可以见面的,哪像我,像个保姆一样照顾了大人又照顾孩子,结果现在不需要我了,转身就走了。"

王菲擦了擦鼻涕:"那你是挺惨的,小乔你也哭吧,我知道你也失恋了。呜呜呜……"乔乔一脸尴尬:"我算什么失恋啊……只是徐希也走了,我舍不得而已,至于徐云深……"

话还没说完,身边突然多了一把椅子,一个满是笑意的声音在她耳边响起:"好巧啊!"

看清身边的人之后,乔乔赶紧起身:"王律师,你怎么来了?"

王梓立刻板起脸:"我不是说过别叫得这么生分吗?叫我王梓就行啦。"

乔乔配合地改了口:"王梓,你怎么来了?"

"我就是路过,觉得好像看到了熟人,就进来看看,没想到真是你们。"扫了一眼一边哭一边打嗝的王菲,王梓撇了撇嘴,"干吗呢这是?"

乔乔小声回答道:"失恋了,借酒大哭一场。"

失恋?

王梓眉头一挑,脑子转了一下:"那个什么江河湖海?"

"江河。"乔乔纠正道。

一听到这个名字王菲又崩溃了："不要提那个名字！你们都是坏蛋！也不管人家会不会误会！既然不喜欢人家干吗要对人家那么好？呜呜呜……"

王菲把乔乔哭得头痛，捏了捏眉心喊道："老板，结账。王菲走，咱们回家吧。"

"这么晚了，你们两个女孩子走夜路不安全，"王梓也站起身道，"我送你们吧。"

王梓很绅士地替乔乔付了饭钱，开车把两个人送到了乔乔家楼下。王菲一直抽抽搭搭的，乔乔头疼得不行，就先去旁边的药店买点儿醒酒药。目送乔乔离开后，王梓刚转过头，就看到王菲对着一个防盗门的密码锁不停地戳，一边戳一边哭："为什么电话接不通？呜呜呜，江河，呜呜呜，为什么电话接不通，这什么破手机？为什么电话都拨不出去……"回应她的是电子门机械的声音——对不起，您输入的密码不正确。

王梓简直哭笑不得，赶紧走过去把她拉住，省得她继续丢人现眼。

王菲拼命地挣扎着："你是谁啊？你放开我！我要给江河打电话！放开我！"

"你可以打电话，但是不能对着人家的防盗门按个不停啊！跟我走，我帮你给他打电话。"王梓耐心地劝说着。

"江河为什么不喜欢我啊？为什么啊？是因为我不漂亮吗？"王菲问。

"没有，你很漂亮，是他太年轻没有眼光，以后他会后悔的。"王梓答。

"那他为什么现在不后悔啊？万一以后他后悔的时候我不喜欢他

第九章 天下没有不散的筵席

糟糕，是心动的感觉 ①

了怎么办？"王菲继续问。

"那只能说明你们没缘分。"王梓继续答。

"呜呜呜，我讨厌没缘分……"顺着王梓拉着她的力道向前走了几步，王菲突然停下了步伐，蹲下身来捏着自己的脚，"脚好痛，不想走。"

王梓这才发现，今天王菲特地穿了一双高跟鞋，心里不禁叹了口气——傻丫头，就算你为难自己学会了穿高跟鞋，对方就会回头了吗？看着耍赖的王菲，王梓无奈地摇了摇头，背对着她蹲下身来："上来吧。"

王菲还不怎么清醒，看着王梓的后背也没那么矜持，欢呼一声就扑了上去。王梓被扑得一个趔趄，站稳身子后突然有些想笑——活到现在，还没背过女生呢。

王菲像个小孩子一样在王梓后背上晃悠着双腿，哼着不成调的歌，感觉心情不错。王梓笑笑，背着她绕着乔乔的小区来来回回地走着。王菲渐渐觉得困意上涌，等乔乔回来的时候，她已经趴在王梓背上睡着了。

等一切忙完，王梓回到车里，却没有马上开走，想起王菲刚才撒泼时的样子就像一只炸毛的猫，又好笑又可爱，虽然她失恋了，但是王梓觉得这也不失为一件好事。

第十章 人红是非多

糟糕，是心动的感觉①

1

于乔乔而言，徐云深这一走就像人间蒸发了一样，一点儿消息都没有。乔乔这边烦心得要命，然而屋漏偏逢连夜雨，心烦的事最近又多了一件……

下课铃声响过，乔乔刚走出教室，就准时在门口看到一束开得灿烂的向日葵，在向日葵中间放了一张大大的卡片——致乔乔。

旁边都是起哄、羡慕的同学们，只有乔乔自己，满心满眼的厌恶，拿起那束向日葵干脆地丢进了垃圾桶里，连看都不想多看一眼。

对方已经连送一个星期的花了。

乔乔努力避开教学楼的正门，选择从后门悄悄离开……

"小乔。"一个声音突然在她背后响起，"我就知道你会走这个门，毕竟我这么了解你。"

乔乔皱着眉，脚步都没停，继续往前走。

"小乔！"周航立刻跟上来，赔着笑脸开口，"累了吧，饿不饿？我请你吃饭啊？就请你吃你最喜欢的过桥米线怎么样？"

乔乔停下脚步："我早就不喜欢吃过桥米线了，你能不能别把我还当成高中时的乔乔？"

"那你喜欢吃什么？"对于乔乔的态度，周航视若无睹，"反正我今天没有课，我都可以陪你去吃。"

"可我不想跟你吃！"乔乔的声音都高了八度，"你是真傻还是装傻？怎么听不懂话呢？你能不能给自己留点儿颜面，别天天追着我跑！"

这周航真不知道是哪根弦搭错了，突然就缠上了她，而且不管她怎么拒绝他，都像没听见似的我行我素，只要有时间就会来学校找她。说真的，两个人的学校真的不算近，比一趟地铁从始发站到终点站的距离还要远,她都不知道自己有什么魅力,值得他天天耗费时间和精力在她身上。

"对于徐云深,你只是一时鬼迷心窍……"周航好脾气地替她解释着。

"我当初会选择不做数学最后一道大题,还填跟你一模一样的志愿书才是鬼迷心窍!"乔乔双手环胸,"周航,我拜托你,如果你还顾念我们三年同窗的情谊,就不要再做这些令人厌烦的事情了,曾经的时光很美好,但已经是过去的事了。请你以后不要再送花了,也不要再来找我!"说完,乔乔转身就走。

"小乔……"

声音刚响起,乔乔立刻回过头凶巴巴地开口:"不许跟着我!"周航只得停下脚步,看着乔乔飞速离开。

他慢慢眯起眼睛——既然细水长流不行,那就深入敌后吧。

之后的几天,果然没再看到周航,乔乔情不自禁地松了口气,认真地在图书馆里享受安静舒心的生活。

手机突然振动了两下,进来一条微信。

班长辛蕾:*出来,我在二楼开水间。*

一如既往地言简意赅。

端着热水杯,乔乔向二楼开水间走去。辛蕾正靠墙喝着水,看到她来了之后单刀直入:"咱们之前参加辩论赛的几个学校组织聚餐,明天下午 3 点在中景酒店 413 包房,费用 AA。"

乔乔的脸立刻皱成一团:"啊?我跟他们又不熟……"

"去了就熟了。"一眼就看透乔乔的不情愿,辛蕾劝慰道,"你这次辩论赛表现得特别亮眼,好多同学都想认识认识你,你还是去吧,都是各高校里出类拔萃的同学,多认识几个没有坏处的,大不了待一

第十章 人红是非多

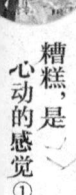

会儿就走。"

乔乔没吭声。

辛蕾补了一句："难道你还有什么事？莫非家里真有个孩子需要你照顾？"

这一句话直接戳进乔乔的心窝，让她觉得扎心得不行，立刻应允："我肯定去！"

隔天，乔乔放学后回到宿舍换了身简便的衣服，踩着时间点进了中景酒店413房。包房里是一张特别大的桌子，里面坐了二十多名学生，辛蕾已经到了，正跟身边的一个男生聊着天。乔乔本想挨着辛蕾坐，但是她两边都坐了人，一时间她不知道要坐哪儿。

"小乔，我在这儿。"二十多个人中间突然站起了一个人，向着她招手，指向他身边的一个空位。

是周航。

乔乔立刻厌恶地皱起眉，从角落里拉出一把椅子，随便就把自己塞到两个陌生人中间。她怎么忘了周航也参加了辩论赛，还是最佳辩手，肯定会被邀请的。

跟身边的两个人友好地打了招呼，乔乔打算随意吃点儿东西，聊一会儿，就"不失礼貌"地先走。结果没过一会儿周航就走了过来，硬是跟乔乔身边的一个人换了位置，坐下身后便委屈地开口："还是不肯理我？是生我气了吗？我道歉，你就原谅我吧！"

一句话说出来，周围听到的同学一下子就投来了然的目光，仿佛两个人关系非同一般。

在这样的场合乔乔不想把气氛弄僵，脸上带着疏离的笑，说："对不起，我跟你好像不熟。"

周航一声叹息："我真的错了，怎么样你才能原谅我？"

"不是，你……"乔乔的脾气又被挑了起来。

"好好好，我不说了，不生气不生气，你想吃哪个菜我夹给你。"说着，周航的视线就穿梭在菜盘之间，"你喜欢吃山药，给你夹一个？"

乔乔努力地对他微笑："如果不想丢人现眼，我劝你最好别搞这些有的没的，你应该能想象得到我真生气会是什么状态。"

周航立刻闭了嘴，对着她微微一笑，安静地坐在她身边吃着饭菜，时不时跟其他人聊聊天，不再跟她说话。

简单吃了几口菜，又跟很想认识她的同学们交换了一下联系方式，乔乔站起身，满含歉意地跟大家开口："真不好意思，老师找我有事，我得先走，我们有时间下次再聚。"说完，不顾大家的挽留，看都没看周航一眼，毅然决然地走了。

周航起初一直没吭声，估计着乔乔走远之后才笑着开口："小乔走得急，没拿钱，她那份我给出了。"

跟他换位置的男生笑着开口："人家都不理你，你还这样。"

周航也不生气："女孩嘛，生气很正常，谁让我喜欢她呢，就惯着吧。"

辛蕾看着周航的样子，慢慢地陷入了思考——其实，她高中时虽然没和乔乔他们说过话，但他们其实是一所高中毕业的，对乔乔和周航的事也略有耳闻。所以她在决赛前看到周航的时候不禁为乔乔捏一把汗，果不其然，乔乔表现失常，最后还丢了"最佳辩手"的称号。之前学校贴吧里的帖子她也看了，唉……人红是非多啊，真希望乔乔的生活环境能更单纯一些……

离开酒店之后乔乔觉得心烦，也不知道去哪儿，看了看时间还不到四点，眼睛转了转，乔乔拦了一辆出租车，去了徐希的学校。

天知道她有多想徐希。

之前看她还一脸凶神恶煞的看门大爷现在看到她已经神色淡定了："来看孩子的？"

乔乔点头，赔着笑脸撒着谎："我们家小孩儿在学校里有点儿事，老师让家长来，我就过来了，请问我能不能进去？"

看门大爷抽了一大口旱烟："哪个班级的？"

乔乔双手握着栏杆："一年级二班。"

大爷点点头："进去吧。"

咦？这么容易？以前她磨破了嘴皮子大爷都不给一个机会！

挠着后脑勺进了校园，乔乔一路向徐希的班级走着。

刚走上楼梯，她突然就在走廊里看到一个有点儿眼熟的孩子，走近一看，真是徐希。现在正是上课时间，站在走廊里还能听见孩子们在教室里朗读的声音，徐希却一个人在教室门外可怜巴巴地站着。

乔乔赶紧走过去："徐希？"

徐希吸了吸鼻子，抬起头，看到乔乔一下子愣住了，眼睛里骤然放出了光芒。不过很快那光就熄了，小孩子重新低下头自言自语道："我一定是太困了，都出现小阿姨的幻觉了。"

乔乔哭笑不得地走过去蹲下身，伸手就捏徐希的脸："疼不疼？"

徐希整个人都傻了，小脸被拉得变了形都不理会，直接扑进乔乔的怀里："小阿姨！我好想你！"

"我也想你。"乔乔立刻回抱住徐希，用力地揉着他的头发，"你个坏孩子，走这么久都不给我打个电话，我以为你不要我了。"

徐希看起来委屈得不行："爸爸说小阿姨最近心情不好，让我不要给你添乱。"

"你爸的话也不用都听……"

正准备跟孩子灌输一下"错误思想"，教室的门突然拉开了，走出一位年轻的女老师，上下打量了一下乔乔后开口："徐希的家长？"

乔乔赶紧站起身："我是他小阿姨，您是……徐希的老师吗？"

"对，我是。"老师皱着眉头走过来，"我刚打完电话你就来了，还挺快。事情你应该知道了吧。"

乔乔被说得一脸茫然——什么事？

低下头看徐希，徐希立刻垂下头不说话。

老师继续说道："这已经不是第一次了，这半个月，每天一到下午他就会在上课时间睡觉，我说了他几次也不悔改！所以我这才让他出来罚站。"

老师十分不满意："以前是特别听话的孩子，不知道发生了什么就变成了这样。"

看着越缩越小的徐希，乔乔更用力地握住了徐希的手，不卑不亢地对着老师开口："老师，徐希上课睡觉是他不对，我让他向您道歉。但是，如果是为了让他能够清醒一点儿，那在教室里站着也是一样的，在门外既不安全也听不到课程，而且会伤到孩子的自尊心。老师您这样做是不是有些欠妥？"

一席话说完，徐希立刻抬起头来惊讶地看着她，而老师脸上一阵红一阵白。

乔乔一脸坚定，耐心等待着老师的回复。

渐渐地，老师的表情从一脸尴尬变成了认同，她蹲下身温和地开口道："对不起啊，徐希，是老师做错了，不要生老师的气，以后老师一定会注意的。"

徐希的眼睛突然红了起来，但是很快就自己揉起了眼睛，大声说道："我也应该向老师道歉，对不起，老师。"

老师欣慰地点点头，轻轻地抚摸着他的头："那现在能跟老师说

糟糕，是心动的感觉①

说为什么上课睡觉了吗？"

徐希抿着小小的嘴唇，视线慢慢地瞟向了乔乔。

乔乔一脸问号。

对上乔乔的视线，徐希再次垂下眼睛，小声开口："我最近搬家了，现在的家离学校特别远，爸爸每天不但要送我上学还要准时去医院，所以每天要起特别早，所以下午就会困，老师，对不起……"

乔乔在一旁听着徐希的话，心里特别不是滋味，而且越听越觉得徐云深真是过分，竟然让这么小的孩子跟他一起受罪。

跟老师解释清楚之后也差不多到放学时间了，徐希收拾好书包，牵着乔乔的手慢慢向校门口走去。乔乔不吭声，心里越想越难受，总觉得是自己的问题，害得徐云深带着徐希搬了家。

徐希本来就是敏感的孩子，没走多远就感受到了乔乔情绪的低落，于是轻轻地摇晃了一下乔乔的手："小阿姨。"

"嗯？怎么了？"乔乔立刻把注意力放到徐希身上。

"我没事的，"徐希懂事地安慰着，"现在爸爸的工作有点儿忙，所以才需要起这么早，再等等就好啦！而且爸爸说我再长大一些就要读初中了，初中离我家很近的。所以，小阿姨，我没事的。"

乔乔险些现场飙出泪来——徐云深何德何能啊，有这么听话又懂事的儿子？

刚刚走出校门，一辆黑色的轿车恰好停下，随后只见徐云深急匆匆地从车上跑下来，根本没看到面前的乔乔和徐希，直接向着看门大爷跑了过去，表情中满是歉意和紧张："对不起，我是一年级二班徐希的父亲，我路上堵车来迟了……"

看门大爷抬头看了他一眼，又看了一眼站在他身后不远处的乔乔和徐希，抬了抬下巴，示意他回头看。

186

徐云深回过头来。

这是他和乔乔自搬家后第一次见面，两个人都有点儿愣神。

倒是徐希先打破了沉默："爸爸。"

徐云深像是刚醒过来一样赶紧走过来蹲在徐希面前："你怎么了？刚刚老师给我打电话说你让她很生气。"

还没等徐希说话，乔乔先打断了徐云深的话，只是她是对着徐希开口的："小阿姨先走了，记得要多睡觉，以后谁不让你睡觉你就告诉小阿姨，小阿姨替你修理他！"说完，看都没看徐云深一眼，转身离开。

徐云深被晾得一脸茫然，小心翼翼地问起了徐希："她怎么了？"徐希就把刚刚发生的事跟他重复了一遍。

徐云深听着是既欣慰又想笑，轻轻地把徐希抱进怀里："是我对不起你，小阿姨生我的气是应该的。"

"没事的，爸爸……"徐希安慰完乔乔，现在又安慰徐云深。

这么久没见，一句话都没说就走了，看着乔乔气呼呼离开的背影，徐云深无奈地笑着摇了摇头。

2

这几天，邹欣悦一直打电话给徐云深，要求复查。徐云深打算趁此机会，好好地再和她聊一聊，为了达到一击必中的效果，他还特地喊上了王梓。

很快就到了约定的时间，邹欣悦十分准时地来到了徐云深的诊室。这还是王梓第一次见到邹欣悦，漂亮是漂亮，放在学校里绝对是会吸引男生眼球的女孩。然而阅美无数的王梓，并不为所动。

简单为邹欣悦做了复诊，徐云深就开门见山了："我想跟你谈谈

帖子的事情。"

邹欣悦的视线一直在他的身上:"好啊!你想怎么谈?"

这么干脆地接下了话,徐云深和王梓对视了一眼,更加确认她跟帖子有关。

"很简单。"徐云深转着手上的笔,"你写的帖子不是事实,对小乔属于人身攻击,如果性质严重的话可以构成诽谤罪。然而一旦构成诽谤罪,三年以下有期徒刑稳稳的。好好一个女孩,一念之差做错事可以理解,删帖是你最好的选择。"

邹欣悦没说话,只眼神幽幽地盯着徐云深,似乎在盘算着什么,几分钟后她索性大方地承认:"让我删帖可以,你必须跟我约会,否则我就不删。"

徐云深和王梓谁都没料到事情会如此发展,都是一愣。

王梓一脸莫名其妙,徐云深则是耐心全失:"你要是不肯主动删,那走法律程序也是一样的,只是你应该不会想要那个结局。"

邹欣悦也不着急,眨着眼睛继续说:"你知道的,我有精神类疾病,法律也不会追究我的责任,你们拿我没办法的。"

这一句话说出来把两个人搞得措手不及,徐云深也一时没有什么好对策。倒是邹欣悦,笑得如春天般温暖:"你不跟我约会,帖子我就不删。"

徐云深的脸都扭曲了。

邹欣悦却没给他拒绝的机会,轻飘飘地使出自己最后的撒手锏:"你肯跟我约会一天,我就告诉你一个关于帖子的秘密,事情可不是你们想的那么简单哦!"

徐云深和王梓对视了一眼,才开口:"我凭什么相信你?"

邹欣悦歪着头莞尔一笑:"可是,我不会对喜欢的人说谎的呀。"

徐云深烦躁地抓了一下自己的头发。

"这样吧，我可以先跟你说一点点，来表达我的诚意。"邹欣悦轻轻地顺了一下头发，"前两个帖子，我承认是我发的，但是最近的这个，确实不是我。至于是谁嘛……"

邹欣悦故意不把话说完，留给徐云深想象和考虑的空间，发帖从来不是她的目的，接近徐云深才是，所以她不介意删帖，只要能得到她想要的。

3

上次见到徐云深完全是意料之外，但是因为她实在是太生气了，以至于完全不想跟他说话，当时冷着脸就走了。现在想起来后悔不已，好不容易见到面，就被她这么浪费了。随便说点什么都好啊，她真是太笨了！

自怨自艾了半天，乔乔拍拍自己的脸站起身——负能量时间结束，得继续自己的生活了。书还得读，论文还得写，什么都不能耽误。

看了一眼时间，差不多要去王菲打工的咖啡厅去接她了。自从江河跟王菲"分手"后，王菲就对打工有人接这件事格外执着，每天都"勒令"她一定要去接她。后来在她的努力争取下，王菲默许了她可以在学校的大门口等着。掐算着时间，乔乔拎着包包向大门走去。

今天的天气很好，天很晴，却不是很热，凉爽的风一直能吹过来，乔乔站在校门口闭着眼睛感受了一下舒服的空气。忽然，空气中传来一丝熟悉的气息，很舒服也很怀念……一边想，乔乔一边睁开眼睛。

只见徐云深正站在不远处，穿着修身的休闲西服，正目光温和地看着她。乔乔险些被自己的口水呛到——不久之前她还在告诫自己，再看到徐云深时一定要亲切友好，决不能那么莽撞……

糟糕，是心动的感觉 ①

我的天！为什么半个月没见，她觉得徐云深又帅了，周身仿佛带着亮眼的光芒，只是这么站在校门口就让人无法把视线从他身上移开。他是觉得她上次生气了所以特意来找她道歉的吗？啊！怎么办？她一会儿要怎么打招呼？说点儿什么好？

就在跟徐云深目光对视的那一瞬间，乔乔已经脑补好了一段重逢的戏码，心情激动得不行，但还是竭力控制住欣喜的表情，尽量优雅地向徐云深走去。

"云深。"一个女声突然响起，让乔乔愣了一下——虽然她很想这么叫他的名字，但是总觉得有些不好意思……那这是谁喊的？

乔乔疑惑地回过头。

只见娇艳得仿佛一朵花一样的邹欣悦穿着纯白色的连衣裙从校门口款款而来，深情的目光中仿佛只有徐云深，周围的一切都看不到了。

什么情况？乔乔满脑子问号，印象中徐云深一直对邹欣悦的态度都是敬谢不敏，难道又是她主动黏过去？乔乔没有动，以一个观众的身份站在原地，看徐云深会怎么应对她。

然而，大跌眼镜的一幕出现了。

徐云深在听到邹欣悦的声音后，视线立刻从乔乔身上移开，转而落在邹欣悦身上，并露出一个礼貌的微笑。

邹欣悦的笑容立刻变得更加甜美，脚步轻盈地走过去，柔声开口："等很久了吧？"

徐云深体贴地答："我也刚到。"

"那我们走吧？"

"嗯。"

两个人简单地说了几句话后，徐云深绅士地替邹欣悦拉开了车门，看着她上车后又细心地把她搭在车外的裙子放进车里，关上门。这时他才回过头,又看了一眼乔乔。

乔乔站在原地一动没动。

徐云深缓慢地眨了眨眼睛,而后自己也上了车,绝尘而去。

乔乔如遭雷击!

恰好此时,王菲也回来了,正好赶上徐云深带着邹欣悦离开的那一幕。看着车辆远去的背影,王菲满眼诧异:"他们两个怎么会在一起?约会吗?"

"当然不是!"乔乔想都不想就大声反驳。

王菲吓了一跳,赶紧搓了搓耳朵:"不是就不是呗,那么大声干什么?吓我一跳。"

乔乔心虚地答道:"还不是因为你乱说!"

"行行行……我不乱说。"王菲不再关注乔乔的别扭,转而踮着脚尖继续看着那两个人离开的方向,喃喃道,"还真是郎才女貌,看着真是般配……"

乔乔越听心里越不是滋味,丢下一句"我回家写论文了",也离开了学校。

王菲不明所以地挠了挠后脑勺:"怎么突然就生气了?"

明知道自己没什么资格生气,但是乔乔一想到那两个人一起离开的画面就觉得心里堵得难受,特别是王菲那句"还真是郎才女貌,看着真般配"宛如单曲循环一般一直在耳边回响,让她想忽略都难。

乔乔坐在家里的电脑前,一直胡思乱想,眼看着天渐渐黑了下来,论文还是一笔没动,乔乔这才惊讶地意识到,徐云深对她的影响竟然超过了论文和习题,她向来引以为傲的自制力,第一次溃不成军。乔乔为这个清醒的认知,内心无声地哭泣。

正想着,手机突然钻进来一条微信,乔乔扫了一眼过去——是徐

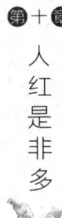

云深!

大脑瞬间分成理智和情感两个部分:理智告诉她下午徐云深刚和邹欣悦约会,这个时候就不应该理他;然而情感让她情不自禁地开心起来,毕竟徐云深终于主动找她了!

坐在电脑桌前已经受了半天折磨的乔乔终于把理智和情感综合了起来——先看看徐云深发微信到底是什么事情吧。

点开之后,只有简简单单的一句话——别忘了吃晚饭。

握着手机又等了半天也不见第二条消息进来,乔乔立刻气急败坏地把手机丢到床上。

我吃不吃饭关你什么事?带着你的邹欣悦好好吃饭吧!

好一会儿,乔乔都觉得平静不下来,坐在床上一边默念"莫生气!莫生气",一边做了好几个深呼吸才勉强恢复了理智,重新坐回到电脑桌旁,发誓这次自己一定要认真写论文,不被无关人等干扰。

然而写了不过几百字,肚子就发出了抗议。

咕噜咕噜……

想起刚刚徐云深发的微信,乔乔闭着眼睛平复了一下心情,突然觉得自己确实应该好好吃饭,人是铁饭是钢,为了更有效率地学习,还是应该吃饭才对。

于是她拿好了家钥匙,推开了家门。

"咚"的一声,似乎有什么东西撞到了房门,乔乔转头望过去,只见门把手上挂着一个塑料袋,里面不知道是什么东西。

拿下来打开后,发现是她最喜欢吃的一家夜宵店的消夜,以前她经常带着徐希偷偷去吃……

里面是她喜欢喝的红豆汤和叉烧包,摸着温度刚刚好,应该是刚挂上没多久。再往里面翻,是一只毛茸茸的小狐狸钥匙扣,小狐狸的一只手握着一枝十分精致的玫瑰,另一只拿着一封小小的信。

乔乔观察了半天,觉得那封信好像是可以拆卸的,就小心翼翼地拿下来,慢慢打开。几个遒劲有力的字跃然纸上:一定要吃完,不然这么可爱的小狐狸就不给你了。

乔乔"扑哧"一声就笑了出来,刚刚乌云密布的心情瞬间晴朗。

将那只小狐狸翻来覆去地看了半天,乔乔忍不住自言自语:"多大的人了还做这么幼稚的事……什么时候来的也不告诉我一声,我要是晚上不出家门,你这小狐狸就要落到扫地阿姨手中了。"说完,乔乔重新打开房门,回了家。

摆好了红豆汤和叉烧包,乔乔把小狐狸摆在对面,伸手戳了一下它尖尖的嘴巴:"今晚就由你来陪姐姐吃饭了!"

黑夜中,徐云深靠在车门上,望着从乔乔窗户里透出来的温暖的光,微微地勾起了嘴角。

4

自从上次徐云深给她偷偷送夜宵之后,又过了两三天,虽然没见他再来接邹欣悦,但是他也没给她打过一次电话、发过一次短信,这一点让乔乔很不开心。

就在她下决心如果徐云深再不找她就再也不理他的时候,手机适时响起。正是徐云深。

乔乔的嘴角立刻扬了起来,不过很快就在她的努力下落了下去,等电话又响了十秒,乔乔才接起电话,刻意冷冰冰地开口:"干吗?"

徐云深的声音一如既往地平和:"周末是徐希的生日了,徐希想跟你一起去游乐场。"

"你去吗?"乔乔立刻追问,不过问完之后立刻无声地骂了自己

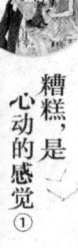

糟糕，是心动的感觉 ①

一声"蠢"。

心中一直默念着"矜持淡定"的徐云深保持着原本的声线说道："去，你们两个单独去我不放心，周末我去接你。"

乔乔立刻哼了一声："多管闲事。"然后挂断电话。

正在看电视的徐希转过头看向徐云深，促狭地开口问道："爸爸，我怎么不知道我想去游乐场？"

徐云深收起手机，淡定地回道："我知道就行。"

星期六，游乐场的人多到令人发指。

原本乔乔还想给徐云深脸色看的，可是面前的人山人海让她根本来不及摆脸色，嘴就张成一个"O"形。

从没带孩子出去玩过的徐云深显然也没料到，虽然心里很震惊，但是他表面上看起来仍然不动声色，只是对着徐希递过去一个眼神，徐希立刻会意，拉着乔乔就往入口走："走吧，小阿姨，我还没来玩过呢，走吧走吧！"

然后乔乔就被这对父子拉进了游乐场。

乔乔一直以为人这么多，肯定会玩不好的，但是没想到一旦玩起来，还真挺令人兴奋的。特别是徐希，兴奋得小脸通红，要不是徐云深千叮咛万嘱咐地告诉他绝对不能乱跑，可能他早就跑没影了，他只能上蹿下跳地扯着乔乔玩这玩那。乔乔一开始还有点儿小矜持，等带着徐希玩了一个空中飞椅后，就彻底放开了。

徐云深一直在两个人身后不紧不慢地跟着，看着一大一小两个孩子玩到忘乎所以。

乔乔能高兴成这样也算在他意料之内，但是徐希能这么开心真是没想到。这孩子从小就内敛，不受到特别大的刺激都是喜怒不形于色的，极少能看到他露出这么灿烂的笑容。

此时此刻，徐云深突然有了为人父的欣慰。

玩了一大圈后，徐希突然在一个阴森森的小木屋门口站定，拉住乔乔开口："小阿姨，我要玩这个。"

乔乔抬眼就看到血淋淋的四个大字：惊声尖叫。

呃……好像不适合她这个"淑女"玩。

轻轻地吞了口口水，乔乔蹲下身解释道："这是鬼屋，不适合小孩子玩的。"

"我知道是鬼屋，但是我想去玩。"

"里面有很多很多很吓人很吓人的鬼，伸着舌头去拉你的胳膊……"乔乔一边说一边也伸出舌头，"你肯定会被吓得大哭。"

徐希笑了下："小阿姨你害怕吗？"

"我……我怎么会怕？"乔乔一听立刻挺直了脖子，"小阿姨是大人！跟小孩子不一样！"话刚说完，徐云深突然出现在乔乔身后淡淡道："是吗？那一起进去看看吧！"

说完，他就轻推了乔乔一把，一下子把她推到了入口处。

工作人员讲完注意事项的时候乔乔的脸已经白了，情不自禁地开始往后退，直到撞到后面的徐云深。

乔乔一惊，先是低头看了一脸兴奋的徐希，而后立刻凑到徐云深耳边小声开口："徐云深，我错了，你放我出去吧，我从小到大就怕这乱七八糟的东西，让我出去吧。"

没等徐云深说话，排在他们后面的几个年轻人就先开口了："进不进啊？我们还等着呢！别堵门口啊！"

之后，工作人员就将他们三个往门里一推，随后，关上了门。

乔乔绝望得快要哭出来，徐云深则忍不住想笑，但最后还是忍住

了，轻轻地说了一句："别怕，有我呢。"然后英勇地走在了最前边。

之后乔乔也不管什么颜面不颜面了，一只手紧紧地抓着徐云深的衣摆，一只手牵着徐希，坚持走在两个人的中间，这才进去。

不幸的是，第一个转弯乔乔就撞见了一个假得不能再假的吊死鬼，一声尖叫过后她就死死地扯着徐云深的衣服，把头埋进徐云深的背后不肯再抬头，也死都不肯再往前走一步。

最后实在没办法，徐云深只好把乔乔从身后扯了出来，二话不说就扛在肩上，另一只手牵起徐希，不管乔乔的鬼叫，淡定地开口："我们走。"

徐希笑弯了眼睛点点头说："好。"

虽然过程有点儿波折，但是这一天还是非常开心。

将乔乔送回家后，徐云深得知之前租的房子一直空着没有租出去，徐希此时也已经累得睡着了，他索性不再折腾，决定在隔壁将就一晚，明天再回家。

可是，不知道为什么，这一夜徐云深睡得格外不踏实。翻来覆去好一会儿都没睡着，徐云深还是坐了起来，想了一下，就下床去了徐希的卧室。

推开房门看了一眼，只见徐希睡得很沉。

徐云深呼出一口气，刚准备关上门，就听到徐希轻轻地唤了一声："爸爸……"

徐云深顿了一下，立刻推开了房门，快步走过去，应道："爸爸在这儿。"

徐希的眼睛依旧是闭着的，并没有醒，但是长长的睫毛上满是露珠般的泪水，一声又一声地呼唤着："爸爸……妈妈……"

徐云深心下一紧——刚才那声爸爸，叫的不是他……

看到徐希哭泣的样子，徐云深很是心疼，想着他是不是做什么梦了，就准备叫醒他，可是当他的指尖触碰到徐希的小脸时，感受到异于寻常的温度——他发烧了。

翻遍家里的所有药箱都没找到儿童吃的退烧药，想出门买又担心徐希生着病一个人在家不太安全，徐云深只能敲开了乔乔的家门。

乔乔明显是在睡梦中被弄醒，表情中还带着起床气："干吗？"

"你能不能帮我照看一下徐希，他发烧了，家里没有退烧药，我得去买一下。"

乔乔一听，起床气立刻烟消云散，二话不说摸起鞋柜上的钥匙，踩着拖鞋就进了徐云深的家，而后对着徐云深开口："快去。"

徐云深点了点头，离开了。

看到生病的徐希，乔乔有些心疼，同时也很自责，想着一定是自己白天带着他玩得太疯了，出了汗也没想着给他换件衣服，一定是因为这样才着凉发烧了。

乔乔拿了一条湿毛巾叠了叠放到徐希的额头上，而后就一直握着徐希的手。摸到乔乔的手后，徐希的表情放松了不少，微蹙的眉头也渐渐松开，嘴里喃喃地喊了一声"妈妈……"

乔乔忍不住叹息。

徐云深回到家就看到乔乔和徐希两手交握的样子，抿了抿唇，坐在床边给徐希服下退烧药，看到徐希渐渐平稳睡去，才满含感激地对乔乔开口："谢谢你了。"

乔乔摇头："没事。"

"吃了药应该暂时没事了，今天辛苦你了，回去休息吧。"

"嗯……"应了一声，乔乔却没动，顿了顿才开口，"刚刚……徐希一直在叫妈妈……"

第十章 人红是非多

徐云深有些心酸，但是还不知道怎么跟乔乔开口，好一会儿只是说了一声"嗯"。

这是家务事，乔乔本不应该管，可是当她想抽回手回家的时候，迷迷糊糊的徐希一声哽咽后立刻握紧了她的指尖，让她不得不又坐了回去。看着徐希的样子，徐云深站在原地没出声，看了好一会儿，突然离开了卧室。

乔乔心里有些担忧，便轻声安慰了徐希两声，拿开了手，拉开了房门准备回家。然而她刚拉开一道门缝，徐云深的声音就传了进来。

"哥，你还不回国吗？"

哥？乔乔微微皱了下眉——徐云深还有哥哥？

"徐希生病了，我希望你能回来看看他……没有妈妈已经很可怜了，你不能让他更可怜了……回来吧，哪怕只是看他一眼……"

乔乔不是想要偷听别人的电话，只是电话的内容让她颇为不解——为什么他的儿子要让哥哥回来看望？

"你在这里干什么？"

身前的门突然被推开，徐云深有些诧异地看着背靠墙的乔乔："徐希放你走了？"

"啊？哦，对，那个，我得走了。"骤然被打断思路的乔乔恍惚了一下，继而才说，"你再看他一会儿吧，别又烧起来。"

"好，你早点儿休息。"

"嗯，你也是。"

乔乔回到家，突然有些睡不着了，她思索了许久，得出了一个惊人的结论。徐希难道不是徐云深的儿子？

不不不，乔乔摇了摇头，叫自己不要胡思乱想。

第十一章 两个爸爸

1

自从徐云深主动请她吃了顿饭，邹欣悦就已经自动把徐云深归到"喜欢自己的男孩"那一栏里了，想着最近徐云深都没找她可能是太忙了，她就应该主动点儿，毕竟男孩都喜欢体贴的女孩子。

想得太多，邹欣悦的注意力就有些不集中，出医院电梯的时候一脚就把高跟鞋的鞋跟踩进了电梯门的缝隙里，怎么拔都拔不出来。在原地挣扎了半天，也没见高跟鞋有丝毫松动，反而是电梯门一直关不上，传来了"嘀嘀"的警报声。

邹欣悦光着一只脚踩在地上看着自己的高跟鞋有点儿上火。

这可怎么办呀？不能一直光着脚呀。

正想着，一个气喘吁吁的声音在耳边响起："你怎么了？"

邹欣悦回过头，只见一个全身都蒸腾着热气的少年双手支着膝盖弯着身子站在她身边，眼睛明亮。

邹欣悦顿了一下，半响才收回视线，伸手指了指卡在电梯里的鞋："我的鞋拔不出来了。"

少年看了一眼银色的高跟鞋，又喘了两口气才蹲下身："我看电梯一直没动，还以为电梯坏了才爬楼梯上来的，原来是你这儿下不去了。"

邹欣悦"嗯"了一声："我也不知道怎么搞的就踩进去了。"

"没事，我帮你看看。"男孩不以为意，用手轻轻挪动着那只高跟鞋，借着一股巧劲将高跟鞋拔了出来。

男孩拿着高跟鞋左看右看，突然"哎呀"一声："这只鞋的鞋跟好像被我不小心给扯断了。"

邹欣悦走过去一看，果然，鞋跟和鞋底接触的地方已经裂开了，不修的话根本不能穿了。

男孩的表情很内疚："真是抱歉……"

邹欣悦矜持地站在一旁，看着这个单纯、热情的男孩，突然开口道："你想要我的电话号码吗？"

男孩听得一脸问号，忍不住反问："我为什么要你的手机号码？"

邹欣悦轻轻地撩起长发，用指尖抬着发梢，温柔地开口："如果你觉得不好意思，不用说出来。"

男孩简直哭笑不得，可是看着邹欣悦的状态又不像在开玩笑，只得上上下下仔仔细细地打量着邹欣悦，好一会儿，突然开口："你是来找徐医生做咨询的？"

"嗯。"

"徐医生出去开会了，现在不在，如果你预约了的话可以先到他办公室等着。"

邹欣悦脸不红心不跳地说着谎："我预约了。"

"那好，我带你去。"

带着邹欣悦走到徐云深的办公室，男孩首先看到的是徐云深放在桌面上的病历簿，巧的是，翻开的那页恰好就是邹欣悦的。

邹欣悦，爱情妄想症。

男孩"噗"地笑了出来。

果然……

合上病历簿，男孩深呼一口气，拉了把椅子坐在邹欣悦对面，开口道："我叫江河，是徐医生带的实习生，既然徐医生不在，你愿意跟我聊聊吗？"

邹欣悦一脸"我早已看透一切"的神情，说道："聊我的手机号码？"

江河露齿一笑："随你。"

邹欣悦是江河接触的第一个实质性患者，因此，对于邹欣悦，江

糟糕，是心动的感觉 ①

河热情异常。

邹欣悦十分淡定，她觉得，一切都在她的掌控之中。

于是，她一直放松地坐在椅子上，垂着眼睛看着在她眼中十分殷勤的江河。

研究了很久邹欣悦的病症，江河觉得自己会的还是太少了，竟然不知道从什么地方什么角度开解她。

思考了半天，江河很诚实地开口："我现在还只是实习阶段，所以很多东西不太懂……我觉得你会有这种情况，也没什么难以理解的，毕竟你长得很好看，是很容易被人一见钟情的类型……"

说到这儿，邹欣悦的嘴角很细微地向上翘了翘。

"但是，"江河斟酌着开口，"我从一个男生的眼光看，女孩漂亮固然吸引人眼球，但这不是最关键的。比如我就比较喜欢有个性的女孩，聪明点儿更好了。我喜欢与这种人交往，长相确实能起到加分的作用，但是起不到决定性的作用。"

邹欣悦听完："那你不想要我的手机号吗？"

江河笑笑，很直白地开口："说真的，我并没这个打算，你不是我喜欢的类型。"

邹欣悦一脸的难以置信。

江河抿了一下嘴唇，准备用个更通俗易懂的方式解决："这么说吧，你最喜欢的和最讨厌的水果是什么？"

"喜欢草莓，不喜欢香蕉。"

"那我就这么比喻一下，其实喜欢香蕉的人有很多，甚至绝大多数的人都很喜欢吃香蕉，但是你就是喜欢草莓，你怎么看香蕉都喜欢不上……而其实你可能就是香蕉，而我，和你一样，也不喜欢香蕉，这次明白了吗？"

邹欣悦略略思考了一下，转而十分认真地看着江河："那你永远都不可能喜欢我？"

"哈哈哈！"江河被邹欣悦的问题逗笑了，"你怎么这么在乎别人喜不喜欢你啊？也不是不可能喜欢上你，毕竟只跟你接触了这么一小会儿的时间，我还没有很了解你，可能等我们接触的时间长了，我发现你身上有我喜欢的闪光点了呢，没准那个时候我就喜欢你了。"

邹欣悦没出声。

江河心平气和地继续说："其实不仅仅是我，所有人都有自己喜欢的，也有自己不喜欢的，虽然你本人很受欢迎，但是你不能盲目地认为所有人都喜欢你，知道吗？"

邹欣悦默默地看了一会儿江河，点点头。

所以，邹欣悦到最后都没成功地把手机号给江河。

尽管如此，邹欣悦又发现个奇怪的问题——自从她跟江河聊完之后，她突然觉得……其实徐云深可能根本不喜欢自己……

再仔细想想，还有好多好多的人，也不喜欢自己，之前也不知道自己是怎么魔怔了，就觉得全天下的人都喜欢自己，而自己则每天都在纠结选谁的问题……居然还因为这么点儿小破事而要寻短见……

真是……曾经的自己都干了什么破事啊……

邹欣悦越想越闹心，越想越尴尬，尴尬到自己拿出镜子看自己的脸都没办法缓解。

冷静过后，邹欣悦突然觉得自己的人生开始有方向了。

反正她看上的都不喜欢自己，还不如选个最不喜欢自己的挑战一下，就……江河吧。

想着以后得为了江河而努力，还是别让以前的那些事来拖自己的后腿，邹欣悦觉得，得先把乔乔的事解决了。

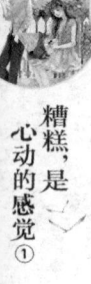

嗯……别说,乔乔的性格挺像江河欣赏的类型的。

这回邹欣悦主动去找了乔乔。

乔乔还是蛮好找的,不是教室就是图书馆。

邹欣悦站到教室门外的时候也引起了一阵不小的骚动——毕竟,系花嘛。

不过这次邹欣悦非常淡定,没有理会周围的目光,更没有自作多情地觉得那些人喜欢自己,而是十分温和地叫住一个路过的女生:"麻烦你,能帮我叫一下乔乔吗?"

乔乔倒没想到邹欣悦会找上自己,但是想着她之前跟徐云深一起吃过饭,她就觉得十分不爽,看到她之后也没什么好脸色:"有什么事?"

邹欣悦倒也没寒暄,开门见山地说:"之前的帖子是我发的,但是最后带出徐云深和小孩子的帖子是周航让我发的,他想跟你和好,也知道你最近的状况比较多,就故意发了那样的帖子,想趁着全校学生都孤立你的时候雪中送炭,让你对他产生好感。"

乔乔听完,眉毛慢慢地拧在了一起:"真的?"

邹欣悦眨了下眼睛,歪过头微微一笑:"如果我想骗你,当初就给你个假答案多好,何苦现在来找你说这个?"

乔乔听着觉得挺有道理,便点点头,说道:"我知道了。"

邹欣悦也点头,不过站在原地没有走的意思。

乔乔挑起一边眉毛:"不要以为我会对你说什么感谢的话。"她还没有消气。

"哦,那个我不在乎。"邹欣悦轻轻地抚了一下长发,"心理系有个叫江河的,以后你离他远一点儿。"而后,转过身就想离开。

"怎么又扯出江河了……"乔乔满脑子问号地自言自语了一句。

谁知,邹欣悦立刻回过头看向乔乔:"他是我看上的人,所以,请你离他远一点儿。"

乔乔想了想,又问了一句:"你为什么告诉我这些?"

邹欣悦笑笑:"之前我逼迫徐云深跟我约会,交换条件就是告诉他关于你那篇帖子的线索,他确实请我吃饭了,而我现在又不喜欢他了,总是应该给他点儿补偿的。"说完,才袅袅婷婷地离开。

留下乔乔在原地有一些愣神——原来徐云深之前来接邹欣悦也是为了她吗?乔乔的心情顿时云消雾散,一片晴朗。

不过……徐云深这是让人给甩了?

2

得到这个消息的乔乔把事情的真相告诉了王梓,虽然乔乔很生气,但她也没想好到底应该怎么收拾周航,这时候,王梓倒是给了她一个非常简单有效的方法。

周航此时正在一家会计师事务所实习,而且十分有望毕业后就留在那里工作,王梓亲自拟了一封律师函送到了那家事务所,内容很简单,只说周航因为感情问题,不断骚扰他的当事人,传播不实流言,给对方在学校造成了很不好的影响,严重影响了对方的生活,所以聘请他为律师,要起诉周航。

一封律师函让整个会计师事务所一片哗然。

借着送律师函的机会,王梓见到了周航本人。

一眼看过去,周航跟江河给人的感觉差不多,长相清秀,身材高挑,应该是在学校里很受欢迎的类型,但是江河给人的感觉更阳光、积极向上一些,而这个周航,却有些阴郁,看着就觉得心思很重,能

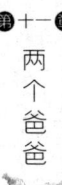

第十一章 两个爸爸

糟糕，是心动的感觉①

干出那种事也就不让人意外了。

会计师事务所的主任单独给两个人辟出一间办公室，让他们俩能好好谈谈。

周航虽然沉着，但毕竟还年轻，知道自己闯了祸也没办法掩饰脸上的惊慌，坐在王梓的对面十分拘谨。

王梓单手敲着桌面，仔细地看着周航，突然觉得自己最近也挺惨的，自从认识了乔乔和王菲之后，自己就像个老妈子一样天天给这两个小姑娘忙这些糟心事，有这时间，他赚的钱都够再换辆车了。

想到这儿，王梓重重地叹了口气。

对面的周航吓了一大跳，赶紧给王梓倒了杯水开口道："王律师，我当时真没想到会有这么严重的后果……"

王梓笑笑："不以善小而不为，不以恶小而为之，这个道理你应该懂。"

周航的表情僵硬了一下，但还是硬挺着露出笑脸："王律师，说到底，我们俩的感情问题只是私事，用不着这么大张旗鼓吧？"

王梓有些嘲讽地勾起嘴唇："感情问题确实是私事，但是你在网络上随意散布流言，泼乔乔一身脏水，害她遭受网络暴力，这就是犯法了。"

周航听闻此言，还负隅顽抗道："那帖子可不是我发的！"

"帖子确实不是你发的，但内容是你提供的，你不会天真地认为这样事情就和你没关系了吧？"王梓说完直接站起身，正了正领带道，"看来周先生并没有和解的诚意，那我就等着和您的律师再谈吧。"

这一句话让周航大惊失色："王律师……王律师请等一下……"手刚刚搭上王梓的衣袖，就看到王梓微微蹙眉，周航只得缩回手，尴尬地笑笑。

"还有什么事？"王梓抿了抿唇。

"王律师……我……"吞了口口水润了下干燥的嗓子，周航白着脸，赔着笑，开了口，"刚才是我想得不周到了，有什么事是需要我做的？"

三天后，学校贴吧里置顶的帖子变了，不再是乔乔的八卦，而是一个道歉帖，里面十分详细地说明之前八卦乔乔的帖子完全是无稽之谈，写帖子的楼主完全为了一己私利而向乔乔泼脏水，最后是向乔乔郑重地道歉。

乔乔一向不怎么关注这些子虚乌有的东西，之前真的生气了是因为扯上了徐云深，她怕间接影响到徐希，现在看到澄清帖也没觉得怎样，虽然气是顺了一些，但是就这么放过周航也太便宜他了。

乔乔都想到这一点了，徐云深又怎么可能想不到？于是，在徐云深的授意下，王梓给周航打了个电话，跟他表示道歉这个事，还是当面做更有诚意。于是当天下午乔乔就收到周航的短信，约她在学校门口见一面。

乔乔正愁火气没处撒，周航就自己撞上来，于是痛快地答应了见面。王菲也十分八卦地跟了过来，说要看看到底是怎么样的一个渣男。

结果远远看到了周航，王菲就被周航的颜值冲击得站不稳脚跟，而后开始对"衣冠禽兽"这个成语有了更清晰的认识。

"小乔，真是他吗？你不会误会了吧？"王菲忍了半天也没忍住，还是问出了口。

乔乔十分鄙夷地看了她一眼："看人不能光用眼睛，要用心！"

周航看到乔乔走了过来，立刻露出干巴巴的微笑："小乔。"

"停！"乔乔立刻做出一个"打住"的手势，笑笑，"周航，我

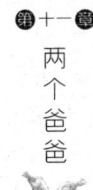

第十一章 两个爸爸

要是你，都不会有那个脸来见我，还自作多情地叫我一声小乔。"

周航的脸瞬间涨得通红："我……"

乔乔低头看了一眼手表："你和我现在不是能聊天的关系，有什么话就直说。"

"小……乔乔，对不起，其实我并不是想做伤害你的事……我真的很想跟你和好，但是我用了错误的方式……真的真的很对不起。"周航的表情很苦恼，似乎对做过的事真的很后悔。

"哦，说完了吗？"乔乔表情平淡，似乎没什么感觉。

周航咬了咬牙："要怎样你才能原谅我？"

乔乔顿了顿，突然向他迈近了一步。

周航的身子僵了一下。

虽然他比乔乔要高出半个头，但是此时此刻不知道为什么，在乔乔面前他突然抬不起头来，只能垂下脑袋，默不作声。

乔乔挺直了腰杆，直视周航躲闪的眼睛："周航，我们也认识好几年了，我觉得你应该了解我的性格。"

过了几秒钟周航才轻飘飘地"嗯"了一声。

"所以你真的觉得我会在意被孤立这种事情吗？"乔乔的嘴角一直挂着凉凉的笑意，"我现在就告诉你，我根本就不在乎，包括你现在跟我道歉，我也不在乎。"

周航的身子晃了一晃，勉强站稳，表情有些悲戚。

看到周航受到打击，乔乔话锋一转，"本来这些事我不打算计较的，但是你不该牵扯到不相干的人。"

周航一下子抬起头，死死地盯着乔乔："你……你是为了徐云深？"

"怎么？"乔乔眨了眨眼睛，"只许你整我，不许我整你了？我听说你实习单位挺好的，现在也不顺利了吧……我就是故意让律师把律师函送到你实习单位的,这就是我对你的警告,如果还有下一次,你再把一些有的没的扯到不相干的人身上……"

话说到这儿,乔乔突然犹豫了一下,继而低下头思考了几秒钟,突然一脸阳光灿烂地抬起头:"我都有点儿好奇了,不然你再试一次吧,我都想知道我还能做出点儿什么不理智的事情。"

周航都不知道自己是怎么离开原地的,满脑子都是乔乔用天真无邪的笑脸说的那句残酷无比的话。

用力伸了一个懒腰,乔乔回过头,去找藏在角落里偷窥的王菲:"走吧,吃点儿好吃的去,都饿了。"

"嗯……"王菲应了一声,一边走一边斜瞄着乔乔,"就这么放过他了?"

乔乔想了想,对王菲说道:"麻烦你跟王梓说一下,律师函撤回来吧,周航知道自己错了。"

王菲叹了口气,也不知道该说什么,只能拍了拍她的肩膀,以示安慰。

3

贴吧的事情终于得以解决,连王梓都放松了很多:"终于可以休息一下了。"

徐云深"嗯"了一声,却没接话。

看着他放空的眼神,王梓伸手在他眼前晃了晃:"没戴隐形眼镜吗?怎么感觉你心不在焉的。"

"戴了。"徐云深一直按着手中的自动笔,发出"吧嗒吧嗒"的声音,"虽然这件事解决了,但是我突然有了另外一件事。"

"什么事?"

第十一章 两个爸爸

"我哥说他要回来了。"徐云深的表情有点儿奇怪。

王梓定了几秒之后才开口:"徐云初师哥?"

"对啊,我就那一个哥哥,除了他还有谁?"

"啊……真是好久没听过这个名字了,我上次见到他的时候都是好几年前了,他……唉……"说了几句,王梓也说不下去了,继而转移了话题,"他怎么突然要回国了?"

"是我让他回来的……前几天徐希生病了,一直喊着爸爸妈妈,我听着太难受了……就给他打了个电话,希望他能回来看看徐希。"徐云深的表情有点儿烦躁,按着自动笔的速度都快了不少,"我也不知道我做的对不对,他可能很不想回来,而且我还有点儿担心,你知道的,自从嫂子过世后,他就……不太正常。"

"应该没事吧,都过去这么久了,但是师哥跟嫂子的感情……也不好说。"王梓的好心情也被徐云深的这几句话带走了,深深地叹了口气,"当初师哥可是我们政法大学的骄傲啊……只要他在,我们法学院的院长眼里就没看到过别人,等他研究生毕业了我才开始入我们院长的法眼……师哥在美国不是发展得挺不错吗?听说是最顶尖的律师事务所里的王牌啊,我们政法大学的骄傲是不会轻易被打垮的。"

"希望吧。"终于丢下手中饱受摧残的自动笔,徐云深靠在椅子上,"不知道徐希见到他后会是什么样,毕竟徐希的病还没痊愈。"

"别想那么多了,师哥哪天到?我跟你一起去接他。"

"后天。"

徐云初的航班很准时,徐云深和王梓没等多久就看到徐云初远远走来。

看到徐云初后,王梓偷偷对着徐云深一阵唏嘘:"师哥怎么一点儿变化都没有啊,光看这样子谁能想到他有徐希那么大的儿子啊!师哥多大来着?我记得比你大五六岁吧……"

"嗯,比我大六岁。"徐云深轻轻地回答了一句,眯着眼睛看向冲他们沉稳走来的徐云初。

基因真是强大的东西,只是看着徐云初,他就知道未来的自己会是什么样子。

徐云初笔直地走到王梓面前,轻微地勾了勾嘴唇,伸手拍了拍他的肩:"好久不见,你长大了不少。"

王梓笑道:"这么多年师哥也不见老,让我们这当师弟的压力很大啊。"

徐云初笑笑,看向徐云深:"云深,这么多年辛苦你了,小希他还好吧?"

"挺好的。"徐云深看了看徐云初的周围,不动声色地问了句,"哥,你打算住多久?"

"这次啊,不回去了。"徐云初淡淡地回答。

这次不等徐云深说话,王梓先激动地开口:"不回去好啊!来我们事务所啊师哥!只要你来了,我们事务所的水平肯定提高一大截啊!"

徐云初弯了弯唇:"再说吧。"继而率先迈开了腿,"走吧,我去看看小希。"

"师哥你再考虑考虑呗,我们事务所虽然不是全国顶尖,但是也能排得上名次的……"

看着已经离开的两个人,徐云深微微皱了皱眉——不走了?那怎么一件行李都没有……

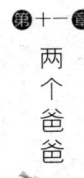

糟糕，是心动的感觉①

乔乔见到徐云初的时候大吃一惊。

怪不得她之前从来都没怀疑过徐希和徐云深的关系，光看长相就知道肯定有血缘关系。但是徐云深和徐云初虽然是亲兄弟，但毕竟不是双胞胎啊，相像也要有个限度吧！

不过徐云初的气质，要比徐云深冷得多，整个人站在那里就像被寒霜打了一层马赛克一样，脸上很明显地写着"生人勿近"。

相比之下，还算温和的徐云深就令人舒服多了……

徐云深也没想到能在徐希的校门口看到乔乔，愣了一下才问："你怎么来了？"

"啊……徐希生病后我一直没再去看过他，我那些事总算忙完了，就来看看……"乔乔回答。

听到徐希的名字，徐云初的眼皮才挑了一下："这位是……"

"她是我之前的房东，叫乔乔，我和徐希之前租的房子就是她的。"徐云深简单地介绍了一下乔乔，便开始给乔乔介绍徐云初，"乔乔，这是我哥，徐云初，徐希的父亲。"

乔乔一脸的震惊，虽然她猜测过徐希可能不是徐云深的孩子，但是突然得知真相，她还是有些"消化不良"。况且徐希还一直管他叫爸爸，看来是两个人一起欺骗她了……

整理着脑中乱七八糟的想法，乔乔对着徐云初打招呼："您好，我叫乔乔。"

徐云初只是象征性地点点头，随后便移开了视线。

冷淡的反应让乔乔着实有些尴尬。

徐云深倒是反应很快，赶紧转移话题："你等了多久啊？冷不冷？"

乔乔回道："别提了，我看错了时间，整整提前了一个小时，刚刚还下了雨，有点儿凉。"

看到徐云深的反应，徐云初才又重新看向乔乔，上下打量了她一下，又看了一眼徐云深看她的眼神，才向她走近了两步，主动伸出手："你好，我叫徐云初，这段时间辛苦你照顾云深和小希了。"

乔乔简单地和对方握了握手笑道："好说好说。"

几个人又随便说了几句话，学校就放学了，徐希出了校门就看到了乔乔，立刻抿嘴矜持地笑了下，和老师同学们说完再见后才飞奔过来跳到她怀里："小阿姨你是不是想我了才来接我的？"

乔乔心里欢喜，却觉得有点儿尴尬——他那假爹和正牌爹都在旁边站着呢，他这直接飞到自己身上……

不等乔乔回话，一双骨骼匀称的手伸了过来，轻轻地放在徐希小小的肩膀上，将他的身体掉转了个方向……

徐希顺着那双手看过去，随后便呆住了。

呆了好一会儿，视线转向一旁的徐云深，看到徐云深点头之后，才怯生生地开口："是爸爸吗？"

这一句话说出来，乔乔都觉得一阵心酸。

连爸爸都不敢确认，这是有多久没见了？

徐云初依旧站得笔直，垂着睫毛看了徐希半晌，才蹲下身，伸手慢慢地从他的头顶摸了下去。

额头，眉毛，眼睛，鼻尖。

然后是他小小的嘴唇。徐云初的视线和手指在上面流连了很久。

从徐家兄弟俩的外貌上看，乔乔依旧坚持当初的想法。

徐希的嘴，长得像妈妈。

徐云初看了好一会儿，才缓缓地张开了嘴，说道："爸爸回来了，以后，跟爸爸一起生活吧。"

开场第一句就说这个？父子情深呢！

第十一章 两个爸爸

乔乔和徐云深对视了一眼,乔乔立刻拉了一下徐云深的衣服,徐云深会意,忙开口:"哥,先不急,你刚回国什么都不清楚,况且你连个住处都没有……"

徐云初抬头,平静地开口:"你哥我的收入就算希尔顿的总统套房也是可以住个一年半载。"而后便不再看他,继续跟徐希说道,"你想跟爸爸在一起吗?"

徐希的眼睛闪了闪,说:"爸爸你还会不要我吗?"

"不会,"徐云初一下又一下地顺着徐希的头发,"这次爸爸绝对不会抛弃你。"

徐希立刻就红了眼眶,回过头去拉徐云深的袖子:"爸……不是,叔叔,我可以跟爸爸生活吗?"

"嗯……可以是可以……"乔乔还在他身后一个劲儿地捏着他的胳膊,徐云深只能捏住乔乔的手,思考着解决的办法,"但是你有很多东西都在我那儿,不如这周先跟我住,周末收拾好东西再送你过去?"

徐希微微噘了下嘴,但是看到徐云深身后的乔乔,便又点点头:"好。"

将徐希推到乔乔身边让他俩玩一会儿,徐云深走到徐云初身边开口:"哥,你跟我来一下。"

两个人走到距离徐希十几米处,徐云深犹豫了一下还是把话说出了口:"我知道我不该说这个事,但是为了徐希我必须得说。"

"什么?"

"你最近的精神状态如何?有看过医生吗?"

徐云初眨了一下眼睛才平静地开口:"挺好的。"

"我问你有看过医生吗?"徐云深坚持问道。

"云深，不管怎么说，徐希是我儿子，你不能因为替我照顾了他几年就把他归到你自己的所有物里。"徐云初冷淡地开口。

徐云深听到这两句话后，咬了咬牙："哥，徐希不是任何人的所有物。我只是为了他的安全着想……"深深地吸了一口气，徐云深冷静地开口："你想带走徐希也可以，但你必须得跟我去做检查，证实你确实没问题我才能让你带走徐希。"

听到这儿，徐云初的脸色瞬间就阴了，眉眼间一丝烦躁一闪而过，但最后还是僵硬地点点头："可以。"

"那好，今天先这样，哥你想住哪儿？我先把你送过去，这几天我给徐希收拾一下东西，你也别太心急。"

"不用你送，我拦个出租车就走了。"淡淡地看了一眼徐希，徐云初收回目光，"你说要检查，那明天就去吧，抓紧时间。"说完，他没再打招呼，径自走了。

望着他离开的方向，徐云深面色凝重。

4

徐云深主张让徐云初休息几天，把时差倒过来再检查也不迟，但是徐云初不听，第二天早早地就打了徐云深的电话说要去医院。

"哥，休息不好会影响检查结果的。"徐云深苦口婆心。

"我本来就没什么问题，早早地检查完我好带走徐希。"不给徐云深拒绝的机会，徐云初直接挂断了电话。

徐云深没有办法，只能按着徐云初给的地址去接了他，将他送到医院里去。

随后就是一系列的检查。

虽然徐云深自己就是心理医生，但是他怕自己的检查结果不能让

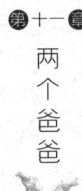

第十一章 两个爸爸

哥哥信服,所以另外找了同事诊断。

同事们听说这才是徐希的亲生父亲都很惊讶,毕竟徐云深从进了医院起大家就都知道他有个儿子,他也经常以这个为推托,拒绝无数次聚会。

结果,徐希竟然不是他的儿子。

惊讶归惊讶,该做的事还是得做的。

在徐云初做心理咨询的时候,跟徐云深关系要好的陈医生站在门外,一边看着徐云初一边开口:"云深,你这是做无用功。"

"什么无用功?"徐云深反问。

陈医生笑了下:"我就看了他一眼就知道他有躁狂症,我就不信你看不出来。"

徐云深抿了抿嘴唇,没说话。

"别抱着'万一'这种心态哈!他就是躁狂症,不过能感觉到自控能力挺强的,看不出严不严重。但是……"陈医生话锋一转,"躁狂症经不起任何刺激,你应该知道。"

徐云深的眉头锁得死紧,双手环胸,看着房间内平静地回答问题的徐云初,好一会儿才开口:"我也知道他有问题,可是徐希生病了,从那次之后断断续续地就没好,我毕竟不是他的亲生父亲,他那么想我哥,我还是想让他回到自己父亲身边。"

"你可别害了他啊!我跟你说啊,云深,你一定要相信检查结果,等结果出来后好好劝劝你哥,他那种情况不适合带孩子,知道吗?"陈医生说道。

重重地呼出一口气,徐云深开口:"我等检查结果。"

又拍了拍徐云深的肩膀,陈医生没再说什么,离开了。

徐云初十分认真地做了检查之后,很快就出了结果。

复发性躁狂症。

看着安静地坐在椅子上的徐云初，徐云深觉得脑袋里一阵刺痛。

将诊断书收到自己包里，徐云深走出去坐到徐云初身边，一直没说话。

徐云初也很配合地没出声。

徐云深自我安慰——躁狂症患者没有这么安静的，他可能是要痊愈了。

想到这儿，他的心情就轻松了不少，转过头去看徐云初——结果发现他的手指正死死地抓着自己的西装外套，左腿不停地抖着，嘴唇一张一合，仿佛想说什么，自己又在极力遏制。

一瞬间，徐云深的心跌落谷底。

徐云初用力地捏着自己的手半天才停下不停抖动的腿，而后开口："我什么时候能接走徐希？"

"哥，"徐云深下定了决心才说道，"徐希，还是我帮你照顾吧。"

徐云初立刻就从椅子上站了起来，怒视着徐云深，音调都拔高了一度："你算什么东西？敢跟我抢儿子！"

徐云深愣了一下，尽管心下有些不爽，但念着徐云初是个病人，并没跟他计较："我并不是跟你抢徐希，而是你现在的状况根本不适合带孩子，徐希这么多年跟我生活已经习惯了，你可以每天来看他，但是让我照顾他，这也算是为了徐希好。"

徐云初完全没有预兆地暴怒起来，一脚踹到徐云深坐着的椅子上，紧接着一个转身就向徐云深踢了过去。

徐云深立刻伸出胳膊挡了一下。

路过的医生们吓了一跳，赶紧都跑过来架住了徐云初。

"徐先生你冷静点儿。"

第十一章 两个爸爸

"快快！拿镇定剂过来！"

徐云深只是被重重地踢了一下胳膊，而后就被陈医生拉到一边去。

陈医生一边指挥其他人把徐云初带到病房里，一边把徐云深带回自己的办公室："你胳膊没事吧？那一下可不轻……"

徐云深只觉得整条手臂发麻，揉了好一会儿还是没什么知觉。

不过手臂不是最关键的，最关键的是徐云初。

他这个样子，真是不能把徐希交给他。

稍微休息一下，徐云深还是很担心徐云初，收拾了一下就去了徐云初所在的病房。

里面只有一个医生，宋主任。

宋主任在心理科的资历是最老的，虽然他获得主任医师的那篇论文基本是徐云深写的。

看到徐云深之后，宋主任拍了拍自己的啤酒肚，笑眯眯开口："哟，徐医生，好久不见。"

徐云深礼貌地点点头："我哥怎么样了？"

"哦，挺好的，睡着了。"宋主任说着话，就把手背到了身后，"既然你说到徐先生了，我也想跟你说说他。"

"怎么了？"

"是这样的，我发现徐先生吧，虽然确实是躁狂症，但是症状并不严重……"

徐云深诧异地挑起一边眉毛："这还叫不严重？"

"唉……这是因为他非常想自己的儿子，而你又不给他，他才生气的，一个正常的父亲接不回自己的儿子怎么会不生气？正常人都会反抗，更何况他还有一点儿问题。"宋主任慢条斯理地说道，"我觉得吧，还是让这位徐先生把孩子接回去吧，他这躁狂症跟始终见不到孩子也有关系的。"

徐云深有些无语:"宋主任……你是不是在逗我啊?几年前他生病就是我在照顾他,他的暴力倾向我太清楚了,我是个成人尚且如此,徐希还是个孩子,万一他犯病,伤了徐希怎么办?"

"年轻人啊,还是没见过奇迹的。"宋主任拍着徐云深的肩,"你以前没听过吗?科技诊断出的植物人,最后被亲人唤醒了。有时候吧,是感情出奇迹,跟科技无关的。"

徐云深抿了下嘴唇,没有接话。

"而且刚刚我跟徐先生聊了下,他是真的很想念自己的儿子,真的很想跟儿子在一起生活。他的性格你应该也知道,他能控制住自己的情绪,如果你让他照看儿子,没准对他的病会有好的推动。"宋主任态度诚恳地说道。

徐云深不知道此时此刻平静睡去的徐云初是否是因为镇定剂的作用,跟刚刚连眼睛都变得血红的样子完全判若两人,温和而安静。

其实,在嫂子秦乐颜没出事之前,徐云初不是现在这样的,他们兄弟两个,相比之下,徐云初才是更温和的那一个。

秦乐颜是他们家的邻居,比徐云初小一岁,他们从小一起长大。相比于出类拔萃的徐云初,秦乐颜只能算是中等偏上,还偏得不多,巴掌大的脸并没有很精致,还有几颗不算很明显的雀斑,而且特别贪吃,在徐云深的印象里,这个小姐姐那张小小的嘴里几乎就没有空着的时候。

秦乐颜除了爱笑以外,徐云深真不觉得她有什么特质能吸引徐云初。

起初他一直以为他这个从小优秀到大的哥哥在初中的时候暗恋秦乐颜是因为没见过世面,不知道外面还有多少好看的小女生。可是他

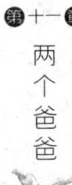

第十一章 两个爸爸

糟糕，是心动的感觉①

就这样看着没见过世面的徐云初，一路帮着秦乐颜考上了跟他在同一个城市的大学，然后表白，然后终于把秦乐颜追到了手。

再然后，感情稳定，顺顺利利，徐云初为了并不出众的秦乐颜拒绝了无数个条件更好的女孩，研究生毕业后结婚，生了徐希。

秦乐颜活生生地被徐云初宠成了小公主，哪怕生了徐希，徐云初对她的宠爱也没有少一分，哪怕自己的头发被一时兴起的秦乐颜剪得像狗啃的一样，也只是笑笑，告诉她下次等他头发长了再让她来剪。

对于徐希，徐云初则更是宠到没话说，徐云深还曾告诫过他，如果把徐希宠成一个熊孩子，他这当叔叔的就该出来管管了。

一切的一切，徐云初只是包容地笑笑，毫不介意，认真地工作，照顾着自己的妻子和孩子。

原本徐云深以为徐云初会这么幸福地过一辈子，然而在徐希三岁那年，发生了变故。

生下徐希之后过了一年，秦乐颜再次怀孕，虽然徐云初心疼她分娩的痛苦不想要这个孩子，秦乐颜却非常开心，她觉得徐希太孤单了，有第二个宝宝陪陪他也是好的，她连名字都想好了，如果是个男孩，就叫徐望；如果是女孩，就叫徐琦。

希望和稀奇嘛！哈哈！

然而徐云初和秦乐颜怎么都没想到，这第二个孩子，竟然会变成他们人生的催命符。

秦乐颜在生产时大出血，最终死在手术台上，孩子也没保住。

仍然是个男孩。

徐云深记得很清楚，知道这个消息的时候，徐云初比任何人都平静，一滴眼泪都没有掉，像是很快就接受了这个事实一样，随后就是马不停蹄地准备秦乐颜的葬礼。

哪怕是在葬礼当天，徐云初抱着秦乐颜的骨灰盒依旧神态平静，同每一位道别的亲友们礼貌地寒暄，甚至告诉对方节哀顺变。

然而，在徐云深替他送走最后一个亲友回到灵堂时，发现徐云初抱着秦乐颜的骨灰盒躺在地上，昏迷不醒。

那几天他没少吃过一顿饭，也在正常的时间休息，医生检查了半天也没发现他的身体机能出现任何问题，到最后给出的结论是心理压力太大导致的，休息休息就好了。

徐云初在医院里睡了整整两天才醒过来，徐云深一直在医院守着徐云初，也见证了徐云初睁眼的那一瞬间眼睛里的绝望和心如死灰。但是只有那一瞬间，而后就恢复了正常。

然而，徐云深知道，徐云初变了，完全不是以前那个徐云初了。

某日徐云初突然跟他说因为工作调动，他需要去美国，徐希就拜托他来照顾了，而后也没什么交代，就出了国。而他去徐云初家接徐希的时候发现，年仅三岁的徐希整个人蜷缩在衣柜里不敢出来，而家里所有的玻璃器皿，无一幸存，全部摔碎在地上。

唯一完好的，应该就是挂在墙上的，徐云初和秦乐颜的结婚照。

秦乐颜笑靥如花。

"你放心，我工作这么多年，能看出来徐先生没什么大碍。"宋主任看到徐云深没有说话，便下了最后一剂猛药，"我听说徐希一直在生病，应该也是想念自己的父亲了……"

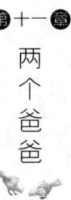

第十一章

两个爸爸

第十二章 你一定要 好好的

1

　　最后，徐云深还是把徐希送回了徐云初的身边，晚上一个人回家的时候心情难以言喻地低落，毕竟徐希以儿子的身份和他一起生活了三年，突然走了真是控制不住地难过。连饭都不想吃了。

　　在安静的客厅里坐了很久，敲门声突然响起。

　　是乔乔。

　　乔乔先是探头向黑漆漆的房间里看了一圈，确定徐希确实已经不在了，才很遗憾地叹了口气，而后抬起头看向徐云深："现在有时间了吧，是不是该给我讲讲到底是怎么一回事？嗯？徐希的爸爸？"

　　最后一个称呼明显刺激到了徐云深，他顿了顿，才打开了客厅的灯："进来吧。"

　　乔乔从没听过徐云深说这么多的话，她也不敢打扰他，任由他说着，直到说不下去为止。

　　从怀疑徐云深和徐希的关系，到现在知道了两个人的关系，没用很长时间。虽然刚开始知道这个消息她挺惊讶的，但同时也觉得徐云深完全不应该瞒着自己，惊讶过后就开始有一点儿不开心。

　　看着徐云深低落的样子，乔乔想了想，突然狠狠地拍了一下徐云深的胳膊："唉！就因为你骗我的这件事，我气得现在都没吃饭，你没什么表示吗？"

　　徐云深被拍得嘴角一抽，顿了顿才挽起衣袖："想吃什么？我给你做。"

　　乔乔刚准备报菜名，结果眼尖地扫到了徐云深缠着白纱布的手。

　　"你胳膊怎么了？"

　　"哦，没什么，受了点儿伤。"徐云深没做过多的解释，而是放下了衬衫的袖子，又问了一遍，"想吃什么？"

刚刚是没注意,现在知道他胳膊上缠了纱布,真是怎么想怎么不舒服。稍微思考了下,乔乔一笑:"徐医生这么有钱,请我吃顿大餐呗……"

随后,熟悉的庭院,熟悉的服务生,熟悉的凤凰楼,熟悉的玫瑰包房。徐云深眼睁睁地看着乔乔点了一大堆东西,然后每样吃了一口,就放下了筷子。

乔乔微微一笑:"买单吧。"

徐云深:"好……"

原来她这么记仇啊!他上次在凤凰楼放她鸽子的事居然还记得……连菜都点的一样不差。

心满意足地出了凤凰楼,乔乔伸了个懒腰,满足地眯着眼睛道:"别太伤心,徐希只是回到自己的父亲身边而已,又不是以后都见不到了。"

徐云深点点头,可是情绪还是高涨不起来。

乔乔抿了抿嘴唇,思考了一下,突然几步走到徐云深面前,对着他张开了双臂,给了徐云深一个大大的拥抱。

徐云深愣住。

乔乔一边胡乱拍着徐云深的背,一边忍着脸红解释道:"之前学心理学的时候看过,拥抱和触摸有利于心理健康……你也别太难过了,有时间我陪你一起去看徐希。"

徐云深被呛了一下,轻咳一声后才慢慢地伸手抱住了乔乔,好一会儿,才"嗯"了一声。

就这么过了几天,晚上在宿舍原本睡得特别香的乔乔突然一个激灵猛地惊醒,有些摸不到头脑地看了看四周睡得死死的室友,继而把被子拉到脖子下准备重新睡。

初冬,是要下雪了吗?怎么感觉这么冷……

隔天,乔乔就感冒了,而且来势汹汹,早上只是觉得嗓子有些干,到下午的时候已经鼻涕一把泪一把了。

又揩了一把鼻涕,乔乔满是鼻音地对王菲开口:"真是见鬼了,八百年不感冒一次的我居然……我好像有点儿发烧了。"

又吸了下鼻子,乔乔认命地缩成一团:"我还是回家吧,你也离我远一点儿,别把你传染了,反正明天上午没课,我休息休息下午再来。"

王菲不放心:"还是我跟你回去吧,你一个人不行。"

"得了吧,我体质好,好得快,万一把你传染上了就不好了。"王菲还想说什么,乔乔已经拿出一件外套套在身上,转身出了宿舍。

出了宿舍吹了一下风,乔乔觉得混沌的大脑似乎清醒了点儿,走出校门后犹豫了一下,决定走回家,有个二十分钟应该走到了。

走着走着,打了个大大的喷嚏之后,乔乔似乎才想起来看一下自己到哪儿了。四周望了望,乔乔愣住了。

是徐希的学校。

吸了吸鼻子,乔乔看了一眼时间——哦,还有十多分钟徐希就放学了。自己能在浑浑噩噩的时候走到这里,可能说明自己是真的想他了。反正自己穿得多,乔乔紧了紧衣服,便安心地等着徐希放学,准备给他一个惊喜。

在原地站了没几分钟,一个熟悉的身影也出现在校门口。似是感受到乔乔的视线,那人转过头冷淡地看了她一眼又扭过头去,乔乔的心渐渐平静下来。

不是徐云深,是徐云初。

忽略心里的那份遗憾,乔乔深吸一口气走了过去,都是要见徐希的，还是打个招呼吧。

"徐先生。"

徐云初连动都没动一下。

乔乔有些尴尬，揉了揉鼻尖，从徐云初的身边走到他的面前，尽自己最大努力露出一副灿烂的笑容："徐先生你好，记得我吗？"

徐云初施舍一样将眼睛向下转了一下，轻飘飘地看了她一眼就重新抬起眼睛："不记得。"

我就知道你不记得。

乔乔努力微笑："我叫乔乔，是徐云深的朋友，之前接徐希的时候我们见过。"

听到徐希的名字，徐云初才又把视线挪了下去："有事？"

这徐云初真是冷场王啊，这话让她怎么接？

乔乔僵笑了一下："没事，就是好久没看到徐希了，有点儿想他，今天正好路过，就想看看他……"

徐云初没接话，转过视线看向校门口。

乔乔也没自讨没趣，也跟着他一起看向校门口。

很快，一群欢快的小孩子就从教学楼里奔了出来，乔乔立刻不受控制地迎了上去，老远就看到徐希。

顷刻间乔乔就觉得自己病好了，像个神经病一样对徐希疯狂地摆动着手："徐希！徐希！"徐希听到声音，立刻抬起头来，看到乔乔后露出了一个略微羞涩的笑容，不过笑容并没有扩大，很快便收了起来，并低下了头。

乔乔只当他是害羞，脚不沾地地等着徐云初把徐希接出来，欢呼一声就扑过来："我的小帅哥，我可想死你了！你想我吗？"不过她只是把话说出了口，却没抱上去，毕竟自己感冒着呢，别把小孩子传

染了。

徐希抬头看了她一眼,没说话,整个人往徐云初身后缩。

乔乔摸了摸鼻尖,赔着笑:"徐希,是我呀,小阿姨呀!这才几天不见,你就不记得我了吗?小阿姨好伤心啊!"

徐希听后立刻抬起头来,看起来似乎想说些什么,可是目光一对上一旁的徐云初之后,便又重新低下了头。

乔乔完全没看懂这是怎么一回事。

凭徐希对她的感情,不可能在看到她之后做出这样一副表情。

乔乔瞄了一眼一旁一言不发的徐云初,又看了下看着脚尖不肯抬头的徐希,突然哼了一声:"我这生着病还想着来看看小徐希,没想到人家根本都不想我,不想就不想吧,以后我也不想你了!"说完,转身就走。

这一下徐希是真急了,直接甩开徐云初的手追上来:"小阿姨!"

乔乔抿了下唇,面无表情地回过头:"干什么?"

看到乔乔回了头,徐希的表情看起来松了一口气,却刹住向前冲的脚步,停在了原地:"我……我很想你。"

乔乔依旧板着脸,却张开了双手,准备要一个抱抱。

徐希咬了咬牙,向后退了一步,重新回到徐云初的身边,像是没看到她的动作一样,重新低下头。

乔乔眉头一皱。

这次,一直像木桩一样戳在原地的徐云初终于开了口:"陈小姐。"

"我姓乔,不姓陈。"

"乔小姐,"徐云初面不改色地继续说道,"如果没什么事,我就带我儿子回家了。"

"我还有事,"乔乔走到徐云初面前,"我想跟他说几句话。"

徐云初没有拒绝，便把徐希从身后扯了出来。

真的是扯，直接拎着他的书包背带把他拉了出来。

乔乔忍不住皱眉："你……"

徐云初松开手："说吧。"

"我要单独跟他说。"

徐云初又一次拉住了徐希的书包带："不可以，我不能让我儿子跟我不相信的人在一起。"

乔乔深吸一口气，努力压抑住内心的怒火。

看着徐希低着头一声不吭的模样，乔乔转身离开。

总能单独见到徐希，不急于一时。

2

之后乔乔只要有时间，就会杀到徐希的学校里找徐希，不过多数情况下时间点都不好，一般都是在上课，乔乔不死心，又连续过来好几天，终于遇到了一个合适的机会。

徐希此时正在上体育课，等到他们自由活动的时候，乔乔忍不住恳求看门大爷："大爷，我不进去，能不能麻烦你把徐希叫来，我只是想跟他说几句话，隔着大门的，您就在旁边看着，不会有事的，行吗？"

大爷没出声，但是看到乔乔来了这么多天，内心忍不住有些松动，她这要求也不算过分。

乔乔感觉差不多了，立刻双手合十，可怜巴巴地望着看门大爷："求您了……"

大爷咳嗽了一声，依旧板着脸："好吧，不过就十分钟，多一分钟都不行！"

乔乔赶紧接话:"放心,一秒都不会多的!"

"等着!"说完,看门大爷就弓着身子,向那群小孩子走去。

很快,乔乔就看到徐希跟着看门大爷走了过来。还是低着头。

乔乔不知道原因,只是觉得心痛不已,隔着电动门对着徐希伸出手。徐希默不作声,迟疑了一下,最后还是把小手放到乔乔的手中。摸着徐希的手,乔乔才松了口气,笑着开口:"我给你带了王菲阿姨拿的蛋挞,想吃吗?"

徐希立刻舔了一下嘴唇,不过还是摇了摇头。

乔乔很是不解——现在徐云初又不在,他这么怕她做什么?

想了想,乔乔将另一只手也伸过去,想摸摸徐希的头。结果徐希立刻从她手中抽回手,扭过头躲开自己头顶的手。

乔乔刚想开口,结果视线突然落在因为徐希的动作而露出的脖子上,整个人都僵住了。

一道红痕,看着并不像磕到,而像……指印!

手指捏出的红印。

这个认知让乔乔惊出一身冷汗。她不敢相信,觉得没准是自己眼花了,只能再次对着徐希伸出手:"我不摸你头了,再摸摸手好吗?"

徐希犹豫了一下,似乎没受得住乔乔那双手的引诱,又一次把手放了上去。

乔乔又倒吸一口凉气。

在徐希伸手的一瞬间,袖子向上蹿了一点儿,露出一小截前臂,以及……前臂上被锐器划出的伤口。那伤口不重,像是被锐器轻轻划过留下的,已经结痂了。

乔乔有一堆问题想要问,可是看着徐希的样子,她又实在问不出口,只能把蛋挞交给他,魂不守舍地离开了。

为什么会这样……他究竟遭受了什么……那个徐云初……

乔乔越想越害怕，后来已经控制不住自己的脑洞了，赶紧狠狠地拍了拍脸颊，让自己冷静一下。

捂着脸闭着眼，乔乔强迫自己把大脑放空一分钟，而后才拿出手机，迅速拨通了徐云深的电话。

电话很快被接起，里面传来徐云深磁性的嗓音："喂？"

乔乔没心思寒暄，直接地问道："你最近有没有去看徐希？"

"这么突然给我打电话我还以为你想我了，原来是因为徐希。"徐云深捏了捏鼻梁。

"我现在没心情跟你开玩笑，"乔乔皱了下眉，"我前几天看到徐希了，跟徐云初在一起，精神状态不太对，今天我特意去他学校里找他，结果，我从他身上看到了伤！"

徐云深瞬间就从椅子上站了起来，但是很快，他就强迫自己不要胡思乱想，重新坐回椅子上："徐希那个年纪正是活泼好动的时候，受伤很正常，你别大惊小怪的。"

"我说的不是那种伤，我……"乔乔话说了一半，手机里就传来低电量的提示，只是把手机从耳边拿走看一眼的工夫，手机就自动关机了。

乔乔咬了咬牙，算了下时间，估计现在回家给手机充电要比赶到徐云深的医院时间要短，立刻起身回家。

徐云深也只是听了乔乔说了一半手机就挂断了，再给她拨回去就不通了。正在考虑要不要现在去找乔乔，办公室的门被推开了。

抬头看去，是外科的一个医生朋友。

徐云深赶紧起身："哟……什么风把你吹来了？"

外科医生笑笑："我不是来跟你闲聊的，是觉得有个事得跟你说

第十二章 你一定要好好的

一下。"

"什么事?"

"你有个哥哥吧?"

"对啊,你怎么知道?"徐云深诧异道。

"跟你长得那么像,除了一母同胞,我真想不到还有什么基因能那么强大。"外科医生拍了拍他的肩,"其实也不是什么大事,他今天到我那挂号了,受了刀伤。"

"刀伤?"徐云深眉毛拧成一团,"严重吗?他没跟我说啊。"

"倒不是很严重,皮肉伤,没伤到筋骨,简单包扎一下就完事了。"外科医生揉了揉脖子,"我问他是怎么搞的,他说是做饭的时候不小心割到了,没多说。但是吧……你知道的,我就是干这行的,他那个刀伤,绝不是自己能割出来的。毕竟,谁做饭能往自己的小臂肌腱处割啊!"

之后那外科医生又说了什么徐云深都没听进去,耳朵里嗡嗡作响,脑子里突然就响起刚刚乔乔说的话。

先不考虑徐希的伤,单说徐云初。

徐云初当年确实疼秦乐颜,但是秦乐颜一直坚持"君子远庖厨",是绝对不会让徐云初进厨房的,她最大的限度是能接受徐云初去洗个水果,做饭?绝对不可能。

因为知道秦乐颜的坚持,徐云初一般情况下都不会进厨房。

所以,那么听秦乐颜话的徐云初,又怎么会去做饭?

徐云深觉得心慌得厉害,理智一直在告诉他一定发生了什么事,可是情感又在告诉他应该选择相信徐云初,毕竟徐希是他的儿子……

徐云深混乱地在办公室不停地走来走去,最后被电话铃声钉住了脚步。是乔乔。

乔乔好像是刚剧烈运动完,说话都是大喘气:"终于……终于充电了,我……我跟你说……"

"你先别说,"徐云深的脑子里乱成一团,怕乔乔说太多会影响他的思路,便先把刚刚从那个外科医生口中听到的话跟乔乔说了。

乔乔一瞬间鸡皮疙瘩都起来了,对着手机大声吼道:"徐云深你就是个王八蛋!明知道徐云初有病还把徐希交给他!徐希出事了我不会放过你的!我不管你怎么想的,我现在就要去把徐希接回来!"

而后,徐云深再次被挂断了电话。

徐云深觉得头痛得厉害,想着徐希被乔乔接走应该就没什么事了,他现在还是应该先把徐云初的病症了解透彻了,找到他绝对不适合带孩子的证据,再想一种能被徐云初接受的方式把徐希接走,不然就算这次徐希被乔乔带走了,她还是需要把徐希送回到徐云初身边。

当初给徐云初诊断的是宋主任,问他应该最靠谱。

结果宋主任不在办公室,只有一个实习生在替宋主任整理桌面。

徐云深一脸疑惑——宋主任今天应该上班啊……怎么会不在?

实习生似乎看出了徐云深的疑惑,便主动回答了:"宋主任今天修车去了。"

"修车?"徐云深有些无语,"他那辆转了三手的破车还有修的必要吗?"

"没有啊,宋主任换新车了,丰田5700,好像是昨天被剐蹭了一下。"实习生解释道。

以宋主任的收入和他家太太的严厉程度,他应该买不起一辆一百多万的车吧……

不过徐云深也没过问太多,毕竟是人家的私事,转而去找其他人,想看看徐云初的详细病历。

第十二章 你一定要好好的

这边乔乔已经赶到了徐希的学校,抓心挠肝地在门外等了半天,结果先等到了来接徐希的徐云初。

现在徐云初在乔乔心里已经被定位成一个人面兽心的变态,于是乔乔也没跟他打招呼,翻了个白眼继续等徐希。

不过站了一会儿,乔乔突然想到,想在徐云初面前带走徐希,貌似也不太可能,还不如跟他套套近乎,看有什么办法。

于是,乔乔只能忍受着心中的厌烦,强行带着笑向徐云初走去。

"徐先生。"

徐云初眼神淡漠地看着校门,意料之中地没反应。

为了徐希,她忍了。为了能引起徐云初的注意,乔乔只能在他身边有一句没一句说着,只想猜测一下他对什么感兴趣。

"徐希真的很听话呢,我和他接触了几次他都很乖很懂事……"

很好,现在跟他提徐希他都没反应了。

乔乔一边说,心里一边想着到底什么事能是他感兴趣的。

"上次我和徐云深带他去了游乐场,他累坏了,回家的时候徐云深说要背他,他还说徐云深也很累,很快就能回家了,真听话啊……他还说他特别喜欢游乐场,小时候妈妈带他去过一次,可是他太小了,只是有一点点的印象,里面有什么不记得了,只记得他玩得很开心……"

徐云初终于有反应了,像是放慢的镜头一样慢慢地向着乔乔转过头:"他说乐颜带他去游乐场?"

"是啊!他说跟妈妈在里面玩得很开心呢!"乔乔顺嘴开始胡编乱造,她相信徐云初不一定会清楚那对母子每天都在做什么,"徐希经常跟我说起,他说那次去游乐场是他能想起来的跟妈妈在一起最开心的事情,如果有机会,他还想去。"

"是吗?"徐云初的眼神有些迷离,"我是应该,让他高兴一下。"

乔乔一听,立刻毛遂自荐:"我可以陪他呀!让我一起去吧!"

"不麻烦你了,我带他去就可以。"正说着,校门慢慢打开了,放学了。

乔乔这时候有点儿急了——那怎么行?她提游乐场的事就是想让徐云初允许她跟在徐希身边啊!

捏了捏手指,乔乔赶紧跟上去:"那个……徐先生你可能不太了解,徐希只有在提到他母亲的时候才会神采飞扬,你……你应该能感觉到其实他很怕你的,既然你是想让他高兴,我觉得还是应该有个能让他感受到母亲温度的人在……"

徐云初向前的步伐顿了一下,似乎在思考,直到远远地能看到徐希之后,徐云初突然笑了下,像是自言自语一般开口:"行,多一个就多一个吧……"

徐希依旧没有变回在徐云深身边时的那副样子,整个人看起来无精打采的。乔乔心疼得不行,生怕徐云初会后悔,先迎了上去,笑意盈盈地开口:"今天我给你带来一个惊喜。"

徐希张了张嘴,却什么都没问。

乔乔微微皱眉,但还是微笑着开口:"你爸爸说,今天你可以跟小阿姨一起去游乐场哟!"

徐希瞬间瞪圆了眼睛:"游乐场?"

"是呀!开心吗?"

徐希的小嘴抖了抖,终于问了一句话:"是就你跟我吗?"眼神中带着小小的期待。

乔乔的笑容有点儿尴尬:"还有爸爸。"

果然,徐希的表情中带着一丝失望,但很快就不死心地又问了一

第十二章 你一定要好好的

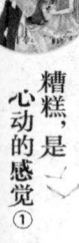

句:"有小叔叔吗?"

"呃……"乔乔想摸手机,结果想起来手机没电了已经丢在家里,只能开口,"你可以让爸爸给小叔叔打电话。"

徐希的眉眼间闪过一丝霾色,轻轻地摇了摇头:"不能在爸爸面前提小叔叔,他会生气的。"说到"生气"两个字,徐希瑟缩了一下,紧紧地握了一下书包带。

看到徐希这个样子,乔乔更是下定决心一定要带走他。

牵起徐希的手,乔乔转过身对着徐云初笑眯眯地开口:"走吧。"

3

宋主任一直都没回来,徐云深拿回徐云初的病历研究了许久,又和几个熟识的同事探讨了一番徐云初的状况,绝对要比宋主任说的要严重得多,他现在急需入院治疗,并不适合单独带个孩子生活。

徐云深捏了捏眉心,下定了决心——无论徐云初会反抗到什么程度,这徐希,他肯定要带回家。

呼出始终卡在胸口的一股浊气,徐云深拿出手机,拨通了乔乔的电话——估计这个时候她已经接到徐希了,让她把徐希带回来。另外还可以问问她那栋房子有没有租给别人……

电话通了,但是一直没人接。

徐云深想了下,想起来乔乔说过她的手机正在充电。反正她家离学校不远,估计用不了多久就回来了。看着也到了下班的时间,徐云深索性直接开车去了乔乔家,准备在她家等着。也算是给徐希个惊喜。去乔乔家的路上,徐云深顺便买了一兜零食,估计那一大一小好久没见了,今晚肯定会一边吃一边聊。就这样,徐云深一边想着那两个人,一边等着,等徐云深回过神来已经快晚上9点了。

徐云深皱眉——就算两个人玩嗨了也不可能这么晚还不回家，乔乔知道徐希九点就要准备睡觉的，不可能玩到这么晚。想到乔乔的手机还在家里，徐云深犹豫了一下，把电话拨给了徐希的班主任。

"王老师您好，我是徐希的爸……那个，叔叔，我想问问今天徐希是被谁接走的？"

王老师很热情："你好！徐先生，我有您的手机号的，以前我一直以为您是徐希的父亲的，没想到是叔叔，呵呵……徐希今天是被您哥哥接走的，不过我还看到了以前经常跟您一起出现的那个女孩，也在您哥哥身边，他们两个接走了徐希。"

徐云深猛地吸了一口气，突然觉得有些眩晕，匆匆忙忙就挂断了老师的电话。

乔乔跟徐云初在一起，到现在还没回家……

让自己冷静了下，徐云深拨通了徐云初的电话。

通了，不过没人接。

徐云深没放弃，继续拨。但是拨到第三次的时候，电话被挂断了，再打就是关机。一种不祥的预感在他心中蒸腾而出。徐云深没有犹豫，直接丢下手中的东西，冲了出去。他先是去了徐云初现在的住所，敲门敲了半天都没有回应，略一犹豫又去了徐希的学校。

这么晚了学校已经漆黑一片了，只有门卫室还亮着一盏昏黄的灯。徐云深赶紧走过去，敲了敲门。

一位老大爷打着哈欠走了出来："干什么？"

徐云深抱歉地笑笑，递过去一支烟："抱歉，打扰您了，大爷您一直在这儿，学生家长是不是也认识得差不多啊？"

老大爷接过烟，哼了一声："我记得你，你儿子跟你长得特别像，不过你今天不是把他接走了吗？"

第十二章 你一定要好好的

"哦,那是我哥哥,"徐云深仔细地看着老大爷的神情,"那你记不记得,我哥哥身边,还有个女孩?"

"哦,她啊!记得。"一提到乔乔,老大爷自己都笑了,"那小姑娘啊,这两天为了来看你儿子,偷翻了好几次大门都被我抓到了,哈哈哈!"

原来乔乔已经来过好几次了。

徐云深说不清此时此刻自己是个什么心情,又酸,又软。

不过现在不是感慨的时候,徐云深继续问:"那您知道他们去哪了吗?"

"知道呀!他们去游乐场了,"说到这儿,老大爷还有些纳闷,"那小姑娘也不知道怎么回事,临要走之前,像是巴不得让别人听见似的,突然大声说了好几次他们要去游乐场了,让人想听不见都不行。"

徐云深呼出一口气——她那么说,就是想让他知道的,她知道如果到了时间他还找不到她,就会到处寻她,就选了这么一种方式,告诉他她在哪里。

幸好这个看门大爷对她有印象,而且在这里值夜班,不然放学的时候乱哄哄的,谁知道是谁?

幸好,幸好。

等徐云深到了游乐场已经快九点半了,三三两两的人正陆续向外走着。这游乐场的规模有多大徐云深自己知道,如果就凭他在里面找,可能找到天亮也找不到,况且他还不清楚他们是不是还在里面。思考了一下,徐云深直接进了警卫室,对着那两个打瞌睡的警卫开口:"不好意思,打扰了,我侄子在里面走丢了,能麻烦你们用广播帮我播一下吗?"

其中一个警卫随手一指:"里面有失物招领室,一般找不到父母的孩子也会送里面，你去看看吧。"

徐云深赶紧接话："我刚从那里过来，没有看到，所以……"

那个指路的警卫打了个哈欠，十分敷衍地开口："那你说说吧，他多大，走失时穿的什么衣服……"

"谢谢，他……"没等开始说，徐云深突然瞄到独立摆在外面的一个监控，旋转木马，乔乔带着徐希还有徐云初，就在那里！

徐云深整个人一惊，伸手指着屏幕："这个就是我侄子！这是实时的吗？"

准备记录的警卫丢下笔，看了一眼："不是，这是两个小时前，没看到那时候天还没黑透吗？"

七点半……

"麻烦你把监控调一下，我看看他们去哪儿了……"

警卫明显不想干这么麻烦的事："我们调监控是有费用的……"

一个钱包放在桌子上，徐云深平静地开口："调。"

监控的画面里，徐云深能感觉到乔乔似乎一直在拖延时间，故意东走西走，其间徐云初拿了一次电话，而后就没再碰过手机，紧紧地跟着乔乔。

隔着屏幕都能感受到乔乔越来越烦躁，最后徐云初似乎跟她提议了什么，乔乔很犹豫，但是低头看了一眼身边的徐希，她只能点点头同意。不过走了没几步，乔乔突然回过头来四处看着，然后突然把视线定在他现在正看着的摄像头上。

一瞬间徐云深产生了她似乎在看他的错觉。

而后，乔乔顺着摄像头的方向，看了过去。

徐云深也看过去——是一个兔八哥冰淇淋店。

乔乔又看了一眼摄像头，随后跟徐云初说了句什么，就去了冰淇

淋店,不知道跟那店长发生了什么冲突,乔乔突然跟那老板一通吵,还摔了一个杯子,之后才带了两个冰淇淋走到摄像头下,递给徐希一个,又看了一眼镜头,离开了。

徐云深立刻从椅子上站起来:"那家冰淇淋店在哪儿?"

"进了大门,往前走五十米就是了。"

徐云深简单地留了句"谢谢",从钱包里抽出一千块,放在了警卫的桌子上:"谢谢你们。"

看到徐云深风一样离开的背影,那两个警卫一边分钱一边啧啧感叹道:"现在当叔叔的,都这么认真了,那孩子的爸爸得急成什么样啊?"

幸好那家冰淇淋店还没关,徐云深急匆匆地走过去,只是还没开口那老板就先开了口:"关门了关门了。"

"我不是来买冰淇淋的。"

老板一听,立刻直起身:"不是来买冰淇淋的?那是来找碴的吗?"

"我也不是来找碴的……我是来问问,两个小时前来找你碴的那个姑娘……你知不知道她去哪儿了?"

一听到徐云深的问话,那老板就气不打一处来:"她有病吧?跟我说她要去给她去世的嫂嫂扫墓去,她嫂嫂就喜欢吃熊爪爪的冰淇淋,要从我这里买十个给她嫂嫂埋进土里!我这是兔八哥冰淇淋好不好?哪来的熊爪爪?她还不服气!说都是动物,兔八哥凭什么瞧不起熊?我真是……"

徐云深听了觉得也挺可笑的,但现在不是笑的时候:"你说她是要去扫墓去?"

"我管她要干什么去!神经病!"那老板说完摔了手中的抹布,"下班下班!"

徐云深仔细回忆了一下，起初秦乐颜的公墓是在城东的，后来徐云初似乎挪过一次……当时徐云初住在城北，为了方便祭奠秦乐颜，他八成是把秦乐颜的墓挪到城北了。

这大半夜的他们难道真去了遥远的城北？想到这，徐云深就涌出一身的冷汗，二话不说再次驱车去往城北公墓。

4

一般祭奠亲友的都会选择白天，基本没有选择晚上来的，毕竟这地方，晚上还是很恐怖的，连守夜的大爷都早早地睡了。

此时此刻对于乔乔来说，更是恐怖至极。

徐云初疯了，他真的疯了。他居然想要带着徐希一同去陪已经离开多年的秦乐颜！抽风也要有个限度！

乔乔觉得她的神经已经紧张得快崩断了，从她听到徐云初要带着徐希去看望秦乐颜的时候，她就已经觉得不对劲了。起初她想着游乐场人多，她一定可以趁乱带走徐希，可是没想到这个徐云初一点儿喘息的机会都不给她，步步紧跟，根本没有逃跑的机会，直到把所有项目都玩了一遍，她实在找不到留下去的理由，才同意离开。结果这徐云初就说要去城北公墓！

我的天，那地方是晚上去的吗？

想着徐希那一身的伤，乔乔还是咬牙说一起去，不过心里一直在骂自己，为什么要把手机丢家里……徐云深啊徐云深，你一定要快点儿找到我们啊！

在去城北公墓的路上，乔乔假装很好奇徐云初新买的车，在红灯变绿灯的时候突然去抓徐云初的方向盘，硬是让他蹭上了旁边的一辆奥迪。徐云初也没多话，直接叫了保险公司。

起初他想把车丢在里这打车走的,结果那奥迪车主缠着他不让走,于是就在乔乔欢欣雀跃的心情中,等了一个多小时,等到了赶来处理纠纷的工作人员。

经过一系列的取证,徐云初终于被放走了,而这天,也彻底黑了。

徐云初完全没有要去修车的迹象,路线笔直地驶向城北公墓。

而到了目的地后,徐云初就像没事人一样,从衣兜里拿出一瓶还没开封的安眠药,递给了徐希,温和地开口:"乖,吃了。"

夜晚的风冰冷刺骨,乔乔挡在徐希面前,一脸的不可置信:"你疯了吗?徐希可是你的亲生儿子!"

"我是为了他好,"徐云初的脸隐藏在黑夜中看不出他的表情,但是声音有着隐隐的烦躁,"我陪你们玩了这么久,没时间耽搁了,把徐希给我。"

徐希紧紧地抓着乔乔的衣袖躲在她身后,小脸惨白如纸,一个劲儿地摇头。

乔乔摇头,坚定地说:"你想都别想!"

徐云初没说话,但是乔乔能很明显地感受到他的怒气在直线飙升,还没等她喊一声"救命",只见徐云初突然疾步走了过来,闪电般地出手,一记大力的手刀劈在她的颈边,而后她就不受控制地向一旁摔了出去,重重地撞在一座墓碑上。

乔乔登时就觉得眼前一黑,险些晕过去。

耳边突然响起徐希的尖叫声,乔乔一惊,努力控制着脑袋里的阵阵眩晕和脖子上的剧痛,眼前的人影还有些看不清,但是模模糊糊地能看出来徐云初已经抓住了徐希,一手拧开瓶盖,正把药向徐希嘴里倒进去!

乔乔只觉得身上疼得厉害,站都站不起来,只能伸手去扶身边的墓碑，而后视线突然就落到那墓碑上的一张笑靥如花的脸上。

吾爱，秦乐颜之墓。

乔乔也不知道自己在想什么，突然脱口而出一句："云初哥哥。"

徐云初的动作一顿，而后像是僵硬的木偶一样慢慢地扭过头，看向乔乔："你……叫我什么？"

乔乔瞬间露出一脸灿烂的笑容："云初哥哥！"

"扑通！"徐希被丢在地上，立刻开始吐嘴里的药。

乔乔强迫自己将视线一直锁在徐云初的脸上，笑眯眯地看着他——果然对待精神病就不能用正常的方式。还好之前听徐云深讲过他哥哥和嫂子的一些过往，知道秦乐颜会亲昵地唤徐云初哥哥，希望能骗过徐云初一时，救下徐希。

徐云初的表情忽明忽暗，但还是不禁向她走了两步，而后单膝跪在她面前，尽管表情淡漠，但是眼神里卷起的风暴已经出卖了他。

徐云初的声音依旧平静："你在跟我玩什么花样？"

乔乔装作听不懂的样子，突然抱住自己的胳膊，状似害怕地叫了一声："哎呀，这是什么地方啊！好冷啊，我们回家吧！"说完，她扶着墓碑准备站起身，十分刻意地又看了一眼墓碑，而后被吓得"啊"了一声，不确定地又贴过去看了一眼，才回过头看向徐云初，"为什么……为什么会把我的照片贴在这里？"

徐云初整个人突然晃了一下，乔乔一不做二不休地又重复了一遍墓碑上的字："吾爱，秦乐颜之墓……"随后，像是受到巨大冲击一样整个人都软在墓碑面前，而后，眼中带泪地看向徐云初，"云初哥哥，这是怎么回事？我……我死了吗？之前那些，原来不是我的梦吗？是真的吗？"

说真的，乔乔演完这一段自己都不禁抖了抖，她也不知道秦乐颜

究竟是什么样的性格，但是徐云初本就精神不正常，现在又这么思念秦乐颜，希望能多蒙他一阵。

徐云初果然上钩了，立刻伸手扯住乔乔的胳膊将她整个人拉进怀里："乐颜！乐颜你回来了，乐颜……"

乔乔瞬间起了一身的鸡皮疙瘩，但还是勉强自己回抱住徐云初："我一直在这儿啊！"

徐希吐了很多药出来，但是也吞进去了一些，此时此刻已经有些迷糊了。乔乔十分担心，拼命想用什么办法先把徐希救了，然而徐云初完全不给她机会，抱完之后直接捧住乔乔的脸，对着她的唇就要亲下去！

于是，徐云深赶到时，就看到了这险些让他心梗的一幕。

还好乔乔反应快，瞬间就捂住了徐云初的嘴，结果徐云初用力过猛，乔乔向后仰了一下脖子，结果刚才被徐云初打到的地方突然传来一阵剧痛，让乔乔一时没控制住情绪，捂着脖子痛呼出声。

徐云初立刻扶住她的脖子，满脸的歉意和疼惜："对不起，我刚才下手太重了，哪里疼？我帮你揉揉。"

"脖子、脖子……哎哟，好疼！"眼角余光看到徐云深还愣在原地，乔乔赶紧打个手势，示意他看一眼地上的徐希。

徐云深明知道此时此刻徐希更重要，可是看着眼前亲密相拥的两个人，他竟离奇地迈不开步子。

乔乔急得不行，本想不管不顾地把徐希抢回来，可是眼前的徐云初已经不复之前的狠厉，变得极为温柔，正是千载难逢能沟通的好机会。咬了咬牙，乔乔努力让自己的眼神更温柔些，轻声细语地对徐云初说道："云初哥哥，徐希呢？"

徐云初身子一僵，不动声色地挪动了下身体挡住地上的徐希："在家睡觉呢。"

乔乔认真地看着徐云初的眼睛，淡淡地开口："你说谎。"

徐云初毫无底气地辩解："我没有……"

"你每次有事瞒着我就是这个表情。"乔乔面不改色地演着戏。

"乐颜，其实我……"

"你不用解释，我相信你瞒着我是有苦衷的。"乔乔淡淡地阻止了徐云初的辩解，表现得非常温柔贴心，"云初哥哥，我知道自己剩的时间不多了，你和徐希是我最爱最爱的人，答应我，一定要好好照顾自己，照顾徐希好吗？"

徐云初的神情一瞬间变得十分哀伤："可是我很想你，我想跟你在一起。"

我知道啊！但是你不能拉着徐希去送死啊！——乔乔在内心疯狂地吼道，表面却还要做柔情状。

"我知道，我也想你，但是我更希望你能带着我们爱的结晶好好生活下去，我还想让你们多感受一些生活的美好，这样等以后你老了，我们见面的时候，你还能给我讲一下这美丽的世界。这样不好吗？"

徐云初既悲伤又为难："可是……"

乔乔温柔地抚摸着徐云初的头发："答应我，好吗？不然我在那边过得也不开心。"

听到这儿，徐云初终于点了点头："好吧，我答应你。"

乔乔立刻放松下来。但是本着戏得做足的演员精神，她又补了最后一句："谢谢你，云初哥哥，一定要带着徐希好好生活啊！"

再听到徐希的名字，徐云初才如大梦初醒般，迅速回过头寻找着徐希，赶忙跑过去把徐希抱进怀里，用手抵住他的胃，让他吐出那些安眠药，他有些惊慌失措地对着乔乔开口："怎么办？都是我的错！

第十二章 你一定要好好的

乐颜你会不会怪我？我真的不是故意的。"

半昏迷的徐希勉强呕了两下便吐不出来了。

徐云深此时已经打过急救电话："他们说安排了最近的一家医院，应该会很快，我们先出去吧，在这里面，他们也进不来。"

徐云初的视线紧紧地锁着徐希，完全乱了方寸："云深，怎么办？我们能救活他吗？"

徐云深的心已经揪成一团，但是也不敢刺激到徐云初，只能强迫自己平和地开口："一定能的，我们先去医院。"

"好，都听你的。"

一行人带着徐希飞快地向公墓外走着，还没走到门口就听到了救护车的声音，徐云深和乔乔同时呼出一口气。

看到救护车到来的乔乔终于放下心来，想着今晚的闹剧终于能结束了。精神一松，脑袋里一直绷着的那根弦瞬间断掉，乔乔强撑着的身体软软地倒了下去。

"小乔！"徐云深一惊，想去接她，可是自己手中还抱着徐希。

徐云初的反应非常快，两步走过去抱起了乔乔，说道："我们走。"

看着昏过去的乔乔和徐希，徐云深只觉得心急如焚，将徐希安置好之后立刻握住了乔乔的手，看着她惨白的小脸，徐云深无声地说了句"辛苦了"。

尾声

乔乔是轻微骨裂，现在脖子上固定着一个仪器，她也没记住叫什么，只能像个机器人一样坐在床上，脖子一动不敢动。

王菲一大早就赶过来了，给她带了粥和小菜，现在两个人吃完午饭，按照乔乔的要求，王菲用自己的手机给王梓打了个电话。

很快，电话就接通了，还没等乔乔说话，王梓的声音就先传了过来："亲爱的，有事吗？"

乔乔愣了一下，一脸惊异地看了一眼王菲，两个人的关系什么时候变这么好了？而后干巴巴地开口："我不是你亲爱的。"

"啊哈哈哈哈！乔乔啊！怎么了？"王梓也不觉得尴尬。

"徐希怎么样了？他还好吗？没事吧？"一连问了三句话。

"哦……洗胃了，受了点儿罪，不过现在没事了，静养就行。"

"你们在哪儿呢？"

"在徐云深的医院里呢。"

"那徐云初……"

"嗯……"听到这个名字，王梓沉默了一下才开口，"现在的情况有点儿复杂，师哥已经开始接受治疗了,但是……云深准备辞职了。"

"什么？辞职？为什么？"乔乔一着急就从床上站了起来，结果脖子拉了一下，疼得她龇牙咧嘴的。

"当初师哥不是被证明可以独立生活带孩子吗？实际上是因为师哥贿赂了医院的宋主任，那宋主任给的证明是假的。云深非常生气，了解了实际情况之后就把宋主任给告发了。"乔乔倒是听明白了，但是还有点儿疑惑："那他为什么要辞职？"

"虽然行贿的是徐云初，但是云深是他弟弟，事情搞成这样，他觉得自己也有责任，"说到这里，王梓也觉得有些遗憾，"既然宋主任已经被撤职了，云深也不打算再在这家医院里了，就辞职了。"

"原来是这样……"乔乔叹了口气,"那你们先忙吧,忙完再联系。"挂断了电话,乔乔重新坐回床上,用手摸了摸脖子上的仪器,一时感慨万千。

乔乔本来受的伤就不严重,很快就出院了,剩下的只要静养就行。

徐云深可能是挺忙的,除了出院那天,之后就没再联系她,她很懂事地没去烦他,每天上自己的课,吃自己的饭,然后陪王菲打工。

直到有一天她突然接到了徐云深的电话——徐希出院了。

王菲提议趁此机会大家好好吃一顿补补元气,乔乔觉得可行,就先让王菲去找饭店点菜,她出发去徐云深家接人。

徐云深的家跟她想象中差不多,单身男人的家,简单的黑白色调,客厅只有一个长沙发、一台电视机,其他什么装饰都没有。徐云深瘦了一些,但是精神状态很好,看到她之后没说话,只是目光沉沉地看着她。乔乔突然觉得自己的心跳得有点儿快,两个人站在门口对视了半天,后来王梓看不下去了,轻轻地咳嗽了一下:"还有人在呢哈!注意点儿影响!"

徐希正坐在客厅的地上玩乐高,看到乔乔之后兴奋地扑了过来:"小阿姨!"乔乔不知道这段时间徐云深究竟做了什么,徐希已经从之前胆战心惊的状态里恢复过来了,眼睛里都带着喜气。

"来了。"乔乔满眼心疼地看着徐希,匆匆换了拖鞋便向徐希跑去,陪他一起玩。

王梓一直都是一副"我早已看透一切"的眼神,什么都没说,只是十分戏谑地用胳膊肘拐了徐云深一下。

徐云深斜了他一眼,继续刚才的话题:"你说的那个地方太偏僻了,虽然酒香不怕巷子深,但是我刚开始起步不能选那么个地方。"

乔乔耳朵一动。

尾声

糟糕，是心动的感觉 ①

"我知道，但是你说中山街那个门市房，价格太贵了，中介给出的租金太可怕了。"王梓捏着手指，"我知道你不缺钱，但是毕竟自己要创业了，还是应该考虑得长久一些。"

徐云深略一思索："中山街的地段最好，除了那里，其他的地方我都不想考虑了。"

"你要是这么坚持，那咱们就去谈价格，如果可以的话，直接买下来更好，一次性投入，永久受益。"

"嗯，不过估计那个地段的房主一般都不会卖的……"

两个人还在探讨着，乔乔突然插了话："你们想要中山街地段的门市房？"

"嗯，云深这次辞职之后想自己单干，开个专门的心理诊疗室，位置想选在中山街，闹中取静的地方，非常适合，只是还没最后确定。"王梓替徐云深答道。

"哦，"乔乔一听，立刻从包里摸出了一大串钥匙，"我们走吧。"

"走？去哪儿？"王梓一脸问号。

"你们不是想要中山街的门市房吗？我有一套呀，可以租给徐云深啊，在中山街46号，三层楼，320平方米，够用吗？"乔乔轻描淡写地说道。

徐云深和王梓同时一愣："你在中山街有门市房？"

"是呀！当初那个房主要出国定居，想把国内的固定资产卖掉，我看价格挺合适，就把手里的所有房产都卖掉了……哦，除了周奶奶和我住的那套，买了他那一个。"乔乔解释完，又补了一句，"有什么问题吗？"

王梓听完，大脑飞速地转了起来，这个城市不算国内一线城市，但是属于发展前景非常好的，房价虽然没有高得那么离谱，但是一套繁华地段的门市房子，售价也应该是每平方米七八万的，而乔乔说她的房子有320平……

没想到乔乔这么有经济实力！

不过平时看她的架势……也不像啊……

王梓素来说话快，此时也先问出了口："你……是富几代啊？"

"我？"乔乔挠了挠后脑勺，"准备变成富一代……不知道行不行……"

徐云深眯了一下眼睛。

乔乔看着他的眼睛，突然一拍大腿："我差点儿忘了！"说着，从自己的帆布包里翻呀翻，突然摸出一个眼镜盒，递给徐云深，"你这个眼镜真的是太难搞了，居然还要去德国重新定制，我等了好久，可算收到了……"

徐云深接过那个眼镜盒，一眼就看到左下角烫金的一排英文——RodenStock。打开后，和自己当初碎掉的那副眼镜一模一样的新眼镜好好地躺在那里。

王梓是知道这款眼镜的价格的，看到后更是对乔乔刮目相看。

看到两个人看她的眼神，乔乔尴尬地笑笑问："那个……有什么问题吗？"

徐云深第一次觉得自己对这个女孩其实并不了解。

明明不是本地人，却在一个不错的小区里有两套房子，平时吃穿用度没看到有什么特殊的，却能自己支付一台顶配的苹果笔记本电脑，现在，价值几万块的眼镜也重新配了，几千万的房产也有……可平时看着，就是一个普通人家的小姑娘，他一直在她身边，也没看到她身边有什么奇奇怪怪的人……

看出了两个人的疑惑，乔乔只能继续解释："我是学经济管理

尾声

糟糕，是心动的感觉 ①

的，选修课学了土地评估，什么地方值钱什么地方不值钱还是能看出来的，从小房子开始投资……然后……现在就用所有房产换了中山街那个……你们再想让我拿出别的房子，我也拿不出来了……"说完，乔乔双手一摊，"就这样，所以你们租是不租？"

名副其实的"知识改变命运"！

王梓的眼睛都亮了，立刻自来熟地走过去："租啊！乔老板，那咱们就谈谈价格吧……"

眼前的两个人一直在交谈，徐云深却一直看着乔乔——乔乔啊乔乔，你到底还有什么是我不知道的呢？

正想着，衣兜里的手机突然响了起来，徐云深看了一眼手机屏幕，就走到一边接起了电话："喂？哥，这两天治疗效果怎么样？"

徐云初的声音温和柔软："挺好的。"

"嗯，那就好，给我打电话有什么事吗？"

徐云初顿了顿，柔和地开口："那个叫乔乔的女孩，她在哪儿？我想见见她。"

徐云深的心猛地一颤，脑子里立刻回忆起当初乔乔假扮秦乐颜的一幕，他这是要兴师问罪？还是……

没等到徐云深的回话，徐云初继续说："医生说我现在的状态很好，应该多出去走走，你在家吗？我去找你，我想跟你好好谈谈。"

眼前的乔乔还在认真地听着王梓说话，然后就觉得后背有些热，回过头来，正看到徐云深目光灼灼地看着她。虽然不知道他为什么突然这么看她，乔乔还是萌萌地歪了一下头，微微一笑。

—— 本季完 ——